LA CONJURA DE LOS SUICIDAS

Obras de Petros Márkaris en Maxi

Noticias de la noche
Defensa cerrada
Suicidio perfecto
El accionista mayoritario
Muerte en Estambul
Con el agua al cuello
Liquidación final
Pan, educación, libertad
Hasta aquí hemos llegado
La muerte de Ulises
Offshore
Próxima estación, Atenas
Universidad para asesinos
La hora de los hipócritas
Ética para inversores
Cuarentena
La conjura de los suicidas

PETROS MÁRKARIS
LA CONJURA DE LOS SUICIDAS

Traducción del griego
de Ersi Marina Samará Spiliotopulu

MAXI
TUSQUETS
EDITORES

PEFC Certificado

Este libro procede de bosques gestionados de forma sostenible

PEFC

PEFC/14-38-00305 www.pefc.es

Título original: *Το κίνημα της αυτοκτονίας (To kinima tis aftoktonias)*

1.ª edición en colección Andanzas: abril de 2023
1.ª edición en colección Maxi: abril de 2024

Adaptación de la cubierta: Maxi Tusquets / Área Editorial Grupo Planeta

Ilustración de la cubierta: © Agustín Escudero

Fotografía del autor: © Ivan Giménez / Tusquets Editores

© de la traducción: Ersi Marina Samará Spiliotopulu, 2023

Diseño de la colección: FERRATERCAMPINSMORALES

ISBN: 978-84-1107-437-7
Depósito legal: B. 4.313-2024
Impresión y encuadernación: Liberdúplex, S. L.
Printed in Spain - Impreso en España

LA CONJURA DE LOS SUICIDAS

En memoria de Andrea Camilleri

Envejezco aprendiendo siempre muchas cosas.

Solón

1

Las visitas de buena mañana suelen despertar en mí una especie de premonición desagradable. Afortunadamente, Stela no es una visita.

—Ha llamado un tal Vlasópulos y quiere hablar con usted. Dice que usted le conoce. —Al ver mi sorpresa, me pregunta para estar segura—: ¿Le conoce?

—Claro, igual que tú. Hace tiempo formaba parte del Departamento de Homicidios. Puede que no te acuerdes de su nombre, pero seguro que te suena de haberlo visto acompañándome al despacho de Guikas.

Le describo a Vlasópulos y Stela lo recuerda enseguida.

—Pues claro que le conozco. Voy a llamarle para que pueda hablar con usted.

Mentiría si dijera que la situación me entusiasma. Vlasópulos fue uno de mis subordinados durante muchos años, pero acabamos separándonos en circunstancias poco agradables. Cuando el antecesor del actual subdirector me hizo la vida imposible, Vlasópulos se puso de su parte, con la esperanza de asegurarse una promoción. No le salió bien la jugada y tuvo que solicitar un traslado, puesto que ya nos resultaba imposible trabajar juntos en el mismo departamento. Desde entonces no hemos tenido ningún contacto y me pregunto cómo debo enfrentarme a él ahora.

El sonido del teléfono interrumpe mis pensamientos.

—Buenos días, señor subdirector. ¿Se acuerda de mí? —pregunta con voz que suena cálida y amigable.

—Claro que me acuerdo, Vlasópulos. ¿Cómo iba a olvidarte después de trabajar juntos durante tantos años? —contesto, esforzándome por corresponder a su amabilidad.

Siguen las típicas preguntas sobre cómo estamos de salud, tanto nosotros como nuestras familias en época de pandemia, hasta que, por fin, llegamos al asunto que le preocupa.

—Actualmente soy el jefe de la comisaría de Egaleo. Le he llamado para pedirle su opinión. Ayer se suicidó en el barrio un tal Dimoscenis Begleris. Tenía casi noventa años. Nosotros nos hemos enterado por casualidad esta mañana. El médico que acudió para certificar el fallecimiento consideró que debía hacernos llegar la carta que dejó el difunto explicando las razones por las que se quitó la vida.

—¿Te parece que hay algo sospechoso en la carta?

—Debajo de la firma, el difunto escribió una frase: «Viva la conjura de los suicidas». Me dio mala espina y se me ocurrió que debía informarle a usted.

—¿Hay algo más en la carta, aunque sea una simple insinuación?

—No. Describe la miseria que le rodeaba para explicar su decisión de quitarse la vida. Eso es todo.

—¿Cómo se suicidó? —pregunto.

—Anoche, cuando su nieta le llevó la cena, se lo encontró en la cama con una navaja a su lado. Se había cortado las venas.

—Entonces, la última frase podría ser un grito de desesperación.

—Sí, es posible —reconoce Vlasópulos.

Prefiero no cortar la conversación de golpe ahora que nos hemos reencontrado.

—Hazme llegar la carta del suicida para que la lea, y volveremos a hablar.

—Se la enviaré por correo electrónico —me dice Vlasópulos, y colgamos.

La pandemia nos tiene a todos con los nervios a flor de piel. Y ahora el confinamiento general ha añadido cargas adicionales, como un impuesto extraordinario.

Incluso nuestra vida familiar se ha convertido en una prueba de resistencia psíquica. Fanis ha prohibido a Melpo que vaya a cuidar de Lambros porque tiene miedo de que traiga el virus a casa desde el refugio de los sin techo donde vive la mujer, a pesar de que Zisis les hace cada semana un test a todos los residentes que todavía no se han vacunado contra la covid-19. Así que es Adrianí quien se ha tenido que hacer cargo de los cuidados de su nieto a jornada completa.

Sin embargo, más que el pequeño Lambros, a Adrianí los que la ponen de los nervios son los padres de la criatura. Katerina intenta seguir despachando sus expedientes por vía electrónica o llamando por teléfono, pero los juzgados han suspendido su actividad y no consigue avanzar con casi ninguno de los casos. Y, por otra parte, las presiones recibidas en el hospital han convertido a Fanis en un andrajo humano tanto física como psicológicamente. Cuando vuelve a casa no tiene ganas de abrir la boca ni para comer. Se tiene que esforzar para darle un abrazo a su hijo. La pareja no para de discutir.

Por suerte, Adrianí, Fanis y yo mismo ya nos hemos vacunado. Solo Katerina está esperando todavía a que le llegue el turno.

Yo soy el más relajado de la familia. En el departamento impera una calma absoluta. Como suele pasar en agosto, cuando no se mueven ni las hojas de los árboles. Se diría que el confinamiento ha encerrado en sus casas hasta a los asesinos. Tal como van las cosas, pronto empezaremos a jugar a las cartas o al ajedrez en el despacho, para matar el tiempo que nos toca estar de servicio.

Cada tarde, al terminar el trabajo, pongo rumbo a la casa de mi hija, con la esperanza de levantar un poco los ánimos de toda la familia.

Empiezo por mi nieto, que me espera como si fuera el mismísimo Mickey Mouse. Jugamos juntos hasta que le llega la hora de cenar e irse a dormir. A continuación, le toca el turno a la tríada familiar. Me esfuerzo por relajar un poco el ambiente, porque las tensiones del día a día conducen a gritos y estallidos de cólera por cualquier motivo.

Esta costumbre diaria se cumple sin excepciones y con auténtica devoción. Hasta el punto de que Adrianí procura llevarme ropa de repuesto de casa, para que pueda cambiarme y no tener que andar por ahí con la ropa de trabajo.

La guinda del pastel es la ausencia de Zisis. A pesar de haber sido vacunado ya, no asoma la nariz fuera del refugio. Por un lado, porque ahora que las cosas se han puesto feas quiere estar al tanto del funcionamiento del refugio en todo momento. Por otro, porque quiere adelantarse a las posibles fechorías de algunos residentes. Teme constantemente que algunos decidan escaparse aprovechando su ausencia y luego vuelvan con el virus a cuestas. Todo esto ha impulsado a Zisis a asumir una especie de cuarentena voluntaria.

Stela interrumpe mis cavilaciones cuando aparece para entregarme la carta del suicida. Está escrita a mano.

> Tengo noventa años. Empecé como obrero de la construcción en la plaza Kotzia y he acabado siendo propietario de mi propia casa. Me he pasado la vida luchando y esforzándome. Ahora miro a mi alrededor y la lucha se ha convertido en una

especie de tiempo de descuento interminable. La pandemia la pagan los comercios, la pagan los bares y los restaurantes. Todo está cerrado. A todos les quitan el pan de la boca, pero nadie sale a protestar. En mis tiempos ya se nos habrían ocurrido cien maneras de sublevarnos. Hasta plantarnos en las puertas de las tiendas cerradas con un cartel que dijera TENEMOS HAMBRE sería una forma de protesta. Nosotros no teníamos ni un duro. La gente de ahora se ha gastado el dinero en lujos superfluos. Veo la decadencia en la televisión y se me revuelven las entrañas. Primero perdí a mi mujer. Después perdí a mi hija. Solo me queda Yanna, mi nieta, que me trae un plato de comida todos los días y charla un poco conmigo. Será mejor que cierre los ojos de una vez y descanse en paz. A lo mejor, si pongo fin a mi vida, otros despertarán y lucharán.

Yanna mía, ya es hora de que me vaya. No te aflijas por mi pérdida. Piensa que así estaré mejor. Hasta siempre.

Dimos Begleris
¡Viva la conjura de los suicidas!

Leo la carta dos veces, pero no veo nada extraño ni sospechoso. Un hombre nonagenario, que ha perdido a su mujer y a su hija, vive solo y decide poner fin a su vida. Lo demás, sobre luchas y espíritus combativos, no es más que su manera de buscar coraje en medio de la desesperación para que así le resulte más fácil decidirse.

A pesar de todo, no quiero quedarme solo con mis conclusiones por miedo de que se me haya escapado algún detalle relevante. Llamo a mi equipo y les doy a leer la carta de despedida de Begleris. Cuando terminan, se me quedan todos mirando con estupor.

—¿Cuál es el problema? —me pregunta Dermitzakis, extrañado.

Le cuento la versión de Vlasópulos. Al oír su nombre, Kula y Dermitzakis se quedan anonadados.

—¿Dónde está ahora? —pregunta Kula.

—Es el jefe de la comisaría de Egaleo.

—¿Y qué es lo que le da mala espina? —cuestiona, todavía extrañado, Dermitzakis.

—Esa última frase con el «viva» le parece sospechosa.

—Venga ya. ¿Es que hay que esperar coherencia de alguien que está a punto de suicidarse? —comenta Dervísoglu.

El intercambio de pareceres concluye de manera unánime. Enseguida llamo a Vlasópulos:

—Todos en el departamento estamos de acuerdo en que se trata de un grito de desesperación de Begleris antes de poner fin a su vida —le digo.

—Vale, entonces puedo estar seguro de que no se me ha escapado nada.

Pongo fin a la llamada transmitiéndole los recuerdos de Kula y de Dermitzakis. Vlasópulos promete venir a vernos a la primera oportunidad.

2

En los viejos tiempos, cuando queríamos destacar que todo transcurría dentro de la rutina, solíamos decir: «Sin novedad en el frente». Todo eso ha cambiado con la llegada del coronavirus. Ahora decimos: «Huimos del fuego para caer en las brasas», ya que vamos de mal en peor cada día que pasa.

Sin embargo, en casa de mi hija se impone el «más de lo mismo». Cada tarde voy a verlos con la esperanza de encontrarme con algo distinto, una sorpresa, pero la rutina se me adelanta y se la traga. Fanis sigue volviendo crispado del hospital y mi hija continúa con los nervios de punta por culpa del calvario que tiene que pasar cada día con su trabajo.

La primera víctima de ese suplicio es su hijo. A la menor travesura del niño, le riñen y Lambros se echa a llorar. La única persona en la que encuentra protección es su abuela. Enseguida lo lleva a su habitación y busca la manera de que se tranquilice.

Estoy pensando en todo esto cuando llamo al timbre de Katerina. Me abre la puerta Adrianí, con Lambros en los brazos.

—¡El abuelo! Ha llegado el abuelo —le dice a nuestro nieto con alegría y baila con él entre sus brazos. Después se dirige a mí secamente—: Cámbiate y ven a su habitación.

Su expresión anuncia el «más de lo mismo». Me cambio

de ropa y voy al dormitorio de mi nieto. Lo levanto en brazos y Lambros expresa enseguida su alegría por volver a verme. Lo siento en el suelo y empiezo a enganchar uno tras otro los vagones de su trenecito, que están dispersos por la habitación. Ese trenecito es su debilidad. En cuanto empieza a moverse sobre las vías, el niño se echa a reír y a dar palmadas. Es lo que hace ahora también mientras yo imito el pitido de un tren.

—¿Otra vez las espadas en alto? —pregunto a Adrianí cuando Lambros ya está absorto en su juego.

Mi mujer abre los brazos en un gesto de desesperación.

—Cómo puede una pareja tan enamorada, que vive en tanta armonía, acabar peleándose todos los días. Para mí es un misterio.

El trenecito se ha detenido y Lambros empieza a chillar. Mientras le doy cuerda para que vuelva a ponerse en marcha, entra Katerina en la habitación.

—Buenas noches, papá —me dice secamente y se vuelve hacia su madre—: La cena de Lambros ya está lista. ¿Se la das tú o lo hago yo?

—Hazlo tú. Yo me ocupo de nuestra cena.

Nos trasladamos todos a la sala de estar. La mesa ya está puesta para Lambros y su cena le está esperando. Katerina lo sienta a la mesa y empieza a darle de comer.

Fanis llega, va directo hacia su hijo, lo abraza cariñosamente y le da un beso. Después se aleja del niño y se deja caer en un sillón, exhausto. Parece hecho polvo. Ahora bien, no sé si su agotamiento es físico o psíquico. Seguramente, ambas cosas a la vez.

No quiero empezar ninguna conversación mientras cena Lambros, por miedo de que le asuste cualquier exabrupto y le quite el apetito. Por suerte, Adrianí entra en el comedor y empieza a poner la mesa para nosotros.

—Venga, da las buenas noches y vámonos a la cama —le dice Katerina cogiéndolo en brazos.

Lambros recibe los besos de todos nosotros y se retira para dormir.

Los tres nos quedamos callados. Fanis no tiene ganas de hablar y nosotros, mi mujer y yo, no sabemos qué decir. Adrianí termina de poner la mesa y trae la cena. Ha preparado cordero guisado. Esperamos a Katerina para sentarnos todos a la mesa.

Adrianí nos sirve la cena, pero rompe el silencio antes de que empecemos a comer:

—Quiero dejar clara una cosa ahora que Kostas también está aquí, con nosotros. Si vosotros dos pensáis seguir discutiendo todos los días, dejad que nos llevemos al niño a nuestra casa. Tiene los nervios de punta, y a pesar de ser un bebé tan tranquilo no para de llorar y gritar. Si esta situación continúa por más tiempo, mucho me temo que crecerá con problemas psicológicos.

Los padres se quedan mirando sus platos en silencio. Adrianí me mira como si me pidiera que recoja el testigo.

—¡Erais un matrimonio tan bien avenido! ¿Qué os ha dado de repente que no paráis de meteros el uno con el otro? —les pregunto.

Fanis alza la vista de su plato para mirarme.

—Tú eres policía. ¿Has oído hablar alguna vez de gente que ha traspasado los límites?

—¿Que si lo he oído? Es el móvil de al menos la mitad de los asesinatos que he investigado.

—Esto es exactamente lo que nos pasa a Katerina y a mí. Hemos superado nuestros límites. Yo, en el hospital, donde todo se está viniendo abajo. Nos hemos lanzado de cabeza contra el coronavirus, pero también hay otras enfermedades muy graves. Cada día es peor que el anterior y no sabemos ni cuándo ni si alguna vez recuperaremos la normalidad. Cuando llego a casa, ya he traspasado mis límites y busco cualquier pretexto para estallar.

Calla, y me dirijo a mi hija:

—¿Y tú por qué estás tan tensa?

Antes de empezar, Katerina hace un esfuerzo por mantener la calma.

—Papá, tú tienes un empleo fijo en la policía y un sueldo fijo también. Pero ponte en mi lugar. Los juzgados están cerrados y la mayoría de mis clientes han tenido que cerrar sus negocios o ya están sin blanca. Aunque Maña y yo seamos socias y vayamos a medias, cada mes tenemos que pagar el alquiler del despacho y el sueldo de nuestra secretaria, mientras que yo no traigo ni un euro a casa. Y todo eso sin que tenga la menor idea de cuándo volverá a funcionar el bufete con normalidad ni cuándo podré hacer frente a mis obligaciones profesionales y familiares. Así que te pregunto: ¿cómo puedo evitar no verme superada por las circunstancias?

—¿Y hoy por qué habéis discutido? ¿Por el hospital o por el bufete?

Fanis y Katerina se miran y, de repente, sueltan una carcajada.

—Por el suicidio —me dice Fanis sin dejar de reír.

—¿El suicidio? —Me pregunto si le he oído bien.

—Que te lo cuente Katerina.

—Mientras trabajaba hoy con el ordenador, entré en Facebook y me topé por casualidad con la publicación de la carta de un viejo, alguien que tenía noventa años y que se había suicidado. —Suena en mi cabeza una campanilla de advertencia, pero me callo para no interrumpirla—: El suicida decía que su vida había sido una lucha constante y que ahora le dolía mucho ver que nadie se sublevaba ni protestaba. Y terminaba diciendo que prefería morir, con la esperanza de que su muerte, tal vez, despertara a otros. —Hace una pausa y respira profundamente—: Cuando se lo dije a Fanis, se puso a gritar. Me dijo que un nonagenario, de todas formas, tiene los días contados. Pero que si hay gente que se pone en pie de guerra debido a la carta que dejó el suicida, seguro que habrá una nueva ola de contagios y el sistema ya no puede aguantar más. Yo le acusé de ser insensible y así empezó nuestra discusión.

Calla, se lleva ambas manos a la cabeza y sonríe.

—¿Por casualidad, el suicida se llamaba Dimoscenis? —le pregunto.

Tres pares de ojos se vuelven al unísono para mirarme estupefactos.

—Creo que sí —me responde Katerina. Saca el móvil del bolsillo y empieza a buscar en la aplicación—. Sí, se llamaba Dimoscenis Begleris... —dice al poco.

—¿Y la carta termina con la frase «Viva la conjura de los suicidas»?

—¿Tú cómo lo sabes? —me pregunta Adrianí, sorprendida.

—Un antiguo colega me envió la carta. Cuando leyó la última frase, le pareció sospechosa.

—¿Y tú qué opinas? —me pregunta mi hija.

—Nada. Hablamos del tema en el departamento y llegamos a la conclusión de que no es más que un grito de desesperación.

—Además, el suicidio también es una manifestación de haber traspasado los límites —añade Fanis.

Adrianí se santigua.

—Que Dios nos ayude, porque no sabemos qué más nos espera —comenta.

—Adrianí tiene razón. Precisamente porque no sabemos qué más nos espera, necesitamos mantener la calma y guardarnos las espaldas unos a otros.

El resto de la cena transcurre con normalidad mientras charlamos distendidamente, pero yo no me puedo quitar de la cabeza la carta del suicida, que se pueda difundir a través de las redes sociales. Puede que la compartiera su nieta y que haya empezado a propagarse.

—Parece que las cosas se han calmado un poco —le comento a Adrianí en el camino de vuelta a casa.

—Ojalá. Espero que no acabemos diciendo «después de la calma, viene la tempestad» —me contesta mi mujer y continúa—: No te puedes imaginar cuánto altera los nervios esperar todos los días a que llegue Fanis a casa para que empiece una nueva discusión. Si mis nervios están destrozados, ¿cómo va a soportarlo un chiquillo de dos años?

Cuando llegamos a casa consulto mi reloj. Dentro de quince minutos escasos empezarán las noticias de la noche y decido sentarme para verlas. La difusión de la carta de Begleris me ha provocado un desasosiego que no consigo explicar. Por eso prefiero escuchar las últimas noticias, para poder tener en cuenta cualquier novedad que haya surgido mientras tanto.

—Me quedo a ver las noticias —digo a mi mujer.

Ella me mira sorprendida.

—Esta noche ya he tragado toda la dosis de negrura coronavírica de la que soy capaz. No necesito otra de refuerzo —me contesta, y se dirige al dormitorio.

Cuando empieza el programa, me felicito a mí mismo por no haberme equivocado. La carta del suicida es la segunda noticia que emiten, inmediatamente después de las relacionadas con el coronavirus. Hasta sacan la carta en pantalla, como si todavía quedara alguien que no la hubiera visto en las redes sociales.

Últimamente, en la tele se ha puesto de moda invitar a los estudios a especialistas de todo tipo y género, para que puedan ofrecer a los telespectadores unos análisis profundos. En el caso de Begleris, aparece un psiquiatra que nos da un montón de explicaciones con sus argumentos correspondientes. Todo conduce a la misma palabra que dijimos nosotros en la mesa: desesperación.

La sorpresa, sin embargo, surge al terminar la entrevista y no es agradable, ni para la policía ni para los médicos.

Las asociaciones de comerciantes anuncian que mañana organizarán manifestaciones de protesta por el confinamiento. Por increíble que parezca, el suicidio de Begleris los ha movilizado, me digo para mis adentros.

Apago el televisor y voy al baño para quitarme la ropa. Cuando entro en el dormitorio, Adrianí ya está durmiendo el sueño de los justos.

3

A menudo se me enfría el café por culpa de una reunión urgente o de un interrogatorio inaplazable, pero que no me dé tiempo de coger siquiera la taza porque se ha suicidado un anciano es algo que no tiene precedentes. Cuando entro en el despacho de Stela café en mano, descubro que ya me está esperando allí Alamanos, el jefe de la Brigada Antidisturbios.

—Vengo a informarte sobre una concentración que está organizada para hoy —me dice, relajado y sonriente, mientras entramos ambos en mi despacho.

—Lo vi anoche en las noticias. ¿Sabemos ya dónde tendrá lugar? —le pregunto.

Alamanos se me queda mirando.

—Este es el problema.

—¿Qué quieres decir?

—Hasta el momento, aún no sabemos nada del lugar ni de la hora de la concentración. Evidentemente, como cualquier concentración de personas está prohibida, no son tan tontos como para informarnos y que podamos disolverlos antes de que lleguen a juntarse siquiera.

—¿Qué hacemos entonces?

—Hemos decidido apostar unidades de intervención en las dos plazas donde suelen tener lugar las concentraciones, la de Síntagma y la de Omonia, además de enviar coches patrulla para que vigilen las plazas de Victoria y Kotzia. Es lo único que podemos hacer de momento, dadas las circunstancias.

Su planteamiento es acertado y no tengo nada que añadir.

—Pero quiero que me mantengas informado en todo momento —le digo.

—No te preocupes. Estaremos en contacto permanente.

Alamanos se marcha y llamo enseguida a Vlasópulos.

—¿Sigues los acontecimientos o tengo que ponerte al día? —le pregunto.

—No se moleste. Lo he visto y lo he leído todo.

—Muy bien. Entonces, ahora quiero que te pongas en contacto con la nieta de Begleris y que averigües si fue ella quien compartió en las redes la carta de su abuelo o si se la dio a otra persona y, en tal caso, de quién se trata.

—Sé dónde vive. Iré a su casa para hablar con ella en persona y luego le llamaré para informarle.

Si alguien me preguntara, no sabría decirle qué es exactamente lo que me inquieta tanto del suicidio de Begleris. La respuesta sencilla sería la conmoción en las redes sociales y la concentración resultante convocada para hoy. Es una inquietud difícil de definir, como si temiera lo peor al tiempo que no soy capaz de explicar con argumentos racionales por qué tengo miedo.

Puesto que la inactividad me suele poner de mal humor, le digo a Kula que repase las redes sociales para ver si hay alguna novedad o por si aparece algún dato que se nos haya podido escapar.

Por último, llamo al subdirector para no dejarle en la inopia y que empiece a quejárseme luego. Mi informe resulta innecesario, sin embargo, puesto que ya tiene la imagen completa del suicidio, el follón en las redes sociales y toda la parafernalia. Según parece, la prohibición de reunirse y circular por las calles se ha traducido en un aumento de la circulación y en la congestión de internet. Por suerte, me encuentro entre unos pocos afortunados, ya que gracias a las visitas cotidianas a mi nieto no me hace falta recurrir a las redes.

—¿Le preocupa esta alteración salida de la nada? —me pregunta el subdirector, como si me hubiera leído el pensamiento.

—Únicamente la eventualidad de una concentración, y que, para postre, haya disturbios. Esta mañana he hablado con Alamanos y le he pedido que me mantenga informado en todo momento.

Colgamos el teléfono con un «seguimos en contacto» del subdirector.

Decido tomarme un rato libre. Le pido a Stela que me traiga un café, ya que el que tengo se ha enfriado. Kula me informa de que no ha visto nada importante en internet.

La llamada de Alamanos se produce justo al terminarme el café.

—Te llamo por si te apetece ver algo interesante —me dice.

—¿Algún problema? —pregunto inquieto.

—Si lo hubiera, no te pediría que vinieras. Es la situación en sí la que podría interesarte.

—De acuerdo, ahora voy.

—Estoy en la calle Eolu, delante de Santa Irini.

Le digo a Askalidis que busque un coche patrulla y que me espere a la salida. Prefiero ir acompañado porque, si ocurre cualquier imprevisto, tendré a mi lado a uno de mis ayudantes.

El tráfico es escaso y tardamos menos de diez minutos en ir de Jefatura, en la avenida Alexandras, a Santa Irini. Alamanos nos está esperando en el punto exacto que me había dicho.

—¿Qué me querías enseñar? —le pregunto.

—Mira las tiendas a tu alrededor y lo entenderás. No hacen falta más explicaciones —me responde.

Askalidis y yo cruzamos a la acera de enfrente y nos quedamos con la boca abierta. Parece que los organizadores de la manifestación han seguido las instrucciones de Begleris al pie de la letra.

Un hombre que ronda los cincuenta permanece inmóvil delante del escaparate de una tienda de ropa. Lleva colgado del cuello un simple rótulo de cartón que anuncia: ESTOY ARRUINADO. Dos tiendas más abajo, delante de una zapatería, un sesentón sigue con la mirada el vaivén de los transeúntes mientras lleva otro rótulo que proclama: LLEGA PAPÁ NOEL CARGADO DE HAMBRE.

La misma escena se repite a lo largo de toda la calle Eolu, a ambos lados de la calzada, con gente apostada en las aceras cada dos o tres tiendas y comercios. Delante de una tienda que vende camisas y ropa interior, una mujer que también ronda los cincuenta ha pegado en el cristal del escaparate fotografías de su familia, donde aparece con su marido y sus dos hijos. Debajo de las fotografías ha puesto un folio impreso: EL HAMBRIENTO NO ES UNO, SOMOS MUCHOS.

—No vale la pena que te lo tomes a pecho, comisario —me dice Alamanos, que ha venido hasta aquí con nosotros—. Esta es la situación y no solo en la calle Eolu. Verías lo mismo en Mitropóleos y en cualquier calle de las que rodean Monastiraki.

—¿Y qué hacemos?

—Nada. Hasta el momento, al menos, no se ha cometido ninguna infracción. Los comercios deben permanecer cerrados, es cierto, pero nadie prohíbe que los propietarios o incluso los dependientes vengan para trabajar en el interior de las tiendas. Si la concentración se limita a esto y no se produce un estallido callejero, será la manifestación de protesta más original de la Historia.

—Ya hemos vuelto a hacer Historia —le contesto.

—Lástima que nadie vaya a verla, por la prohibición de circular por la calle —comenta Askalidis.

—No te preocupes, que la verá todo el mundo —replica Alamanos—. Todas las redes sociales y todos los noticiarios estarán repletos de fotografías.

Nos despedimos en el mismo punto donde nos habíamos encontrado y subimos al coche patrulla.

—Mentiría si dijera que todo esto me ha alegrado el día —me dice Askalidis.

Me parece que no es necesario contestar, puesto que yo también estoy impresionado. Pienso que, con su suicidio, Begleris ha conseguido lo que ningún partido político ni ninguna organización sindical habían pensado siquiera en organizar.

—Vlasópulos ha preguntado por usted —me informa Stela en cuanto llego al despacho.

—Llámale enseguida.

—La nieta jura que no fue ella quien subió la carta de Begleris a las redes sociales y afirma que no se la había enseñado a nadie, ni siquiera al médico —dice Vlasópulos en cuanto se establece nuestra comunicación—. Hasta sacó el original para enseñármelo.

—Entonces, ¿cómo llegó la carta a las manos del médico? —le pregunto.

—Según la chica, el médico le sacó una foto con el móvil para enviárnosla.

—En este caso, debemos preguntar al médico si fue él quien compartió la carta.

—Ya he hablado con él. Me ha asegurado que, en cuanto nos remitió la carta, la borró inmediatamente de su móvil.

—¿La nieta vive sola?

—No, vive con su padre, que es técnico de ferrocarriles.

Colgamos el teléfono mientras en mi cabeza se empieza a esbozar una explicación del mal presentimiento que me atormenta. ¿Cómo llegó la carta a las manos del hombre o de la mujer que la subió a las redes sociales? Me parece muy poco probable que lo hiciera el propio Begleris. ¿A quién se le ocurre publicar una carta minutos antes de cortarse las venas? Lo lógico es que la dejara a su lado. Y esto es, precisamente, lo que hizo Begleris. ¿Cómo llegó, pues, a las manos de la persona que la hizo pública? La única explicación, aunque esté cogida por los pelos, es que Begleris hubiera dictado su contenido a un tercero y este lo hubiera hecho circular. ¿Y quién es el responsable de la publicación?

Intento calmarme pensando que hago mal en dejarme llevar por el desasosiego. No me encuentro frente a un asesinato sino ante un suicidio. Lo que más me preocupa de este asunto es el éxito de la manifestación. Cuando la carta se haga viral en las redes y salga en televisión, es posible que algún otro desesperado imite a Begleris para levantar polvareda poniendo fin a su vida.

Le digo a Stela que llame a Velidis, de Delitos Informáticos. Considero imprescindible emprender una investigación para identificar al que inició la difusión de la carta y averiguar cómo llegó a sus manos.

—¿Ha habido algún asesinato? —me pregunta Velidis en cuanto entra en mi despacho—. ¿Acaso no tenemos suficiente con las víctimas de la pandemia?

Le cuento toda la historia del suicidio de Begleris y la manifestación resultante. Mientras hablo, la expresión de incredulidad se va instalando en su mirada.

—¿Y qué es lo que te preocupa? —me pregunta cuando termino mi relato—. Desde el momento en que no hay asesinato ni estafa de dinero a través de internet, todo lo demás no es asunto de la policía.

—No sé si habrá imitadores y, lo que es más importante, si hay un plan oculto detrás de todo esto. Quiero que localicemos al destinatario de la carta de Begleris para que pueda interrogarle, aunque solo sea para cumplir con las formalidades.

—Comprenderás que esto podría llevar su tiempo y que el resultado es más que incierto —me explica Velidis—. Muchos de los que suben este tipo de contenido se esconden detrás de seudónimos, que son muy habituales en internet. Si es el caso, no sé cuánto tiempo necesitaremos para identificar al dueño de la cuenta de Facebook.

—Soy consciente de que podría estar complicándote la vida gratuitamente, pero intentémoslo, al menos —le respondo.

Por un momento, se me ocurre informar al subdirector, pero descarto la idea de inmediato. No hay razones para soliviantar también a mis superiores. Si mis temores demuestran ser infundados, me llamarían de todo a mis espaldas.

4

Las declaraciones vespertinas del portavoz del Gobierno ponen punto final al tema de la manifestación.

—No tenemos nada que objetar a manifestaciones de protesta si se organizan respetando las medidas de seguridad. El Gobierno es plenamente consciente de las dificultades a las que se enfrenta el pequeño comercio por culpa de la pandemia. Respeta la protesta de los comerciantes y les agradece haberse atenido a las reglas del confinamiento.

La posición oficial del Gobierno me tranquiliza. Resulta que fue acertado no haberme apresurado a hablar con el subdirector. Llamo a Velidis y le digo que ya puede abandonar la búsqueda de la persona que hizo pública la carta de Beglerís. No tiene sentido que siga importunándole gratuitamente.

Cuando no tienes nada que hacer, la única solución que te queda es recoger los bártulos y tomar el camino a casa. En mi caso, se trata de la casa de mi hija.

Para mi gran regocijo, encuentro un ambiente distendido. Fanis ya ha vuelto y está charlando con su mujer, todo sonrisas y coincidencia de pareceres. Katerina aprueba la manifestación de protesta de los propietarios de las tiendas cerradas, pero también la forma en que la habían organizado. Fanis está de acuerdo, dice que no se opone a las manifestaciones de protesta siempre que no contribuyan a aumentar el número de contagios de coronavirus. Lambros es el gran beneficiado de la tregua. Han cesado los gritos y el niño se ha calmado.

—¿Quién lo iba a decir, que una manifestación de protesta traería la paz? —me dice Adrianí cuando voy a cambiarme de ropa.

He terminado de vestirme y me dispongo a ir a ver a mi nieto cuando me detiene el timbre de la puerta e, inmediatamente después, la voz de Adrianí.

—¡Bienvenidos! ¡Por fin podemos vernos!

Voy directo al recibidor, porque me pica la curiosidad. Acaban de llegar Maña y Uli.

—¡Qué sorpresa más bonita! —exclamo con entusiasmo.

—Nos ha invitado Katerina —me dice Maña.

—Los he invitado yo pero la idea fue de mamá —se apresura a explicar mi hija.

—¿Cómo se te ha ocurrido? —pregunto a Adrianí, sorprendido.

—Pensé que nos iría bien pasar una velada en compañía de una mente lúcida como la de Uli y con el apoyo de una psicóloga —responde mi mujer en tono insinuante.

Hay veces en que los planteamientos sencillos de Adrianí te obligan a morderte la lengua.

—¿Cómo habéis conseguido llegar? ¿No os han detenido mis colegas por la calle? —pregunto a Maña.

En lugar de contestar, Maña abre su bolso y saca dos hojas impresas que, desde la distancia, parecen documentos oficiales.

—¿Ha venido ya Fanis? —pregunta a Katerina.

—Sí, está en casa. Pasad.

Maña entrega uno de los impresos a Uli. Se dirigen a la sala de estar sujetando los papeles con los dedos. Adrianí y yo nos miramos sorprendidos.

Fanis se pone de pie de un salto.

—¡Bienvenidos, ya era hora! —exclama con alegría, pero la pareja, en lugar de responder, levanta los documentos en alto para que Fanis los lea primero.

—¿Qué es esto? —se extraña mi yerno.

—Nos hemos hecho pruebas de autodiagnóstico. Certifican que hemos dado negativo —le explica Maña.

Tres de los presentes estallan en risas. El único que queda estupefacto es Fanis.

—¿Os habéis hecho un test para venir a vernos?

—Fanis, querido, puedes zafarte de la guardia urbana, de Hacienda o de la policía, pero de un alemán formalista no te escapas tan fácilmente —le responde Maña.

Al final, Fanis se echa también a reír mientras recoge los certificados que le ofrecen.

—Muy bien, se permite el contacto con Lambros —les dice.

La compañía le gusta también al niño, ya que le ofrece una amplia selección de abrazos. Uli se aleja de Maña y viene hacia mí.

—¿A ti cómo te va? —le pregunto.

—Le he dicho a Maña que existe la..., ¿cómo se llama? —pregunta a su compañera.

—Justicia divina.

—¿Por qué?

—Porque cuando estalló la crisis económica hace diez años, los alemanes llamaban a los griegos holgazanes y los acusaban de vivir a costa de otros. Ahora con la covid comparten el mismo destino que los griegos. —Se vuelve hacia Fanis—: Si fueras médico en un hospital alemán, vivirías exactamente la misma situación.

—Me subes la moral con tu «entre la espada y la pared» —le contesta Fanis.

A Katerina no parece impresionarle la conversación.

—Ya, pero esto no resuelve nuestro problema. Nos hemos convertido en piltrafas psíquicas.

—Cuando Fanis sale del hospital y tú del despacho, dejad las preocupaciones y la depre detrás, cerradas bajo llave, y volved a casa sin ellas —le dice Maña.

—¿Y qué hacemos en casa? —le pregunta Fanis.

—Pero ¿qué pregunta es esta? —se extraña Maña—. Tenéis a Lambros y, cuando el niño se va a dormir, tenéis a la señora Adrianí y al señor Kostas para haceros compañía. ¿Qué habría de decir Uli, que trabaja solo en casa? Ni siquiera puede ir a las empresas con las que colabora.

—¿Cómo te las apañas, Uli? —le pregunta Adrianí.

—Cuando ya no puedo más, lo dejo y pongo música.

—Escucha de todo, desde canciones de música popular griega hasta sinfonías de Mozart —puntualiza Maña—. Uli conoció la música popular griega a través de mí y yo conocí a Mozart a través de Uli. —La joven pareja estalla en carcajadas, aunque Maña recupera bruscamente la seriedad—: Si no podéis controlar los nervios, os recomiendo ver películas —propone—. Nosotros lo hacemos casi todas las noches después de cenar. Pero solo comedias y pelis de policías, nada de tragedias. Las comedias provocan la risa y las policiacas te enganchan con el misterio y acabas olvidándote de los problemas.

—¿Qué me estás sugiriendo, Maña? —le pregunto—. ¿Que me pase el día ocupándome de los crímenes cometidos en la vida real y por la noche me siente para contemplar mi vida profesional en una pantalla?

Maña me mira estupefacta.

—Tiene razón, no se me había ocurrido —farfulla desconcertada.

Lambros salva la situación con su llanto repentino.

—Dios mío, nos hemos despistado con la conversación y tiene hambre. Voy a prepararle la cena —dice Katerina, y se pone de pie.

—Y yo voy a preparar la nuestra —apostilla Adrianí.

Cojo a Lambros en brazos para jugar con él y tranquilizarle. Los otros tres empiezan a charlar de temas triviales, pero son tan intrascendentes que no consigo prestarles atención. Katerina reaparece al poco rato con la cena del niño y Lambros empieza a devorarla con avidez. Habiendo cumplido mi cometido, me sumo a la compañía de los otros tres, que ahora están escuchando a Uli describir la situación del coronavirus en Alemania.

—Cada vez que llamo a mis padres por teléfono me pongo a temblar de miedo —nos cuenta—. Por suerte, hasta el momento se encuentran bien. Los hospitales están desbordados y no se oyen más que noticias deprimentes. Y, por si esto no fuera suficiente, de vez en cuando hay concentraciones de gente que proclama que el coronavirus no existe.

—Al menos, aquí nos hemos librado de esa lacra —dice Fanis, y se vuelve hacia mí—: ¿Cómo explicas esto, comisario?

—Paciencia. Nosotros somos como los elefantes. Nos cuesta arrancar, pero, una vez que nos ponemos en marcha, nada nos puede detener.

Mi nieto ha terminado de cenar y cobra su tributo en besos antes de ir a la cama. Apenas ha salido de la habitación con su madre, cuando aparece Adrianí para poner la mesa.

—Esta noche os tengo preparada una sorpresa —anuncia.

—¿Qué sorpresa? —pregunta Uli.

—Chico, las rebajas se pueden adelantar. Las sorpresas no tienen adelantos —le contesto, y él se muerde la lengua.

En cuanto vuelve Katerina, Adrianí nos trae la sorpresa. Es una bandeja de tomates y pimientos rellenos. Voces de entusiasmo suenan por todas partes.

—He pensado en hacerles los honores a Uli y a Maña, que aceptaron nuestra invitación —explica mi mujer.

—¡Volved a invitarnos cuando queráis! —exclama Uli.

—De acuerdo, pero no siempre haré tomates rellenos —le advierte Adrianí.

—Haga lo que haga, está siempre delicioso —dice Maña.

La conversación queda interrumpida para que podamos disfrutar de la cena, yo incluido, que hace tiempo que no como tomates rellenos, puesto que Lambros no le deja a Adrianí tiempo libre para que prepare platos elaborados.

Pasamos una velada agradable y sin nerviosismos, cosa que nos sube la moral y nos pone de buen humor.

Al marchar, Fanis devuelve los certificados a Maña.

—Quédatelos, tenemos duplicados —le dice ella.

—Por fin, hemos pasado una velada agradable con nuestra hija y nuestro yerno —comento a Adrianí cuando ya hemos subido al Seat.

Mi mujer me responde con un proverbio, como tiene por costumbre:

—A grandes males, grandes remedios.

Tal vez tenga razón. En cualquier caso, esta noche duermo mucho mejor.

5

Por la mañana llego a mi despacho de buen humor y con la certeza íntima de que me espera una jornada tranquila, pero mi intuición resulta estar equivocada. Stela aparece apenas he tomado el último trago de mi café matutino.

—Ha llamado el subdirector. Es urgente, pero he pensado dejar que se termine su café antes. Sé por experiencia que las urgencias de comandancia significan desplazamientos.

—Te lo agradezco. Ponme con él.

—Ayer, a última hora de la tarde, el director mantuvo una conversación con el ministro y quiere informarnos al respecto —me dice el subdirector cuando se ha establecido la conexión.

—¿Una conversación sobre qué?

—Yo tampoco lo sé. Nos lo contará él.

Esto significa que debo ir a la calle Katejaki, al Ministerio del Interior. Por suerte, el tráfico es escaso y llego sin retraso. El agente apostado en la antesala me informa de que el subdirector se encuentra ya en el despacho del director. Me los encuentro conversando en voz baja.

—Siéntese. ¿Le apetece un café? —me pregunta el director cortésmente.

Ese «¿Le apetece un café?» significa que la reunión va para

largo. Acepto el ofrecimiento y aguardo lo que viene a continuación.

—Señores, ayer mantuve una conversación con el ministro del Interior —empieza el director—. Estaba muy preocupado por la manifestación convocada tras el suicidio. Piensa que, si esta nueva forma de protesta continúa y encuentra seguidores, corremos el riesgo de enfrentarnos a nuevas manifestaciones un día sí y otro también. Me pidió que encontremos la manera de impedirlas, con el argumento de que quedan en entredicho el prestigio y la credibilidad del Gobierno.

—¿Cómo íbamos a impedir una manifestación que cumplía con todos los requisitos legales? —se extraña el subdirector.

—Este, precisamente, fue mi argumento, pero recibí presiones asfixiantes —le responde el director.

—Señor director, tuve ocasión de ver la manifestación con mis propios ojos —intervengo yo—. Le puedo asegurar que no se produjo la más mínima infracción de la ley que prohíbe las concentraciones. No había más que comerciantes, de pie delante de los escaparates de sus propios establecimientos. Las tiendas estaban cerradas. Que yo sepa, no ha habido ninguna disposición que prohíba a los comerciantes ir a sus negocios, siempre que estos permanezcan cerrados y no admitan la entrada de clientes. Por lo tanto, no tenemos ningún derecho a intervenir.

—El comisario tiene razón —añade el subdirector—. La dispersión de una manifestación legal volvería a la ciudadanía en contra de los cuerpos de seguridad del Estado. Aun sin esto, buscan pretextos para deslegitimarnos. Y este, en concreto, resultaría del todo justificado.

—Están, además, las declaraciones del portavoz del Gobierno, que fueron en sentido contrario —apostillo yo.

—También se lo dije al ministro, pero su respuesta fue

que las declaraciones del portavoz tenían como objetivo apaciguar los ánimos y quitar hierro al asunto —responde el director.

—Le sugeriría que le diga al ministro que, si desea que dispersemos este tipo de manifestaciones, el Gobierno debería asumir su responsabilidad y emitir una orden al respecto —dice el subdirector.

El director nos mira y sonríe.

—No me cabe la menor duda de que la iniciativa es única y exclusivamente del ministro del Interior —confiesa—. Teme que, si estas manifestaciones legales proliferan, le podrían llamar al Parlamento para dar explicaciones y quiere cubrirse las espaldas. —Se dirige al subdirector—: Tienes razón, le diré lo que me has sugerido. También nosotros debemos cubrirnos las espaldas.

No nos queda nada más que decir y nos ponemos de pie.

—Vosotros estáis en Jefatura y no podéis ni imaginar lo que tenemos que aguantar nosotros aquí —me dice el subdirector cuando salimos al pasillo.

—Mentiría si dijera que os envidio.

Cuando me subo al Seat, mis pensamientos vuelven al asunto de Begleris. Hay dos incógnitas que me siguen preocupando, y todavía no he podido dar con una explicación. La primera es la frase que acompaña la firma de la carta de Begleris: «La conjura de los suicidas». Una conjura de suicidas con un único suicida no es conjura ni es nada. Salvo que Begleris escribiera la frase solo para causar sensación.

No se puede descartar esto último, aunque la carta del suicida se subió a las redes sociales y provocó la manifestación de protesta de ayer, sin que nosotros sepamos hasta el momento quién la publicó ni cómo llegó a sus manos. Estas son las dos incógnitas que me atormentan y, muy especialmente, la segunda.

En cuanto llego al despacho convoco a mis colaboradores para ponerlos al día y tener un intercambio de opiniones. Les cuento lo esencial de la conversación con el director y después les expongo las dos incógnitas y la preocupación que me despiertan. Ellos me escuchan con el desconcierto dibujado en sus facciones.

—Tiene razón, señor comisario, pero ¿cómo podemos saber si alguien piensa suicidarse y cuándo? ¿Si piensa dejar una carta o no? —dice Dervísoglu—. Si se tratara de asesinatos, tal vez podríamos encontrar a un sospechoso o, como mínimo, averiguar el móvil del crimen y, a partir de ahí, trazar un plan de actuación. En este caso, no podemos saber quién decidirá poner fin a su vida ni cuándo.

—Tienes razón —le digo, y me dirijo a Kula—: ¿Crees que podemos impedir que se publiquen este tipo de cartas en las redes sociales? —le pregunto.

—Consúltele también a Velidis, si quiere, ya que conoce el tema mejor que yo, pero creo que es imposible. Facebook no aceptaría bloquear la publicación de la carta de un suicida. Si la carta estuviera relacionada con un asesinato, resultaría más fácil, porque tendría repercusiones en nuestra investigación. Pero los suicidios no son asesinatos.

—Se me ocurre una solución —interviene Dermitzakis, que hasta ahora había permanecido callado—. Podemos enviar una circular a todas las comisarías del Ática. Que tengan los ojos y los oídos abiertos por si se produce un suicidio en sus distritos. Si se produce, que anoten los datos del suicida, que requisen la carta que haya dejado, si ha dejado alguna, y que nos la envíen. Así evitaremos que aparezca en las redes sociales.

—Muy buena idea —dice Askalidis.

—Bravo, Dermitzakis, te felicito. Así lo haremos —le

digo—. Aunque no seremos nosotros, sino Jefatura, los que envíen la circular. Así tendrá más autoridad.

Mis colaboradores se retiran con Dermitzakis a la cabeza, con una sonrisa de oreja a oreja. Enseguida llamo al subdirector y le cuento la solución que hemos acordado.

—Ya tiene en el bolsillo el ascenso a director de la policía del Ática —me responde él riéndose.

—¿Por qué?

—Porque acaba de ofrecer una solución muy acertada, no solo para el director, sino también para el ministro. El director se quita de encima la presión de Interior, y el ministro traslada orgulloso la solución al primer ministro y al comité de expertos. Mi enhorabuena.

—Debo reconocer que ni se me había pasado por la cabeza —confieso.

—Esta es la diferencia entre la avenida Alexandras y Katejaki —repite mi superior, recordándome nuestra conversación de esta mañana.

De repente, he recordado que la idea no ha sido mía sino de Dermitzakis y me invaden los remordimientos. Si a mí me ascienden, deberé ocuparme de que también Dermitzakis suba en el escalafón. Esto no va a ser posible en el Departamento de Homicidios, porque pasar de ser uno más a ser el primero en el mismo departamento no es bueno ni para el ascendido ni para sus compañeros de trabajo. Podría, sin embargo, ser ascendido y trasladado a otro departamento. «Estoy vendiendo la piel de oso antes de haberlo cazado», me digo, y dejo de pensar en los ascensos como si ya los tuviera en el bolsillo.

Informo enseguida a Kula para que esté bien atenta a las redes, y luego llamo a Velidis, que es el experto en estos temas informáticos.

—Lo que me pides ahora resulta más fácil que lo anterior

—es su primera observación—. En primer lugar, si se produce un segundo suicidio, los nuestros retendrán la carta y nadie podrá publicarla en redes. Más allá de eso, cuando nos informéis de algún suicidio, nos mantendremos atentos a las redes sociales en todo momento. Si la carta se nos escapa o si el suicida la hubiera colgado en redes antes de quitarse la vida, la localizaremos enseguida.

Colgamos el teléfono y ya me siento más tranquilo. Hemos tomado todas las medidas pertinentes y estamos preparados para lo que venga.

6

La bomba del segundo suicidio estalla a las diez de la mañana de boca del jefe de la comisaría de Peristeri. Es como si lo hubiera estado esperando, ni siquiera me llama la atención que el jefe me avise a mí. Informar a la subdirección de seguridad es parte de la normativa.

—¿Quién es el suicida? —le pregunto.

—Un tal Vlasis Kortidis, de noventa y tres años. Vivía solo. Tenía un hijo, pero, por lo que he podido averiguar, este vive en Jalandri y no iba nunca a ver a su padre. Había contratado a una mujer para que cuidara de él todos los días y eso era todo. —Hace una pausa antes de añadir—: Parece que el viejo se conservaba muy bien. Los vecinos le veían a menudo salir con su bastón a pasear.

—¿Cómo se quitó la vida?

—Salió al balcón y se tiró del cuarto piso. Los transeúntes que acudieron corriendo le encontraron ya muerto.

Por mucho que vaya retrasando la pregunta, al final no puedo evitar hacerla:

—¿Ha dejado alguna carta?

—Sí, pero fuimos los primeros en entrar en el piso y la recogimos. La familia que vive en el piso de al lado tenía el teléfono de la mujer que cuidaba de Kortidis y la llamamos.

Esperamos a que llegara, entramos en el piso con ella y recogimos la carta.

—Muy bien. Mandaré a uno de mis colaboradores para que la vaya a buscar —le digo, aliviado.

Enseguida aviso a Askalidis para que vaya a la comisaría de Peristeri. A continuación, llamo al subdirector.

—Al menos, esta vez hemos podido hacernos con la carta —me dice él, complacido—. Imagínese la satisfacción del director y del ministro del Interior.

Mi propia satisfacción no es para menos. Sin embargo, hasta que Askalidis no aparece con la carta no estoy tranquilo. La espera dura casi una hora.

—Pero ¿qué demonios de tráfico es este? —exclama exasperado—. ¡Todo el mundo ha salido a la calle con el coche! —Deja un sobre cerrado encima de mi escritorio—. ¿Me necesita para algo más?

—No, de momento, no.

Ya a solas, abro el sobre y saco la carta. Nada más verla confirmo, para mi satisfacción, que tengo en las manos el original y no una fotocopia.

Durante años trabajé en los mataderos. En aquellos tiempos salíamos a la calle con cualquier pretexto para protestar y exigir unos céntimos más, a ver si daban para un bocado extra de pan. Pasado el tiempo conseguí abrir una carnicería y salí de la pobreza. Panayota, mi mujer, y yo comenzamos a vivir más dignamente y pude darle estudios a mi hijo. Ahora él trabaja en una gran empresa y se ha olvidado de mí. Le avergüenza que su padre fuera carnicero. Ha buscado a una mujer, Glykería, para que me cuide y nunca viene a casa a verme.

Mi única alegría en la vida eran las tardes del sábado y los domingos, cuando iba al café y jugaba a las tablas tomando un café griego. Entonces solo había dos tipos de café, el griego y el soluble. Hoy en día hay más de diez pero los cafés están cerrados. ¿Cómo vive toda esa gente? ¿Los propietarios y los camareros? En mis tiempos las protestas habrían inundado las calles. Ahora nadie rechista. Agachan la cabeza y lloran su mala suerte. ¡Salid a protestar, idiotas! ¡No os queda otra!

No vale la pena vivir en este mundo. Mi mujer murió y solo tú, Glykería, llorarás mi muerte. Mi hijo suspirará con alivio por haberse librado de mí.

Ya basta de vivir esta ignominia.

Vlasis

¡Viva la conjura de los suicidas!

La última frase me golpea como una bofetada en la cara. Aquí tenemos otra vez la conjura de los suicidas. Es imposible que Kortidis conociera a Begleris y que se hubieran puesto de acuerdo en terminar sus cartas con el mismo grito triunfal. En consecuencia, aquí nos las tenemos que ver con el movimiento de unas personas que deciden suicidarse para movilizar a la opinión pública con su muerte.

La primera vez tuvimos suerte y la protesta de los comerciantes se produjo dentro de los márgenes permitidos por las medidas de confinamiento. En esta ocasión también hemos tenido suerte, porque hemos conseguido hacernos con la carta del suicida. Pero nada nos garantiza que la buena fortuna siga sonriéndonos. Para empezar, porque no sabemos quién será el próximo en suicidarse, para poder dar con él y encerrarle en una institución bajo vigilancia médica e impedir que se quite la vida. Como tampoco podemos estar seguros de retener a tiempo su carta, antes de que llegue a las redes sociales.

Stela ha avisado a Velidis, que entra en mi despacho y se sienta frente a mí. Le doy la carta para que la lea.

—No creo que aparezca en redes, pero, si alguien la comparte, esta vez no se nos escapará —me asegura.

Le cuento lo que he estado pensando y él escucha afirmando con la cabeza.

—Tienes razón, pero no puedo ayudarte. Te sugiero que hables del tema con los altos cargos.

Llamo inmediatamente por teléfono al subdirector y le explico el problema.

—Preferiría que el director estuviera presente en nuestra conversación —añado.

—Espere, le volveré a llamar.

Poco después me informa de que el director estará disponible dentro de media hora. En cuanto salgo a la avenida del Mediterráneo, descubro que Askalidis tenía razón. ¿Adónde va toda esta gente en una ciudad confinada? La respuesta es sencilla. Han salido a dar un paseo convocados por SMS. Antes había pasaportes falsificados y carnets de identidad falsificados. Ahora hay, además, SMS de circulación falsificados.

Llego a la calle Katejaki y voy directo al despacho del director. El agente de la antesala me informa de que el subdirector ya ha llegado y de que ambos me están esperando.

Cuando entro en el despacho, dos pares de ojos consternados se dirigen hacia mí. Apenas he tenido tiempo para sentarme cuando el director me hace la pregunta que le está agobiando:

—¿Ha habido otro caso?

En lugar de responder, saco la carta de Kortidis. La leen y se me quedan mirando.

—La clave está en la última frase, en «la conjura de los suicidas» —les explico—. Con esta misma proclama terminaba la carta del primer suicida. Queda del todo descartado que ambos suicidas se conocieran y se hubieran puesto de acuerdo. En consecuencia, nos enfrentamos a la conjura de unos ancianos que deciden sacrificar lo que les queda de vida para movilizar a aquellos que se están ahogando por las medidas de confinamiento debido a la pandemia.

—Me parece que, al final, el ministro tenía razón —comenta el director.

—El problema en este caso es que, si siguen produciéndose suicidios, no podremos impedirlos, señor director —le explico—. No podemos saber de antemano quién será el siguiente en quitarse la vida, dónde decidirá hacerlo ni cuándo. Nuestra única esperanza son las cartas de los suicidas, conseguir encontrarlas a tiempo y evitar que se compartan en las redes sociales.

—¿Qué propone usted? —me pregunta el subdirector.

—No tengo nada que proponer en estos momentos. He venido para informarles, para que sepan cuál es la situación. Por desgracia, nos enfrentamos a un problema que solo nos deja margen para actuar sobre la marcha.

Llegamos a la única conclusión que nos queda: mantenernos en contacto permanente sobre cualquier situación que pudiera surgir. Antes de marcharme les pregunto si desean quedarse con una copia de la carta de Kortidis.

—Usted tiene una copia y Velidis tiene otra. Son ustedes quienes se ocupan del caso —me responde el director—. Es suficiente. Por una cuestión de seguridad, es preferible que no circulen demasiadas copias por ahí.

Cuando subo de nuevo al Seat, siento de pronto que no tengo ganas de volver al despacho. He cumplido con mis obligaciones profesionales y la falta de actividad en Jefatura acabará con mis nervios. Llamo a Stela para comunicarle que doy por finalizada mi jornada laboral y pongo rumbo a la casa de mi hija.

De repente, mientras conduzco, se me mete una idea en

la cabeza. Si mi razonamiento es acertado y nos enfrentamos a una conspiración, entonces, lógicamente, tiene que haber alguien que se ocupe de organizarla y coordinarla. No puede existir un movimiento, aunque sea de suicidas, sin un cerebro que mueva los hilos.

Este planteamiento nos aboca a una investigación policial en toda regla. Es acertado y eficaz intervenir las cartas de los suicidas antes de que lleguen a las redes sociales. Al mismo tiempo, sin embargo, tenemos que descubrir quién es el cerebro al mando detrás de este movimiento de suicidas.

Sumido en estos pensamientos, llego a casa de Katerina. Me encuentro a Adrianí a solas con Lambros. En cuanto me ve, mi nieto me tiende las manos para que lo levante en brazos.

—¿No ha llegado Katerina todavía? —pregunto mientras abrazo al niño.

—No, ha llamado para avisar de que llegará tarde.

En la habitación de Lambros pongo en marcha su trenecito. El pequeño empieza a jugar, entusiasmado.

Poco después se oye el sonido de una llave en la puerta. Pensamos que es Katerina pero, en su lugar, aparece Fanis.

—¿No está Katerina? —se extraña. Adrianí le da la misma respuesta que a mí.

Pronto llega también mi hija, cargada con dos bolsas de plástico.

—No toques las bolsas. Me cambio y vuelvo enseguida —dice a su madre.

A la vuelta, abre la primera bolsa y saca un juguete para Lambros. Es un muñeco acróbata. Hay que pulsar un botón y empieza a dar volteretas y a hacer el pino. Lambros se pone a chillar y a dar palmas con entusiasmo.

Katerina le deja jugar y coge la segunda bolsa. La abre, saca una prenda de punto y se la da a su madre.

—¿Qué es esto? —se extraña Adrianí.

—Tú tejiste un jersey precioso para tu nieto y yo te he comprado una chaqueta.

—¿Es que Papá Noel ha llegado pronto este año? —pregunta Fanis, que está observando la escena tan sorprendido como yo.

—No te equivocas del todo —responde Katerina y exclama alegremente—: ¡He cobrado! ¡Por fin, he cobrado después de cuatro meses!

Fanis la estrecha entre sus brazos y le da un beso.

—Es un buen comienzo —le susurra al oído.

Siguen mis felicitaciones y las de Adrianí.

—Mira, la chaqueta me queda de maravilla. Gracias, hija mía —le dice, emocionada.

El ambiente ha cambiado y estamos todos muy contentos. Las alegrías de la familia me liberan de las preocupaciones del trabajo.

7

suicidio. m. 1. El acto de matarse, de inmolarse uno mismo. «Las almas que fallecen por su propia mano están destinadas al infierno.» / 2. Desistir voluntariamente de un bien material o moral, renunciar a un derecho o proyecto vital y esencial para quien actúa de este modo: suicidio económico, moral, científico, político.

Anoche me quedé dormido pensando que la segunda acepción del término resulta válida para el caso que estamos investigando aunque al revés. A nosotros no nos ocupan unos suicidios económicos ni políticos, sino unos suicidios con pretensiones de movilización social. Me pregunto cómo definiría Dimitrakos esta acepción de la palabra, una vez recuperado del *shock* de conocerla, claro está.

La idea se me ocurre por la mañana, mientras conduzco camino del despacho. Tanto Begleris como Kortidis mencionan luchas y conflictos sociales en sus cartas. Begleris había sido obrero de la construcción y Kortidis había trabajado en los mataderos. Aunque no se conocieran personalmente, los unía la lucha común. La única persona que conozco que participó en todo aquello es Zisis. Tal vez conozca por casualidad a alguno de los dos fallecidos y pueda darme cierta información al respecto.

Le llamo por teléfono inmediatamente.

—Me enfrento a un caso complicado y me gustaría verte, por si puedes resolver algunas de mis dudas.

Como de costumbre, no me pregunta de qué se trata. Solo me advierte:

—Ven pero ponte la mascarilla. Nadie entra en el refugio sin mascarilla.

Llevo encima la carta de Kortidis, pero paso por el despacho para recoger también la de Begleris. Después sigo mi camino hacia el refugio, que está en Kypseli.

Realmente, no hay nadie en el refugio que no lleve la mascarilla puesta. Zisis me conduce al bar, que está cerrado para evitar las aglomeraciones, como él mismo me explica. Le doy las dos cartas para que las lea. Cuando termina, se me queda mirando. Es obvio que está esperando algún tipo de explicación.

—Ya que las cartas hablan de movilizaciones y luchas sociales, se me ocurrió que tal vez conocieras a alguno de esos dos —le digo.

—No. Sus nombres no me suenan de nada, aunque tampoco conozco a todos los izquierdistas de Atenas.

Esboza una sonrisa.

—Kostas, hay que ver también la otra cara de la moneda. No eran de izquierdas todos los que participaban en las movilizaciones con nosotros —me explica—. Eran pobres que no tenían nada que llevarse a la boca e iban a las movilizaciones con la esperanza de conseguir un pequeño aumento de sueldo, poder poner un bocado más sobre la mesa. Claro que la policía y los gobiernos de la época pensaban que eran todos de izquierdas, puesto que marchaban con nosotros. Y nosotros callábamos, porque nos convenía que pensaran que el movimiento de izquierdas era mucho mayor de lo que era en realidad. —Vuelve a mirar las dos cartas—. Ahora bien, a estos dos no los conozco de nada.

Otra puerta que se me ha cerrado, pienso, y me pongo de pie. Zisis manda recuerdos para la familia y besos para su tocayo.

—Os echo mucho de menos —reconoce.

—Eres un exagerado —le contesto—. No pasará nada si vienes una noche conmigo a casa de Katerina, sobre todo, teniendo en cuenta que estás vacunado. No hará falta ni que envíes un SMS, puesto que irás acompañado de la policía.

—De acuerdo. Quedaremos uno de estos días —me promete él, convencido.

Vuelvo a poner rumbo a la avenida Alexandras.

—Velidis le está buscando —me dice Stela en cuanto entro en el despacho.

La noticia no me gusta nada, pero intento mantener viva la esperanza de que no se trata de la aparición de la última carta en las redes sociales. Velidis me comunica justo lo contrario.

—Siento decepcionarte, pero se ha publicado —me dice—. En cualquier caso, si te sirve de consuelo, hasta el momento no se ha compartido.

—¿Sabemos quién la ha publicado?

—Sí, un tal Miltos Parasidis, con domicilio en la calle Naxos, en Mosjato. Le hemos identificado a través de su móvil, pero no podemos bloquear su cuenta de Facebook. Esto solo lo pueden hacer los administradores de la red social.

—Sigue rastreando las redes, por si la comparten más usuarios —le digo.

Cuelgo el teléfono y llamo enseguida a mis colaboradores. Les comunico las noticias del día y se quedan pasmados.

—Pero bueno, ¿cómo es posible? —se extraña Askalidis—. Si fuimos los primeros en llegar y nos llevamos la carta.

—No te preocupes, que lo averiguaremos —le respondo—. Id enseguida a la calle Naxos y traedme a Parasidis. Prefiero que el interrogatorio tenga lugar aquí, en Jefatura, ya que podríamos necesitar la asistencia de Velidis. Si Parasidis no está en su casa, os quedáis esperando hasta que vuelva.

En cuanto se marchan, llamo a Velidis para ponerle al día.

—Has hecho bien. A mí también me gustaría estar presente en el interrogatorio.

Aprovecho el margen de tiempo para hacer dos llamadas más. La primera, al subdirector.

—También nosotros creímos que, con la carta en nuestras manos, habíamos resuelto el problema. ¿Tan ingenuos somos? —comenta él cuando termino de informarle.

—No sé si somos ingenuos, pero la publicación en redes de la carta de Kortidis confirma lo que ya sospechábamos: que la conjura de los suicidas es un movimiento organizado. Mucho me temo que habrá más suicidios. Le volveré a llamar cuando hayamos reunido más información tras el interrogatorio.

La segunda llamada es a Dimitríu, de la Científica.

—Ven a Jefatura, por favor —le pido después de describirle la situación—. No sé qué novedades pueden surgir y no tenemos margen para perder el tiempo.

Terminadas las llamadas, entro en un compás de espera que, por suerte, no dura demasiado. Media hora más tarde, Kula me informa de que mis hombres ya están en la sala de interrogatorios acompañados de Parasidis.

Aviso a Velidis.

—Mientras tanto, la primera carta se ha compartido tres veces más en redes sociales —me dice cuando nos reunimos.

No hay margen para parloteos. El interrogatorio es lo primero. Entramos en la sala de interrogatorios y nos encontramos ante un hombre joven, que debe de rondar los treinta.

—¿Fue usted quien compartió la carta de suicidio de Vlasis Kortidis? —le pregunto tras las presentaciones pertinentes.

—Sí, fui yo —contesta secamente.

—¿Podría explicarnos cómo llegó a sus manos?

—No solo puedo, sino que tengo pruebas de ello. —Le miramos sorprendidos mientras Parasidis saca del bolsillo un sobre de correspondencia, de esos que se venden en todos los quioscos, y un trozo de papel. Primero nos enseña el sobre—. Este es el sobre que contenía la carta —nos dice—. Como pueden ver, lleva escritos mi nombre y mi dirección, pero faltan el nombre y la dirección del remitente. —Deja el sobre encima de la mesa y nos enseña el papel, que lleva escrito: «Para publicar en redes»—. La nota estaba sujeta a la carta con un alfiler —explica—. Literalmente. Pensé que era una broma de mal gusto de alguien que quería dejarme en ridículo en las redes sociales y no la publiqué.

—¿Cuándo recibió usted la carta? —le pregunta Velidis.

Parasidis reflexiona un momento.

—Debió de ser hace tres días.

—¿Y por qué la ha compartido hoy?

—Porque ayer leí en Instagram que cada día hay nuevos suicidios y que otro anciano se había quitado la vida. El nombre que aparecía era el mismo que el de la carta. Entonces decidí compartirla, para honrar la voluntad del suicida.

—¿Por qué no fue usted a la policía para informar de que alguien pensaba quitarse la vida? —le pregunto.

—Disculpe, pero he estudiado derecho y ahora estoy preparando mi tesis doctoral —me contesta él—. Sé muy bien que lo peor que puedo hacer es acudir a la policía sin datos concretos. Cuando recibí la carta, Kortidis seguía con vida. Es posible que me acusaran de haberlo planeado todo yo mismo, para ridiculizar a la policía. Justamente por temer ser víctima de una broma, como ya le he dicho, se me ocurrió que este podría ser, precisamente, el plan del bromista y no hice nada. Sencillamente, guardé la carta y la nota adjunta.

—Va a tener que entregarnos todas las pruebas que estén en su poder: tanto la carta en sí como el sobre y la nota —le digo.

—Por supuesto.

Saca la carta del bolsillo y la deja encima de la mesa, junto a las otras pruebas.

—También necesitamos el número de su teléfono fijo —le dice Velidis, y Parasidis se lo da.

—No hay más preguntas. Ya puede irse —le digo a Parasidis y me vuelvo hacia Askalidis—: Ocúpate de que le lleven a casa en un coche patrulla, para que no encuentre complicaciones en el camino.

Cuando Parasidis se marcha, subo a mi despacho acompañado de Velidis, Dermitzakis y Dervísoglu. Tenemos que hablar del caso y decidir qué pasos vamos a dar a partir de ahora.

Dimitríu nos está esperando en la antesala. Le doy la carta de Kortidis que nos ha entregado Parasidis, junto con el sobre y la nota adjunta.

—Quiero que encargues a un grafólogo que compare la escritura de las dos pruebas que te he entregado con esta otra. —Y le doy la carta que encontramos en la casa de Kortidis—. Nos interesa saber si hay diferencias entre ellas, es decir, si la escritura difiere en alguno de estos textos y en cuál.

—Se lo encargaré a nuestro grafólogo más experto, pero, aun así, seguramente el análisis lleve su tiempo —me advierte Dimitríu—. A veces los tipos de escritura se parecen mucho entre sí y no resulta fácil llegar a una conclusión.

—Parasidis nos ha dicho que no conocía a Kortidis de nada —me dirijo a Velidis—. Entonces, ¿por qué Kortidis envió la carta a una persona desconocida?

Velidis se dirige a Dimitríu:

—¿Habéis encontrado algún teléfono móvil en casa de Kortidis? —le pregunta.

—No, no había ningún móvil.

—Entonces, comprobaremos las llamadas hechas desde y hacia el teléfono móvil y el fijo de Parasidis, y desde y hacia el teléfono fijo de Kortidis —me dice Velidis—. Si no se produjeron llamadas entre ambos, tendremos que concluir que no se conocían.

—Quiero que localicéis a Glykería, la mujer que cuidaba de Kortidis —indico a mis colaboradores—. Tenemos que averiguar si Kortidis fue a correos antes de suicidarse o si, en cambio, la envió a ella para mandar una carta. Lo segundo me parece lo más probable. A su edad, Kortidis no aguantaría pasar horas de pie en la oficina de correos, esperando a que le llegue el turno, con las condiciones que se dan hoy en día.

—¿Qué hacemos con las publicaciones? —me pregunta Velidis cuando nos quedamos a solas.

—Lo único que puedo hacer es avisar a Alamanos, para que esté pendiente y logremos evitar posibles desórdenes públicos.

—Entonces, voy a ocuparme de las llamadas.

Cuando me quedo a solas, llamo por teléfono a Alamanos, de Antidisturbios, para contarle la situación.

—Enviaré a unos hombres para que vigilen la zona. Si hay disturbios, intervendremos inmediatamente.

La última persona que me queda por llamar es el subdirector. Le presento un informe pormenorizado del curso de los acontecimientos y de las actuaciones que hemos decidido emprender. Cuando termino, se produce un largo silencio.

—Al final, tenía usted razón —dice mi superior—. Existe, realmente, un movimiento organizado de suicidas.

—Existe y, por desgracia, no nos resultará fácil desentrañar el asunto.

—Me parece que tendrá que venir usted para informar al director.

—De acuerdo, aunque será mejor esperar a que lleguen los resultados del análisis grafológico y del registro de llamadas, para tener una imagen más completa de la situación.

La única noticia positiva llega una hora más tarde con la llamada de Dermitzakis:

—La cuidadora nos ha dicho que Kortidis la envió a correos para mandar una carta pocos días antes de suicidarse. Es decir, fue Kortidis quien envió la carta a Parasidis. No debemos esperar grandes revelaciones del análisis grafológico. La única ventana que nos queda abierta son las llamadas telefónicas.

Pero ¿cómo sabía Kortidis la dirección de Parasidis y por qué le envió la carta, si no le conocía de nada?

8

Dimitríu corrobora lo que estaba esperando desde ayer. El análisis grafológico confirma que ambos escritos, el del sobre y el de la nota, eran del puño y letra de Kortidis.

No ha sido una sorpresa desde el momento en que Kortidis encargó a Glykería que enviase la carta. Ahora la cuestión es quién facilitó a Kortidis el nombre y la dirección de Parasidis. Este nos había asegurado que no conocía a Kortidis y que al principio le había parecido que alguien le estaba gastando una broma de mal gusto. No se me ocurre ninguna razón por la que nos quisiera ocultar que se conocían. Que una persona te envíe su carta de suicidio para que la compartas en redes no es ningún delito. Bien al contrario. Si Parasidis conociera al suicida, es muy posible que hubiese intentado evitar que se quitara la vida.

De repente se me ocurre una idea que debería haber tenido antes y me enfado conmigo mismo. Debería haber preguntado a Velidis si, en el curso de su investigación de las publicaciones de la carta de Begleris, se había topado con el nombre de Parasidis. Voy a coger el teléfono para llamarle, pero decido dejarlo para más tarde. Es preferible que concluya antes el registro de las llamadas. Tal vez así averigüemos más detalles.

Este caso me está destrozando los nervios. No sabemos

qué es exactamente lo que andamos buscando. No ha habido ningún asesinato ni crimen de otra índole. Nos preocupa que las cartas den lugar a desórdenes públicos y concentraciones de protesta en medio de las restricciones por la pandemia, aunque este tipo de alteraciones son competencia de la Brigada Antidisturbios.

Nuestra implicación se fundamenta en una sola frase: «La conjura de los suicidas». No podemos descartar que, al final, sea una simple bravuconada o una vana ilusión, pero, desde el momento en que ambas cartas hacen referencia a un movimiento, tampoco podemos desdeñarlas por intrascendentes cuando, para más inri, este movimiento utiliza como palanca el suicidio de unos ancianos.

La llamada de Velidis interrumpe mis reflexiones.

—No hemos encontrado nada sospechoso ni digno de consideración en las llamadas desde y a los teléfonos de Kortidis y de Begleris —me comunica—. El interés está en otra parte.

—¿Dónde?

—Hubo dos llamadas a Begleris y tres a Kortidis que se hicieron desde cabinas públicas. Estamos esperando a que la compañía telefónica nos informe de en qué barrios se encuentran esas cabinas.

Aquí está el movimiento otra vez, pienso. Generalmente, las llamadas que se hacen desde cabinas públicas obedecen a la necesidad de no dejar rastro, porque su contenido es sospechoso.

—Ayer se me olvidó pedirte que investigaras algo más —comento a Velidis.

—¿De qué se trata?

—De si entre los usuarios que compartieron la carta de Begleris aparece el nombre de Parasidis.

—Ya lo he mirado pero no aparece —responde. Al ver

que me quedo callado, añade—: La situación es exactamente como te la imaginas, Kostas.

—¿A qué te refieres?

—Alguien llama desde una cabina a los que han decidido suicidarse y les dice a quién deben enviar su carta de despedida.

Colgamos el teléfono y llamo inmediatamente a mis colaboradores para analizar juntos la situación. Les transmito lo que me ha contado Velidis de las llamadas telefónicas.

—Tanto las llamadas hechas desde cabinas públicas como la carta que Kortidis envió a Parasidis no dejan ninguna duda de que nos enfrentamos a una conjura y a un plan previamente establecido para llevarla adelante.

—Tiene razón, comisario, aunque nos hemos olvidado de algo —dice Dermitzakis.

—¿De qué nos hemos olvidado?

—No hemos registrado la casa de Kortidis y, sobre todo, la de Begleris. Quizás un registro nos ayude a descubrir a quién envió su carta Begleris, como sucedió en el caso de Kortidis. Además, es posible que alguno de los dos hubiera tomado notas previas, que nos resultarían muy útiles para la investigación.

—Tienes razón —reconozco—. Avisa a Vlasópulos para que hable con la nieta de Begleris y le pida que nos espere. Avisad también a la mujer que cuidaba de Kortidis, para que esté en el piso cuando vayamos a realizar el registro.

Nuestra conversación queda interrumpida por la llamada de Alamanos.

—En estos momentos está teniendo lugar en Peristeri un acto en memoria de Kortidis —me informa.

—¿Qué tipo de acto?

—Como las reuniones de los cementerios después del

entierro y la misa correspondiente, con una invitación a tomar un café en el bar incluida. Solo que en Peristeri la han organizado los locales de restauración del distrito.

Me quedo anonadado.

—¿Han abierto los restaurantes para honrar la memoria de Kortidis?

—No. Según me han informado, han servido los cafés en el exterior, al aire libre, como si fuera comida para llevar. ¿Quieres que te mande fotografías?

—Prefiero verlo con mis propios ojos.

—Vamos juntos, entonces.

Ordeno a mis hombres que registren primero la casa de Begleris y después la de Kortidis. Alamanos me está esperando en la calle y partimos en un coche patrulla.

La imagen es exactamente como me la había descrito. Tres cafeterías han sacado mesas al exterior y han colocado encima vasos de papel llenos de café. Delante de cada mesa han colgado un cartel con un texto escrito con rotulador: EN MEMORIA DE VLASIS KORTIDIS DE PARTE DE SUS AMIGOS, QUE NO SABEN SI VIVIRÁN O MORIRÁN DE HAMBRE.

Uno de los agentes antidisturbios que están vigilando la zona se acerca a Alamanos.

—¿Qué hacemos, jefe? —le pregunta—. ¿Los dispersamos?

—No, no han hecho nada ilegal —le contesta Alamanos—. Los establecimientos están cerrados. Han servido los cafés al aire libre y, al pasar, los transeúntes cogen un vaso y siguen su camino. No se ha producido ninguna violación de las medidas de confinamiento. —Se vuelve hacia mí—: La protesta es contenida, como sucedió en el centro de Atenas tras el primer suicidio —me dice—. Es más una constatación de las circunstancias que una manifestación de protesta.

Alamanos tiene razón. Según parece, hasta ahora la conjura de los suicidas no ha conseguido inspirar ninguna movilización de importancia. Por lo tanto, al menos de momento, no tenemos razones para preocuparnos.

Alamanos da nuevas instrucciones al mando de la unidad antidisturbios y luego me indica con un gesto que regresa a la central. Yo tampoco tengo por qué quedarme aquí por más tiempo, la verdad. Me interesa más saber si mis colaboradores han descubierto algo en los pisos de Begleris y de Kortidis.

Mis hombres no han vuelto todavía. Aprovecho la oportunidad para llamar al subdirector e informarle con todo detalle de los nuevos acontecimientos.

—En todo caso, la situación sigue bajo control. Espero que, al final, podamos evitar las manifestaciones y marchas de protesta —comenta él cuando termino.

—Yo también lo espero —le contesto, aunque, la verdad, no estoy tan seguro.

A continuación, Velidis me comunica otra buena noticia más:

—Las llamadas a Kortidis las hicieron desde una cabina pública de Níkea.

—Esto significa que el cerebro de la conjura vive en Níkea —es mi conclusión.

—Es posible, aunque no podemos estar seguros —responde Velidis con cautela—. Tal vez mandó a alguien para hacer las llamadas desde Níkea y así despistarnos.

—Sin embargo, esto indica que hay un nexo común. Begleris vivía en Egaleo. Kortidis, en Peristeri. Las llamadas las hicieron desde Níkea —puntualizo—. El denominador común es que, en la época en que los dos suicidas eran jóvenes, los tres eran barrios pobres, de clase obrera. Esto nos confirma que nos encontramos ante hombres ancianos que todavía viven solos en los mismos barrios de entonces. En consecuencia, nos enfrentamos al movimiento de unos pobres de edad muy avanzada.

—Tienes razón —admite él sin rodeos.

Puede que tenga razón, pero esto no nos concede libertad para actuar como queramos. No podemos recorrer los barrios pobres de Atenas y del Pireo interrogando a todos los ancianos.

Mi estado de ánimo cambia cuando vuelve mi equipo, porque veo que entran en mi despacho con el rostro sonriente.

—Algo habéis averiguado. No encuentro otra explicación para estas sonrisas —les digo.

Se sientan frente a mí y Dervísoglu me entrega un trozo de papel doblado. Lo desdoblo y leo: «Stratos Keleris, calle Lefkosías 23, 13862 Agii Anargiri».

—Lo hemos encontrado entre los papeles de Begleris —me explica Dervísoglu.

—Le hemos dicho a Vlasópulos que pregunte a la nieta de Begleris si conocía por casualidad a ese tal Keleris. La nieta le ha contestado que no le conoce de nada y que es la primera vez que oye ese nombre.

Llamo enseguida a Velidis.

—No tardaremos mucho en encontrar su teléfono móvil y averiguar si fue él quien subió la carta a redes —me asegura.

—¿Ha salido algo más del registro domiciliario? —pregunto a mis colaboradores.

—No, solo la dirección —me contesta Askalidis.

—En cuanto hayamos confirmado que el tal... Keleris compartió la carta en redes, iréis a interrogarle para averiguar cómo llegó a sus manos la carta del suicidio de Begleris y si los dos hombres se conocían personalmente.

Pasada media hora, Velidis nos confirma que fue Keleris quien compartió la carta, y mis tres colaboradores se ponen en movimiento. Le digo a Dermitzakis que se lleve también a Askalidis y que vayan a interrogar juntos al sospechoso.

9

Por la mañana pongo rumbo a Jefatura pensando en la tranquilidad que supone que ninguna de las dos manifestaciones organizadas a raíz de los suicidios de Begleris y de Kortidis violara las restricciones impuestas a causa de la pandemia. No sé qué piensan los cerebros de la conjura de los suicidas, pero, de momento, parece que su receta no ha dado los resultados esperados.

El que corre, tropieza, como solía decir mi madre, que en paz descanse. La llamada de Alamanos coincide con el primer trago que le doy a mi café matutino.

—Hay mucho jaleo en Peristeri —anuncia.

—¿Una manifestación? —pregunto, atemorizado, mientras miro mi reloj. Son las nueve de la mañana. Pero ¿quién convoca una manifestación para las nueve de la mañana?

Alamanos me resuelve la duda:

—No se trata de una manifestación, sino de una lluvia de octavillas —explica—. Peristeri está inundado de octavillas. Puedo enviarte una foto para que te hagas a la idea.

—No. Mejor lo veo de cerca, porque me temo que la cosa no acabará aquí.

No se trata solo de las ganas de satisfacer mi curiosidad. Sé que es cuestión de tiempo hasta que suene el timbre que me convoque a una reunión donde escucharé los bramidos del ministro. Así que necesito ser testigo ocular de la escena, para saber cómo hacerle frente cuando llegue el momento.

Me llevo a Dervísoglu y dejo a Kula en Jefatura, por si tiene que ocuparse de coordinar posibles actuaciones de urgencia.

Cuando llegamos a Peristeri, nos quedamos con la boca abierta. Las calles entre los bloques de pisos y delante de los establecimientos de restauración están tapizadas de octavillas. Recojo una para leerla:

> Ayer honramos la memoria de Vlasis Kortidis. Hoy guardamos luto por nuestras propias vidas y las de nuestras familias. Si continuamos así, pronto haremos compañía a Kortidis. El *take away* se hizo para los locales. Nosotros nos encontraremos con el *click away,* es decir, con un simple clic pasaremos a mejor vida. Es lo que hizo Kortidis. Levantémonos todos para luchar y evitar el *click away* de nuestras vidas.

La octavilla está impresa con una impresora casera.

—Según parece, las imprimieron con sus propias impresoras y las lanzaron desde las ventanas y los balcones de sus casas —dice Alamanos, como si me hubiera leído el pensamiento.

—Sí, pero las octavillas no están solo en las calles —dice Dervísoglu, que, mientras tanto, ha ido a dar una vuelta—. Las han pegado también a los postes y a los parabrisas de los coches aparcados.

—Salieron a las cinco de la mañana, cuando ya se permite la circulación, las pegaron y volvieron a sus casas —le explica Alamanos—. A esa hora no hay ni un alma en la calle, ni siquiera nosotros.

Miro a mi alrededor. Todas las tiendas están cerradas. Los transeúntes se cuentan con los dedos de una mano. Uno de ellos se agacha para recoger una octavilla.

—¡Os felicito, joder! —grita a la nada—. ¡Por fin, algunos han despertado! ¡Que nos quieren mandar a criar malvas, joder! ¡Que se entere todo el mundo!

—¿Qué hacemos, jefe? —pregunta un antidisturbios a Alamanos.

—Avisad a los servicios municipales para que vengan a limpiar las calles y a despegar las octavillas de los postes —le contesta Alamanos—. No podemos hacer nada más.

—Podemos registrar las casas para ver quiénes imprimieron las octavillas —propone otro agente.

—De acuerdo, pero antes me tienes que encontrar a un juez que expida una orden de registro por imprimir octavillas —responde Alamanos.

Las cafeterías que ofrecen servicio de *take away* han empezado a subir las persianas, una tras otra. Entramos en una de las que ayer daban café gratis en memoria de Kortidis.

—¿Quiénes imprimieron y lanzaron las octavillas? —pregunta Alamanos al propietario.

Él se encoge de hombros.

—No tengo ni idea. Acabo de verlas ahora que he venido para abrir el local.

—¿No ofreciste tú café ayer a los que pasaban por la calle?

—Sí, café en memoria de Vlasis. Pero una cosa es el café y otra las octavillas.

El mismo diálogo con las mismas respuestas se repite en todas las cafeterías de los alrededores. «No vi nada, no oí nada, no sé nada», es la respuesta unánime.

De pronto, llega sonido de música desde la plaza.

—¿Qué es eso? —pregunta Alamanos soliviantado. Echa a correr hacia la plaza, y nosotros tras él.

Tres músicos jóvenes se han plantado en medio de la plaza. Uno de ellos toca el saxofón; otro, el acordeón, y el tercero, la guitarra. Los tres llevan mascarilla y guardan entre sí la distancia estipulada. Cuando termina la pieza, el guitarrista grita:

—Somos músicos y el virus nos ha condenado a pasar hambre. Hemos decidido que nuestro *take away* particular será con música.

Tres transeúntes que se habían detenido para escuchar les aplauden y se alejan. Un agente antidisturbios camina hacia ellos:

—Os tenéis que marchar ahora mismo. Lo que hacéis está prohibido —les advierte.

—Y ¿por qué está prohibido? —protesta el acordeonista—. Llevamos mascarillas y mantenemos la distancia de seguridad. Entonces, ¿por qué está prohibido?

—¿Qué pasa? ¿Preferís que nos muramos de hambre a que toquemos? —pregunta el saxofonista.

—Vete a saber. Puede que la banda municipal acuda a nuestro entierro en señal de solidaridad —apostilla el guitarrista.

Alamanos decide intervenir antes de que las cosas se salgan de madre y se acerca a los músicos.

—Chicos, si se reúne mucha gente a vuestro alrededor, nos veremos obligados a utilizar la fuerza. La situación ya está tensa y se podría descontrolar. Por eso os pido que os marchéis ahora, mientras las cosas están tranquilas.

Los tres músicos comentan la situación entre ellos.

—Vale, tocaremos dos piezas más y nos iremos —propone el guitarrista.

—De acuerdo, pero solo dos —le dice Alamanos.

Los músicos empiezan a tocar de nuevo bajo la atenta mirada de los antidisturbios.

—Pero bueno, ¿cómo han podido enterarse tan rápido? —me extraño.

—Seguramente, el tema ya está circulando en las redes sociales. No me sorprendería que hubiera más episodios de este tipo —comenta Dervísoglu.

Me llaman al móvil antes de que pueda comentar algo al respecto.

—¿Se ha enterado de lo que está pasando? —suena la voz del subdirector.

—No solo me he enterado, sino que estoy en el lugar de los hechos —le contesto.

—El ministro nos convoca a una reunión. Tiene que venir inmediatamente.

Informo a Alamanos y me dirijo al coche patrulla. Le indico al conductor que ponga en marcha la sirena, para no demorarnos.

La llamada del subdirector no me ha pillado desprevenido. Ya desde ayer estaba seguro de que el ministro acabaría interviniendo. El problema será convencerle de que algo que no aprobamos no constituye, necesariamente, un delito.

Encuentro a mis dos superiores esperándome de pie en el despacho del director. Se me acercan a paso ligero antes de que pueda entrar.

—Nos vamos ya. No hace falta que hablemos entre nosotros antes. El recital de reproches nos caerá a los tres de todas formas —dice el director.

El ministro señala la mesa de reuniones sin mediar palabra. Nos sentamos mientras él sigue firmando documentos. Obviamente, lo hace a propósito, para minar nuestra moral antes de empezar a echarnos la bronca.

—Este asunto de los suicidios está adquiriendo unas dimensiones alarmantes, tal como supuse desde el principio —dice después de sentarse a la mesa con nosotros—. Y no me digan que se trata de una casualidad. Aquí ha habido planificación.

—Tiene usted razón, señor ministro —le respondo—. Nos enfrentamos a una conjura de suicidas, tal como declaran ambos fallecidos al final de sus respectivas cartas. Por eso hemos iniciado ya una investigación coordinada.

A continuación le ofrezco un informe detallado, desde la localización de Parasidis y el sobre de la carta que este había recibido por correo ordinario, hasta las investigaciones de Velidis, las llamadas hechas desde cabinas telefónicas y el análisis grafológico.

—Mientras tanto, hemos localizado a la persona que compartió la carta por primera vez y ya he enviado a mis colaboradores para que le interroguen —concluyo.

Parece que mi informe le tranquiliza un poco.

—Todo esto me parece correcto y estoy conforme. Pero es necesario identificar al cerebro de la conjura. De otro modo, habrá más suicidios y el segundo ya tuvo consecuencias mucho más peligrosas que el primero.

—El factor diferenciador está en los propios suicidas —le explico—. El primero, Begleris, ni salía de su casa ni mantenía contacto alguno con sus vecinos del barrio. El segundo, en cambio, Kortidis, se conservaba muy bien para su edad, salía a pasear y los vecinos de Peristeri le conocían y le apreciaban.

—No me refiero a los cafés sino a las octavillas y el mensaje que transmiten —me contesta el ministro.

—Cierto, aunque también esta fue una manifestación pacífica, igual que la primera, señor ministro —le explica el director—. No ha habido enfrentamientos ni cócteles molotov ni sustancias químicas. Hasta los músicos se marcharon cuando se lo pidió el jefe de la Brigada Antidisturbios.

—Me alegro de oírlo, pero nadie puede garantizarnos

que la situación no empeorará tras el siguiente suicidio —le responde el ministro—. Y lo más peliagudo es que no sabemos cuántos suicidios más podrán producirse hasta que identifiquemos al cerebro que ha ideado todo esto. —Guarda silencio y nos mira. Después se dirige otra vez al director—: Quiero que tracéis de inmediato un plan de actuación con el fin de evitar cualquier tipo de acto o manifestación pública en caso de producirse un nuevo suicidio.

Se levanta y se dirige a su escritorio, para indicar que la reunión ha concluido y que no hay margen para discusiones.

Pillamos el mensaje y nos retiramos, nos dirigimos al despacho del director. Cuando llegamos, él se sienta tras su escritorio y se lleva las manos a la cabeza. Las baja poco después y se nos queda mirando.

—Cuando me ascendieron a jefe de los cuerpos de seguridad, me alegré muchísimo —murmura—. Ahora ya estoy harto de buscar soluciones para los caprichos y el blindaje político del ministro de turno.

—Hay una solución —dice el subdirector, que hasta ahora no había abierto la boca.

—¿Cuál? —pregunta el director.

—Como no podemos prevenir ni impedir que haya más suicidios, hasta que no logremos identificar al cerebro del movimiento, la única solución es que el barrio entero quede bloqueado por la policía y que se prohíba total y absolutamente que los vecinos salgan a la calle durante cinco días, ni siquiera para hacer la compra o ir a por tabaco. Únicamente se permitirá acudir al hospital, en caso de que sea necesario, y esto solo podrá hacerse en ambulancia. Incluso para ir a la farmacia tendrán que concertar una cita previa. Para todo lo demás se hará reparto a domicilio.

El director estalla en una risa nerviosa.

—Tienes razón. Pon manos a la obra y redacta el plan

para presentárselo al ministro. Esta es la única manera de que se dé cuenta de que nosotros cumplimos las órdenes, y no como otros, que hacen lo que quieren

No tengo ningunas ganas de volver a mi despacho. Pero, al mismo tiempo, me urge saber qué han averiguado Dermitzakis y Askalidis durante el interrogatorio de Keleris.

—Exactamente el mismo método que con Kortidis —me dice Dermitzakis cuando los llamo a mi despacho—. Aunque Keleris ya había tirado el sobre, guardaba, sin embargo, la nota que ponía «para publicar en redes».

—Cuando recibió la carta la compartió enseguida por internet, porque consideró que Begleris se habría suicidado mientras tanto —añade Askalidis.

—¿Habéis averiguado en qué trabaja ese Keleris? —les pregunto.

—Es programador —me responde Askalidis—. Diseña programas informáticos para empresas.

Ambos casos apuntan a una manera de actuar idéntica. No me cabe la menor duda de que, si se produce un tercer suicidio, seguirá el mismo método.

Este es un descubrimiento parcialmente aprovechable, aunque no nos conduce al cerebro que mueve los hilos ni nos ayuda a averiguar cómo elige a sus víctimas y, sobre todo, cómo logra convencer a los candidatos para que se quiten, efectivamente, la vida.

10

Llamo a Adrianí para comunicarle que esta noche voy a tener que privarme de la compañía de mi nieto, porque quiero ver las noticias de la televisión. La respuesta de mi mujer me sorprende. Dice que le parece muy bien y me pide que la espere, para que cenemos juntos, como en los viejos tiempos.

En cuanto pulso el mando a distancia aparece en la pantalla la imagen que había vivido en directo por la mañana. Espacios públicos tapizados con una alfombra de octavillas. Apenas hay transeúntes y los coches que circulan pasan sin detenerse.

—Así amaneció el barrio de Peristeri esta mañana, queridos telespectadores —dice el presentador dirigiéndose a la cámara—. Pero tenemos las declaraciones del ministro del Interior. Escuchémoslas.

Adrianí aparece antes que el ministro y se sienta a cierta distancia de mí para ver las noticias. Siempre guarda las distancias.

El ministro habla desde su despacho:

—Lo que ha ocurrido esta mañana en Peristeri es tan triste como inadmisible —declara a modo de introducción—. No es aceptable que unos irresponsables se aprovechen del suicidio de un anciano para organizar manifestaciones de protesta. No sería exagerado afirmar que esta manifestación ha constituido una falta de respeto a la memoria de un anciano a quien la desesperación empujó a poner fin a su vida. Sobre todo, cuando el Gobierno ha prohibido expresamente cualquier tipo de actos de protesta. Ya estamos elaborando medidas para poner fin a estas infracciones tan innecesarias como peligrosas.

Esta última frase hace referencia a la orden que le ha dado esta mañana al director para que prepare un plan de actuación contra las manifestaciones después de un suicidio. Evidentemente, todavía no conoce el plan que va a recibir.

—Vean ahora las imágenes, queridos telespectadores, y comprenderán que el ministro tiene toda la razón —interviene el presentador, y aparecen en la pantalla los tres músicos. El vídeo se corta en el momento en que se les acercan los dos agentes antidisturbios. A continuación, se abre una pequeña ventana en la parte superior de la pantalla y aparece un experto.

—Érase una vez un tiempo en que a las ventanas se asomaban nuestras madres y nuestras vecinas. Ahora se asoman los expertos —refunfuña Adrianí y se levanta del sillón, porque no le apetece ver lo que sigue.

El experto empieza a enumerar los múltiples riesgos de transmisión del coronavirus que encierran este tipo de manifestaciones, sobre todo, en un periodo en que los hospitales han llegado a un punto de colapso.

Se abre una segunda ventana con una experta esta vez, que vuelve a decir lo mismo. A la tercera ventana me levanto y apago el televisor, maldiciéndome a mí mismo por no haberme largado con Adrianí y haber optado por escuchar el mismo sermón de tres predicadores distintos.

—¿Hay algo para cenar? —pregunto a mi mujer cuando entro en la cocina.

Ella se vuelve y me fulmina con la mirada.

—¿Es que alguna vez te he dejado sin cenar?

—Nunca, que yo recuerde.

—Les he preparado boquerones al limón y he traído algunos para nosotros.

Los boquerones al limón son una de mis grandes debilidades y acojo la noticia como maná caído del cielo después de mis padecimientos a lo largo del día. Disfruto de la cena y me olvido del mundo hasta que la voz de Adrianí me devuelve a la realidad.

—Empiezo a pensar que Katerina tiene razón —dice de pronto.

—¿En qué tiene razón? —pregunto con la boca llena.

—Ya sabes cuánto miedo me da el coronavirus y cuántas precauciones tomo siempre. Pero toda esa gente que lleva meses sin poder trabajar ¿cómo va a ganarse el pan? No se les puede decir: «Yo te protejo del virus, el hambre es cosa tuya». Aún recuerdo cómo me rugían las tripas cuando era niña y sé lo que significa pasar hambre. Me alegro de que mi hija también lo entienda aunque no lo haya conocido.

Esta es una de las raras ocasiones en que Adrianí dedica un elogio a nuestra hija. No hago ningún comentario y me voy a la cama después de una cena deliciosa.

La primera llamada que recibo por la mañana en el despacho es del subdirector:

—El director desea que también usted esté presente cuando se discuta el nuevo plan de actuación —me dice—. Solo me ha preguntado cuál podría ser la contribución de la Subdirección de Seguridad, para integrarla en las medidas que propondremos.

—Lo único que se me ocurre, así, a bote pronto, es una investigación *in situ* tras un posible tercer suicidio, para intentar averiguar qué relaciones mantenía el difunto con sus vecinos y si había recibido alguna visita en los días u horas previos al suicidio.

—De acuerdo, integraremos también este aspecto en nuestros planes.

—¿No cree que deberíamos informar al jefe de la Brigada Antidisturbios? —le pregunto.

—Ya se lo he propuesto al director, pero él prefiere esperar hasta que nos aprueben el plan de acción, para no darle ideas al ministro antes de tiempo.

Colgamos el teléfono, nos hallamos ante un nuevo compás de espera. Me planteo si no debería preparar a mis colaboradores ante cualquier eventualidad, pero, al final, lo dejo correr, puesto que todavía no sabemos si el plan será aprobado ni cuándo.

Pasada una hora el subdirector me informa de que el plan está listo para presentárselo al ministro.

Nos encontramos en el despacho del director general de las fuerzas del orden y el subdirector lee el documento en voz alta. Es tal como lo habíamos planteado. La única modificación que propone el director es que, al final, los quioscos permanezcan abiertos, aunque no les estaría permitido vender bebidas alcohólicas.

Estamos todos de acuerdo con esta redacción final y el director informa al ministro de que ya lo tenemos preparado. Él nos convoca a su despacho inmediatamente.

El director le entrega la propuesta por escrito y empieza a elaborar verbalmente las medidas restrictivas previstas en el plan de actuación. El ministro le escucha con el gesto cada vez más serio a medida que avanzan las explicaciones del director.

—A ver si lo entiendo. ¿Ustedes me proponen que, en caso de producirse un nuevo suicidio, impongamos un confinamiento general estricto en la zona donde residía el finado? —pregunta al director.

—Si pretendemos impedir todo tipo de acto o manifestación públicos, incluidos los eventos pacíficos como los que tuvieron lugar en el centro de Atenas tras el primer suicidio y en Peristeri tras el segundo, esta es nuestra única alternativa, señor ministro —le responde el director.

—¿Y cuánto duraría ese confinamiento estricto?

—Según nuestra propuesta, desde el día en que tenemos noticia del suicidio hasta tres días después del entierro del fallecido, es decir, unos cinco días en total —responde el subdirector.

—Y no podrán asistir al entierro más que cinco familiares de primer grado —apostilla el director.

—Pero... ¡lo que ustedes proponen es el confinamiento más estricto que se ha impuesto nunca! —se sorprende el ministro.

—Teniendo en cuenta que prohibiríamos todo tipo de manifestación, incluidas las pacíficas, no nos queda otra solución —le responde el subdirector.

—Además, cabe la posibilidad de que en algunos casos necesitemos una orden judicial para registrar determinadas viviendas —añade el director.

El ministro reflexiona largamente en silencio. En un momento dado levanta la cabeza y nos mira:

—Les comunicaré la decisión definitiva después de hablar con el primer ministro —dice.

Ya no tenemos nada más que hacer en el despacho ministerial y nos retiramos, conteniendo la sonrisa hasta encontrarnos fuera.

—Jamás conseguirá la aprobación del primer ministro para un confinamiento tan severo —dice el director con absoluto convencimiento, una vez que hemos entrado ya en su despacho—. Así nos libramos también de cualquier reproche en el futuro. Tu idea ha sido nuestra salvación —felicita al subdirector.

Este se vuelve hacia mí.

—En todo caso, vale la pena atenernos a su idea de registrar la zona e interrogar a los vecinos si se produce un nuevo suicidio, cosa que nadie desea.

—Yo también espero que no llegue el caso —le respondo, aunque tengo serias dudas.

Nos despedimos de buen humor, cosa que raras veces sucede, dadas las circunstancias actuales. El buen humor me trae a la memoria la promesa que le hice a Zisis de poder vernos. Primero llamo a Adrianí para asegurarme de que no habría ningún inconveniente.

—Ojalá le convenzas de que venga —me dice ella con entusiasmo—. Le hemos echado de menos.

Enseguida llamo a Zisis. Al oír mi propuesta empieza a buscar excusas pero le paro en seco.

—No pienso hacerte caso —afirmo categóricamente—. Todos tenemos ganas de verte. Pasaré a recogerte con el coche. Llevaremos mascarilla en todo momento. Además, la familia cuenta con la supervisión de un médico.

Aquí termina la conversación y quedamos a las seis de la tarde, para que Zisis tenga tiempo de disfrutar de su tocayo.

11

Zisis me está esperando a la puerta del refugio. La parte descubierta de su cara va desde debajo de las pestañas inferiores hasta la frente. Si fuera un solar, apenas daría para construir un cuartucho. El resto de la cara está cubierto con una mascarilla negra de máxima protección y reutilizable. Lleva en las manos una bolsa de plástico llena a rebosar y otra, más pequeña, que contiene una caja alargada.

Le abro la puerta del copiloto, pero él prefiere ocupar el asiento de atrás.

—Tenemos la obligación de guardar las distancias —me dice en tono severo.

—Veo que llevas una mascarilla reutilizable.

—Todos en el refugio la llevamos —me contesta—. Las cosieron las compañeras del refugio. Dos para cada uno de nosotros, para tener un recambio. Mientras llevamos unas, metemos las otras en la lavadora y las lavamos a noventa grados.

—Debería enviaros a los de Sanidad y Protección Civil para que os hagan fotos y las publiquen, como muestras de autoprotección perfecta —le digo.

—Es lo bueno que tienen las derrotas en la vida.

—¿A qué te refieres?

—Te enseñan a tener cuidado —me explica.

Le miro en el retrovisor. No puedo ver su cara, pero sus ojos me revelan que está riendo.

Continuamos en silencio hasta llegar a la casa de Katerina. Nos abre Adrianí.

—¡Por fin! ¡Dichosos los ojos! —exclama mi mujer, entusiasmada por ver a Zisis.

—Te pido un poco más de paciencia, porque antes tengo que cambiarme de ropa —le dice él.

Adrianí lo conduce al cuarto de baño mientras yo voy al dormitorio para cambiarme también. Lo bueno es que ambos reaparecemos con aspecto fresco y renovado.

—Y, ahora, vamos a ver a Lambros —dice Adrianí a Zisis.

—Antes sacaré al balcón la ropa que llevaba al venir —le contesta nuestro invitado.

Lleva la gran bolsa de plástico al balcón mientras Adrianí lo observa santiguándose.

—Jamás me lo habría imaginado. Un hombre que ha vivido solo tantos años con un sentido de la responsabilidad tan desarrollado —comenta sorprendida.

Zisis regresa, saca la caja de la segunda bolsa de plástico y todos juntos nos dirigimos a la habitación de Lambros.

Nos lo encontramos de pie entre las rodillas de su madre. Al vernos entrar a los tres su mirada se fija inmediatamente en Zisis. Se le queda mirando, pero no puede reconocer la cara oculta detrás de la mascarilla. La sorpresa de Zisis no es menor.

—¿Cómo ha crecido tanto? —se extraña—. Si apenas hace unos meses que no le veo. ¿Cómo estás, mi pequeño?

Cuando Lambros oye su voz, se echa a llorar y busca refugio entre los brazos de su abuela.

—Vamos, no te asustes como una criatura salvaje. Es Lambros, el que te dio su nombre —le tranquiliza Adrianí.

—Verás lo que te he traído —añade Zisis.

Coge la caja alargada y la abre. De su interior saca un caballo y un jinete. Ambas figuras están hechas de trapo. Es un caballo blanco con manchas negras, y tiene los ojos y la crin pintados, mientras que el jinete está vestido de azul celeste y sujeta las riendas del caballo, que son tiras de lana negra.

—Lo han hecho las señoras del refugio para ti —le dice Zisis, y deja el juguete a los pies del niño.

Lambros no puede apartar la mirada del juguete. Se desliza de los brazos de su madre y se acerca al caballo. Se sienta en el suelo, lo coge y empieza a examinarlo.

Por fin, Katerina encuentra su oportunidad para hablar.

—Ya era hora, tío Lambros. Empezaba a sospechar que nos estabas evitando.

—No te falta razón —reconoce Zisis—. Aunque no os evitaba por culpa de algún malentendido ni nada de eso, sino porque vivo en un refugio con mucha otra gente y la mayoría son de edad avanzada, como yo. —Después añade—: En fin, yo tampoco aguantaba más sin veros y decidí venir esta tarde.

Cogemos a Lambros con su jinete y nos trasladamos a la sala de estar. Es la primera vez en meses que volvemos a estar todos juntos y la alegría es palpable. Zisis no puede separarse del pequeño. Le cuesta creer lo mucho que ha crecido. Llevamos poco rato conversando cuando llega Fanis y se producen nuevos estallidos de alegría.

—Tampoco vemos ya a Melpo, que nos traía noticias de ti —le dice Fanis a Zisis—. ¿Cómo van las cosas en el refugio?

—Bien, aunque no resulta nada fácil. Por suerte, cuento con el apoyo de un equipo que tiene los ojos abiertos en todo momento y no se le escapa nada. Por supuesto, todos los residentes de mi edad han sido vacunados ya. Además, nos son de gran ayuda las pruebas que obligo a hacer a todo el mundo cada diez días. El miedo a dar positivo y tener que trasladarse a otro sitio para pasar la cuarentena los obliga a tomar precauciones.

—Papá, ¿qué es esa historia de los suicidios? —me pregunta de pronto Katerina.

No tengo ningunas ganas de empezar una conversación al respecto e intento evitarla con vaguedades.

—Unos ancianos que se han suicidado y han dejado cartas de despedida.

—Espera a que acueste a Lambros y luego me lo cuentas detalladamente, porque ha despertado mi curiosidad —me dice Katerina, y se levanta para preparar la cena de mi nieto.

Adrianí me lanza una mirada como si quisiera advertirme que no es el momento para discusiones. Lo sé, pero no se me ocurre la manera de zafarme de la conversación.

Después, con el pretexto de ocuparse de la cena de los adultos, mi mujer se dirige también a la cocina, aunque algo me dice que, en realidad, quiere hablar con nuestra hija para evitar cualquier discusión desagradable delante de Zisis.

Nos quedamos los tres hombres solos en la sala de estar y Fanis empieza a hablar del tema que le tiene agobiado: la situación en los hospitales, que se agrava día tras día mientras el número de contagios no deja de aumentar.

—Por eso aprecio mucho lo que has hecho, tío Lambros. Has mantenido al virus fuera del refugio. Es lo que, justamente, no han podido conseguir muchas residencias de ancianos, que se han convertido en focos de contagio.

—Sí, aunque hay una diferencia importante. Las residencias tienen personal externo contratado, mientras que en el refugio todo lo hacen los propios residentes. Esto facilita mucho el control de la situación —le explica Zisis.

Katerina trae la cena del pequeño Lambros y lo sienta a la mesa con ella, para darle de comer. El niño va abriendo la boca mecánicamente, sin dejar de jugar con el caballo y su jinete.

—Ten cuidado, que vas a mancharlo con la comida y se convertirá en un jinete lleno de barro —le dice mi hija riéndose. Cuando termina de cenar, nos lo acerca para que le demos las buenas noches. Primero es el turno del padre, luego el del abuelo y, por último, el de Zisis.

—Espero volver a verte antes de que empieces a ir a la escuela —le dice con cariño.

Llega Adrianí para suplir la ausencia de Katerina y empieza a poner la mesa. Primero trae la ensalada y luego una bandeja con arenques ahumados. Todos estamos esperando el plato especial que ha preparado en honor a Zisis y que trae en una bandeja de horno.

—He hecho tarta de verduras, porque sé cuánto le gusta a Lambros —anuncia mi mujer.

—¡Bravo, Adrianí! —exclama Zisis, entusiasmado.

—Dejemos las felicitaciones para el final, porque la receta me la diste tú —le responde mi mujer.

Nos sentamos a la mesa y empezamos a cenar en silencio. El silencio es una prueba de las ganas con las que comemos y de lo deliciosa que está la cena. Zisis lo certifica:

—¡Bueno, me has superado! —felicita a Adrianí.

Cuando se acaba la deliciosa tarta de verduras, Katerina vuelve a plantear la pregunta:

—¿Y bien? ¿Quiénes son esos que se suicidan?

Tenía la esperanza de que durante la cena se hubiese tragado la pregunta, pero me he equivocado.

—Como te he dicho, son unos ancianos que se quitan la vida y dejan una carta de despedida.

—Que llama a la gente a movilizarse —añade Fanis.

—Sí. Aunque las movilizaciones han sido contenidas en ambos casos —le explico.

—Esto no garantiza que se vayan a contener también en el caso de que haya un tercer suicidio —replica mi yerno.

Zisis interviene en el momento justo.

—Sabes, Fanis, los problemas más complejos son aquellos donde ambas partes tienen razón —le dice—. Tú tienes razón cuando argumentas que las manifestaciones supondrían un aumento de los contagios y que por eso no deberían producirse. Pero también tienen razón los otros cuando contestan que, con todos los comercios cerrados, pasarán hambre ellos y sus familias. Protestan porque pronto no tendrán nada que llevarse a la boca.

—Esto es, precisamente, lo que intento explicarle desde hace tiempo —dice Katerina.

—¿Y qué piensas hacer? ¿Salir a manifestarte con ellos por solidaridad? —le pregunta Fanis con ironía.

Adrianí y yo nos miramos, porque hemos pensado lo mismo: este tema solo puede conducir a un choque frontal. Me dispongo a decir algo, pero se me adelanta Katerina:

—¿Estás en tus cabales? —le espeta a su marido—. ¿Qué se me ha perdido a mí en las concentraciones de protesta? El único apoyo que les puedo ofrecer es legal. Si alguna vez deciden interponer recursos o iniciar procesos legales, les representaré sin cobrarles nada.

—¡Bravo, Katerina! —la felicita Zisis con entusiasmo.

—Con esto estoy de acuerdo, ninguna objeción —comenta Fanis, y se vuelve hacia nosotros—: ¿Lo veis? Este sí que es un matrimonio militante. El marido milita en el hospital; y la mujer, al lado de los pobres y los desfavorecidos.

El ambiente se relaja.

—¿Sospechas que habrá más suicidios, papá? —me pregunta Katerina.

Decido hablar sin tapujos.

—Creemos que detrás de los suicidios hay un cerebro que los organiza. Es la conclusión que hemos sacado de nuestra investigación. —Les hablo de los nombres y de las direcciones de los usuarios que habían compartido las cartas de los suicidas en las redes sociales—. Lo que refuerza nuestras sospechas es que la persona que facilitaba las direcciones a los suicidas los llamaba desde una cabina telefónica, para que la policía no pueda identificar su número. Llamaba desde cabinas en Níkea.

—¿En Níkea? —pregunta Zisis.

—Sí.

—¿Sabes cómo se llamaba Níkea hace tiempo? Kokkiniá, la roja. Tal vez porque, efectivamente, era zona roja. La mayoría de sus habitantes eran de izquierdas y muchos de ellos, miembros del Partido Comunista. Kokkiniá era la fortaleza de la izquierda en el Ática.

Me lo quedo mirando.

—Pero bueno. Cuando te pregunté, me dijiste que no conocías a Kortidis y que podría no ser de izquierdas.

—Te dije que en nuestras movilizaciones no participaba solo gente de izquierdas. Pero las movilizaciones las organizaban siempre células del partido.

Al final, no solo hemos evitado una discusión matrimonial, sino que yo he conseguido una información que podría resultarme útil. No tengo razones para estar descontento.

—Si hay otro suicidio, te volveré a preguntar, por si conocías al suicida —le digo a Zisis en el camino de vuelta al refugio.

—Mientras vayas siempre con mascarilla... —replica él.

—Lambros, menos mal que no te conocí antes —le dice Adrianí.

—¿Por qué? —se extraña Zisis.

—Porque habría corrido el peligro de convertirme al comunismo. Siempre tienes esa forma de convencer... Como esta noche, con lo que le has dicho a Fanis.

La velada termina entre risas.

12

No puedo quitarme de la cabeza la información que me ha proporcionado Zisis sobre Níkea, o Kokkiniá, como se llamaba antes. Intento poner en orden los datos de los que ya disponemos junto con aquellos que podríamos llegar a reunir, para poder valorar si, y en qué medida, nos podría resultar útil la información de Zisis.

Estoy prácticamente convencido de que el cerebro de la conjura vive en Níkea. A esta conclusión nos conducen las llamadas telefónicas, realizadas todas ellas desde cabinas públicas de ese barrio. Es cierto que, al menos teóricamente, no podemos descartar la posibilidad de que mandara a alguien para que hiciera las llamadas desde Níkea. De acuerdo, pero ¿con qué finalidad? No se trata de unos asesinatos, para que el asesino intente borrar sus huellas.

El otro problema difícil de solucionar es cómo conseguir localizar a ese cabecilla. Si lo que me dijo Zisis tiene fundamento, y no hay razones para ponerlo en duda, entonces la Níkea actual debe de ser una especie de gran residencia de ancianos de izquierdas. No nos resultará nada fácil localizar al cerebro de la conjura entre tantos ancianos izquierdistas.

De repente, se me ocurre una idea y le pido a Stela que avise a mis colaboradores, aunque me parece prematuro comunicarles lo que he averiguado gracias a Zisis. De momento, prefiero recorrer un camino alternativo.

—Ya sabemos que los dos suicidas obtuvieron las direcciones de Parasidis y de Keleris a través de llamadas telefónicas hechas desde Níkea —les digo—. Pero no nos hemos parado a pensar si Parasidis y Keleris tienen familiares o conocidos en Níkea y, dado el caso, si se mantienen en contacto con ellos.

—Tiene razón, esto se nos ha escapado —admite Dermitzakis—. Pero disponemos de sus números de teléfono y lo averiguaremos enseguida.

Apenas han salido de mi despacho cuando recibo la llamada del subdirector.

—El ministro ya ha informado al director —anuncia. La satisfacción es palpable en el tono de su voz.

—¿Qué le ha dicho?

—Que si se producen nuevos suicidios se impondrá un régimen de vigilancia discreta en la zona donde vivía el fallecido, para poder intervenir a tiempo en caso de que se organicen manifestaciones de protesta o haya disturbios. —Hace una pausa antes de añadir—: El ministro ha informado de que esta ha sido la decisión que ha tomado el primer ministro. —Se relaja y suelta una carcajada.

—Tenemos que informar a Alamanos.

—El director ya ha hablado con él.

Yo también tengo razones para estar satisfecho con este desenlace. Porque nos facilitará las investigaciones que pudieran resultar necesarias en el futuro.

Poco después me llama por teléfono Dervísoglu.

—Ninguno de los dos tiene nada que ver con Níkea —me comunica—. Keleris nos ha dicho que su única relación con el Pireo es el campo de fútbol del Olympiakos, porque es aficionado y va a ver los partidos que juega su equipo. Y Parasidis nos ha dicho que solo pasa por el Pireo cuando ha de coger un barco para irse de vacaciones a una isla.

Es decir, que el contacto solo se daba entre el cerebro de la conjura y los dos suicidas. Este dato nos ayuda, porque acota el terreno de nuestra investigación.

Concluyo la ronda de llamadas con Alamanos, para averiguar si tiene alguna noticia. Su respuesta es que impera la calma, tanto en el centro como en Peristeri. Colgamos y decido mantenerme a la espera.

No hay nada peor que saber que va a pasar algo y no tener la posibilidad de preverlo y mucho menos de impedirlo, es decir, ser rehén de las decisiones del delincuente.

Cuando no se puede resolver un problema, se crea un comité de expertos, según dijo alguna vez un político. Eso mismo hago yo ahora, en un esfuerzo por no perder la iniciativa. Convoco a Velidis, a Alamanos y a mis colaboradores para constituir un comité de expertos. Sin embargo, en cuanto nos ponemos a deliberar me doy cuenta de que tampoco el comité nos servirá de nada.

—Queda descartado que podamos averiguar si la persona que se comunicó con los suicidas hizo también otras llamadas desde las cabinas —me para los pies Velidis—. Aunque una cosa sí está confirmada. Que no se puso en contacto con ninguno de los dos usuarios que compartieron las cartas en redes. No hemos encontrado en sus móviles llamadas desde cabinas telefónicas.

—¿Cómo podríamos enterarnos de las llamadas que se hacen desde las cabinas a partir de ahora? —le pregunto.

—El seguimiento es cosa de Alamanos y tuya —me contesta Velidis.

—Me temo que esto no es posible —interviene Alamanos—. Aunque pudiéramos vigilar todas las cabinas telefónicas de Níkea, no sabemos a quién estamos buscando. Y si empezamos a interrogar a los vecinos, la persona a la que estamos buscando sospechará y desaparecerá. Es imposible establecer la vigilancia de todas las cabinas telefónicas del Ática.

—La otra cuestión es cómo consiguió el cerebro de la conjura convencer a los ancianos de que se quitaran la vida. ¿Cabe la posibilidad de que fuera a verlos a sus casas? —pregunto a mis hombres.

—Begleris vivía solo. Su nieta le llevaba la comida a una hora determinada todos los días —me explica Askalidis—. Por lo tanto, no hay manera de averiguar si recibía otras visitas. Kortidis tenía una cuidadora que se ocupaba de él. Le preguntamos, pero está segura de no haber visto nunca visitas en casa del anciano.

—Claro que, según nos dijeron los vecinos, Kortidis salía a pasear por el barrio —interviene Dermitzakis—. Si la restauración estuviera abierta, recorreríamos las cafeterías de la zona por si algún camarero recuerda haberle visto tomar café en compañía de otra persona. Pero los locales están cerrados desde hace meses. Es decir, aunque se hubiera reunido con alguien, se habrían sentado en un banco público con sus cafés en vasitos de plástico, como hacen todos los abuelos. Vete tú a averiguar quiénes eran.

Sigamos el camino que sigamos, acabamos siempre en un callejón sin salida. El comité de consolación se disuelve sin pena ni gloria y mis colaboradores vuelven a sus despachos.

En los viejos tiempos, cuando todavía no había entrado la televisión en los hogares, nuestros padres jugaban al solitario. Ahora, para matar el tiempo, juego a mi particular solitario con los documentos administrativos, que esparzo por el escritorio. Sigo en este estado de nervios hasta las tres de la tarde. Mi paciencia está llegando a su límite y estoy a punto de dejarlo todo para buscar refugio junto a mi nieto cuando suena el teléfono.

—Aquí Avlakiotis, jefe de la comisaría de Ajarnón, comisario. Le llamo para informarle de que se ha producido otro suicidio.

Necesito unos segundos para recuperar la voz.

—¿Dónde vivía el suicida? —pregunto al mando policial.

—En la tercera planta de un bloque de pisos en la esquina de la avenida Ajarnón con la calle San Meletios.

—¿Puede darme alguna información preliminar? —vuelvo a preguntar ansioso.

—El suicida se llamaba Meletis Rodás y tenía más de noventa años. Se lo ha encontrado la mujer que iba una vez a la semana para limpiar el piso y hacerle la comida.

—¿Cómo se ha suicidado?

—Se cortó el cuello con una cuchilla de afeitar. Estaba desplomado en el suelo. —Hace una pausa antes de añadir—: Le advierto que no es un espectáculo agradable.

Ha llegado el momento de hacerle la pregunta que, si no la hago, reviento:

—¿Ha dejado alguna carta?

—En un primer registro del piso no se ha encontrado ninguna carta. Sin embargo, no hemos querido registrar más a fondo. Lo hemos dejado para ustedes, que son los especialistas.

—Se lo agradezco. Iremos enseguida. Pero no deje que se marche la asistenta. Querremos interrogarla.

—La hemos retenido. Está esperando en el piso de unos vecinos —me tranquiliza el oficial.

Cuelgo el teléfono, y, antes de llamar a mi equipo, me parece conveniente informar al subdirector. Mi superior me escucha en silencio.

—Lo malo de este caso es que no podemos saber qué nos espera ni cuáles serán las consecuencias de cada suicidio —dice al final.

—Los agentes de la comisaría no han encontrado ninguna carta. Si nosotros tampoco la encontramos, será un suicidio que nada tiene que ver con nuestro caso.

—Ojalá —me contesta el subdirector, aunque su voz rezuma incertidumbre.

Le pido a Dermitzakis que avise a la Científica y al forense.

—Os quiero a todos allí, porque quizás tengamos que interrogar a todos los vecinos del bloque —le explico.

Al cabo de un cuarto de hora dos coches patrulla ponen rumbo a la avenida Ajarnón.

13

No hace falta buscar el bloque de pisos. Un coche patrulla se halla estacionado delante del edificio donde vivía el suicida. El conductor nos informa de que el piso de Rodás se encuentra en la tercera planta.

Nos habríamos dado cuenta de todas maneras, por los hombres y las mujeres de todas las edades que se han reunido en el pasillo. En cuanto aparecemos, se hace un silencio tan denso que se puede cortar con un cuchillo. Un agente está apostado delante de la puerta del piso del fallecido.

—¿Son todos ustedes vecinos del edificio? —pregunto a la concurrencia.

—Sí, y también éramos amigos de Meletis —me responde uno de los hombres.

—Por favor, esperen dentro de sus viviendas. Puede que tengamos que hacerles algunas preguntas.

Dejo que Kula vaya tomándoles los datos y que localice también a la asistenta del anciano fallecido. Los demás entramos en el piso donde se ha producido el suicidio.

Como en casi todos los pisos, también en este el primer espacio es el recibidor. Frente a nosotros, a la derecha, hay un perchero y, a su lado, un mueble bajo con dos estantes para los zapatos. A la izquierda hay una mesa con un jarrón encima, además de montones de periódicos y revistas.

Entramos en la estancia frente a la puerta principal, que, normalmente, debería corresponder a la sala de estar, pero que en este caso resulta ser un despacho. La pared de la derecha está cubierta con una librería enorme. En el centro de la estancia hay un gran escritorio con un ordenador portátil encima.

Al avanzar un paso más nos enfrentamos al brutal espectáculo, tal como me lo había descrito el jefe de la comisaría. Un hombre de edad muy avanzada yace de costado en el suelo. La lengua le sale de la boca. El cuello y la lengua están bañados en sangre. Junto al cuerpo hay una silla de escritorio. El brazo del hombre ha quedado estirado. Un paso más allá está la cuchilla de afeitar.

No hace falta tener conocimientos forenses para saber qué ha pasado. El anciano se cortó el cuello con la cuchilla sentado todavía en la silla, y, cuando le abandonaron las fuerzas, se desplomó al suelo.

Mis tres colaboradores contemplan la escena callados, en estado de *shock*. Les devuelvo a la realidad con una orden:

—Buscad primero si ha dejado una carta.

Dimitríu y su equipo llegan en el momento preciso. Les digo también a ellos que busquen la carta.

A Stavrópulos le ha parecido innecesario acudir en persona y ha mandado a su ayudante. Este echa un vistazo al cuerpo y confirma mis propias conclusiones.

—No hace falta una autopsia. Ya se puede expedir la orden de entierro —me dice, y se vuelve hacia la puerta de salida.

No tengo paciencia para esperar los resultados del registro y si se ha encontrado una carta y voy al encuentro de Kula. La pillo justo entrando en el piso.

—Creo que debería hablar con los inquilinos del piso de arriba, comisario. Le ofrecerán una imagen más completa de la situación —me transmite—. Los demás vecinos vienen a decir más o menos lo mismo.

Antes de ponerme en marcha le digo a Dermitzakis que interrogue a la asistenta del hogar, que está esperando en el piso de al lado. Kula y yo subimos a la planta superior y nos abre una mujer que debe de rondar los sesenta y cinco.

—El señor comisario quiere hacerle algunas preguntas —le explica Kula.

—Pasen —susurra la mujer, visiblemente conmocionada.

Nos conduce a una de esas salas de estar que son características del barrio. Hay un hombre sentado en el sofá que mira al infinito con mirada extraviada.

—¿Conocían ustedes a Meletis Rodás? —les pregunto después de sentarnos todos.

El hombre se vuelve para mirarme.

—No solo le conocíamos, sino que éramos amigos —me contesta desolado.

—¿Saben si tenía familia? —pregunta Kula.

—No, no tenía mujer ni hijos, estaba solo en el mundo. Su única compañía eran las matemáticas —le responde el hombre.

—Era profesor de matemáticas, daba clases en academias de preparación para los exámenes oficiales —añade su mujer—. Claro que ya estaba jubilado, pero todos sus viejos alumnos le aprecian tanto que son capaces de jurar en su nombre. Lo sé por mi hija, que era una nulidad en matemáticas. Gracias a Meletis aprobó las oposiciones y ahora es profesora de enseñanza media. No solo le dio clases en la academia. La llamaba a su casa y le daba clases particulares sin cobrar, para ayudarla más. —La mujer calla y suspira—. Cómo voy a decírselo, Dios mío... —murmura—. Se vendrá abajo cuando se entere. —De repente, pierde el control y se deshace en sollozos.

—No llores cuando se lo digas a Anna. Harás que se sienta aún peor —le dice su marido. Luego se dirige a nosotros—: Como el hombre vivía solo, a menudo íbamos a su casa para hacerle compañía o le preguntábamos si necesitaba que le hiciéramos la compra. Y no solo nosotros, sino también otros vecinos del edificio. Nosotros nos haremos cargo de su entierro.

No nos queda nada más que preguntar y volvemos al piso del suicida. Dermitzakis ya ha terminado de interrogar a la asistenta.

—No ha resultado fácil —me explica—. La mujer lloraba desconsolada y, con ella, los inquilinos del piso. Al final hemos podido averiguar que el hombre había estado muy deprimido últimamente. Hablaba muy poco y casi no probaba bocado.

Mientras tanto, han cubierto el cuerpo con una sábana. Le digo a Kula que avise a los vecinos de arriba de que la funeraria ya puede acudir a recoger el cadáver.

De repente, miro a mi alrededor y descubro que no hay ningún televisor a la vista.

—¿No tenía televisión? —me extraño.

—La tenía en el dormitorio —me responde Dermitzakis—. Parece que solía verla después de acostarse.

—No hemos encontrado ninguna carta. Seguro que no existe —anuncia Dimitríu.

Respiro con alivio. Esto significa que nos enfrentamos al suicidio de un anciano solitario que se había cansado de vivir, nada que ver con la conjura de los suicidas. Seguro que no soy el único que respira con alivio. Lo mismo harán mis superiores cuando se enteren de las circunstancias de esta última muerte.

—Quiero que entregues inmediatamente el ordenador portátil a Velidis, para que lo examine —le digo a Dimitríu—. Es posible que aparezca algún dato que nos facilite la investigación de los suicidios anteriores.

En verdad no albergo esperanza alguna de que nos sonría la suerte. Lo hago más que nada para cubrirnos las espaldas, sobre todo teniendo en cuenta que el ministro está a la espera de poder atacarnos.

Nuestra misión ha concluido y volvemos a Jefatura. Todos nos sentimos relajados y aliviados porque, a diferencia de los casos anteriores, tenemos que vérnoslas con un suicidio sin complicaciones.

En cuanto entro en mi despacho hago la primera llamada al subdirector para darle la buena noticia. Él la recibe reconfortado y con gran alegría.

—Por fin, un suicidio que no nos supondrá un incendio. Un hombre de edad muy avanzada pone fin a su vida porque no soporta la situación actual. Informaré al director inmediatamente.

Colgamos el teléfono y llamo a Velidis.

—Ya me han traído el ordenador. ¿Buscamos algo en concreto? —me pregunta.

Le describo brevemente la situación.

—Según parece a primera vista, este suicidio no tiene nada que ver con los dos anteriores. El hecho de que el fallecido no haya dejado una carta demuestra que no nos enfrentamos otra vez a la conjura de los suicidas. Sencillamente, quiero que registréis el contenido del ordenador, por si encontráis algún dato que pudiera ayudarnos en la investigación, alguna conexión con los suicidas anteriores o alguna información que nos resulte útil.

—Analizaremos el contenido del ordenador y te informaré —me responde Velidis.

Vuelvo a quedarme a la espera, aunque, en esta ocasión, sin nerviosismo ni agobios. La calma, el orden y la seguridad imperan a lo largo y ancho del territorio nacional, como solían decir en la época de mi padre, oficial de carabineros.

Imperan, pero solo duran un par de horas. Transcurrido este tiempo recibo una llamada de Velidis que es como un jarro de agua fría.

—No habéis encontrado la carta, porque él mismo la había publicado ya en Facebook —anuncia.

Me quedo de piedra, pero, al mismo tiempo, doy las gracias a que se me ocurriera enviar el ordenador de Rodás al laboratorio para ser analizado.

—¿Puedes decirme cuándo publicó la carta?

—Esta madrugada. Te la mando para que la leas.

Subió la carta a su cuenta de Facebook y luego puso fin a su vida. Descuelgo el auricular para llamar al subdirector, pero enseguida vuelvo a dejarlo en su sitio. Será mejor que lea la carta primero antes de empezar con las llamadas y los intercambios de pareceres.

Poco después, Stela me trae una copia impresa de la carta que Meletis Rodás subió a su muro de Facebook:

> En mi vida he conocido a muchas personas pobres, perseguidas y víctimas de injusticias. Hasta ahora siempre había pensado que la pobreza y la injusticia eran obra de aquellos que tenían el dinero y los puestos de trabajo. La pandemia me ha abierto los ojos. Ahora descubro que existe otra categoría más de poderosos, que tienen puestos fijos y salarios altos y que, en medio de la pandemia, deciden quiénes seguirán teniendo trabajo y quiénes bajarán las persianas; quiénes tendrán pan para comer y quiénes pasarán hambre. Me he dedicado toda la vida a la docencia. Algunos de los que ahora están sufriendo fueron alumnos míos o padres de alumnos míos. Tengo noventa y cinco años y no soporto el tormento diario de ver

a aquellos que parlotean sin parar en la tele y a aquellos otros que agachan la cabeza y se resignan a su destino. Prefiero poner fin a mi vida y quedarme en paz. Antes de irme, sin embargo, quiero decirles algo a los que se han rendido a su suerte. Despertad y luchad. La paciencia no solo certifica la pobreza, sino también la derrota. No aceptéis que os destruyan los acomodados que no pierden nada mientras vosotros lo perdéis todo. Es lo que tengo que deciros antes de despedirme.

Meletis Rodás
¡Viva la conjura de los suicidas!

Dejo pasar unos minutos para recuperar la calma antes de llamar al subdirector:

—Le voy a decepcionar, pero no me queda más remedio —le digo a modo de introducción.

—¿A qué se refiere? —me pregunta él, inquieto.

—Ha aparecido la carta. El propio suicida la subió a su cuenta de Facebook.

Le transmito *grosso modo* el contenido de la misiva. Mi superior necesita un rato para asimilar la amarga verdad.

—¿Qué puedo decir? Menos mal que se le ocurrió llevarse el ordenador —me dice al final.

—Hay algo más, que hace este último suicidio más peligroso, subdirector.

—Sírvame también el postre —se resigna él.

—De unas breves pesquisas realizadas esta mañana hemos podido constatar que Rodás era un hombre muy apreciado y valorado. Y no solo eso. Muchos de los vecinos del edificio mantenían relaciones de amistad con él, sus hijos eran alumnos del difunto. Le hacían compañía, cuidaban de él, le hacían la compra. Mientras hablaban conmigo no podían contener las lágrimas. Comprenderá, pues, que esta carta tendrá mucha más repercusión que las dos anteriores —le explico.

—Le insistiremos a Alamanos para que vigile la zona, tal como habíamos quedado.

—Si se producen protestas, seguramente empezarán en el barrio donde vivía Rodás. No obstante, nadie nos garantiza que no se vayan a extender a otras zonas.

—Iremos viendo sobre la marcha —es la respuesta de mi superior.

Le digo a Stela que envíe la carta al subdirector y llamo a mi equipo. Me escuchan sorprendidos, sin poder pronunciar palabra.

—Nos hemos precipitado en alegrarnos —es el primer comentario de Askalidis.

—Tal cual. Pero ahora tenemos que ponernos en marcha y estar preparados para lo que venga. Alamanos se encargará de vigilar la zona. Quiero que vosotros recorráis el barrio para intentar reunir información adicional. Nos interesa, en primer lugar, la opinión de los residentes que conocían personalmente a Rodás. Como no podemos descartar que algunos hayan leído ya su carta en las redes, nos convendría conocer sus reacciones y qué piensan al respecto. Soy consciente de que no es tarea fácil cuando todo está cerrado, pero intentémoslo, a ver si conseguimos algo.

—¿Qué hago yo? —me pregunta Kula.

—Lo que mejor sabes hacer: serás el enlace de las operaciones.

Se marchan y otra vez me quedo a la espera. En esta ocasión, sin embargo, estoy sobre ascuas.

14

Igual que hace años cuando se acababa un capítulo de una serie en la televisión se anunciaba el siguiente con un: «Continuará», mi jornada continuó, literalmente, ante la pantalla del televisor. Según parece, la carta de Rodás había circulado por todas las redes sociales y había causado sensación. Las noticias emitieron un reportaje completo del suicidio, con entrevistas a los habitantes de los barrios de Ajarnón y San Meletios, y con fotografías de las academias donde Rodás había impartido clases.

Ante las cámaras, los entrevistados hablaban muy bien de Rodás. Muchos expresaban su agradecimiento incluso después de muerto por haber ayudado a sus hijos a aprobar los exámenes de acceso a la universidad. El propietario de una de las academias hizo un panegírico en honor del difunto.

No sé si fue a propósito, pero el reportaje terminó con las declaraciones de un epidemiólogo que no hizo el menor esfuerzo por disimular su desaprobación de los tres suicidios y, muy especialmente, el de Meletis Rodás.

—No me explico cómo personas que pertenecen a grupos de riesgo están dispuestas a sacrificar lo que les queda de vida para movilizar a la población contra las medidas que toma el Estado para protegerlos de la pandemia —proclama con evidente enfado—. ¿Acaso no ven las noticias?

¿No se han enterado de los problemas que afrontan los hospitales y las unidades de cuidados intensivos? ¿Qué pasará si mañana nos encontramos en la terrible posición de tener que elegir quién puede ingresar en la UVI y quién será abandonado a su suerte? Nosotros libramos todos los días una guerra desigual y ellos nos acusan de dejar que la gente pase hambre. Se debería prohibir la publicación de los suicidios y de las cartas de los suicidas en las redes sociales.

Tanto sus palabras como su indignación confirman la tesis de Zisis: resulta muy difícil sacar conclusiones cuando ambas partes tienen razón.

Alamanos me llama a las diez de la mañana para comunicarme lo que ya consideraba inevitable desde anoche.

—Se ha convocado una manifestación de protesta.

—¿Dónde?

—En la avenida Ajarnón, entre las calles San Meletios y Agazúpolis. Según me informan, ya se ha reunido gente de todas las profesiones y todos los sectores laborales.

Como en las dos ocasiones anteriores, también ahora quiero ser testigo directo de la situación, para poder exponer mi opinión personal si el ministro o el director me convocan a una reunión, cosa que doy por hecha.

Me llevo a Askalidis y subimos al coche patrulla. La muchedumbre está reunida al principio de la avenida Ajarnón. Frente a los congregados están las fuerzas antidisturbios, que les cierran el paso a la altura de la calle Agazúpolis.

—¿Cuántos meses más nos obligarán a tener cerradas nuestras tiendas las grandes cabezas con sus grandes sueldos? —protesta un manifestante.

—¿Cuántos meses más vamos a vivir con la angustia de si podremos poner un plato de comida en la mesa para nuestras familias? —vocifera otro de los congregados.

—¡La vida de nuestros hijos no solo peligra por el virus, sino también por el hambre! ¿Se han enterado ya los que se pasean todo el día por los platós haciendo declaraciones? —grita un tercero—. Y si no pasan hambre hoy, mañana serán unos ignorantes, porque no hay dinero para pagarles las clases.

Percibo un movimiento en la muchedumbre, algo como un intento de romper el cerco de las fuerzas antidisturbios, pero una voz femenina les pone freno:

—¡Parad! Primero guardaremos un minuto de silencio en memoria de Meletis Rodás, que sacrificó su vida para que nosotros despertemos.

Se hace un silencio absoluto mientras los antidisturbios se relajan un poco. Parece, sin embargo, que durante el minuto de silencio los manifestantes han tomado otra decisión y, cuando acaba, se sientan todos en el suelo.

—Nos vamos a quedar sentados a modo de protesta —grita uno de ellos a los agentes—. Nos sentaremos todos en el suelo, codo con codo, y venid luego a ponernos multas por no guardar las distancias.

—Daos una vuelta para ver qué pasa en los parques y en las plazas, donde los viejos se sientan en los bancos para fumar con las mascarillas bajadas mientras les dan ataques de tos.

—¡Y las coronafiestas, que llenan las plazas cada noche hasta la madrugada! ¿Luego resulta que el problema son las tiendas?

—¿Nos multaréis tanto como a ellos? —grita otro manifestante.

—Vámonos —le digo a Askalidis—. No hace falta quedarnos hasta el final. Ya lo veremos esta noche en las noticias.

—Vale, esta es una concentración de protesta en toda

regla, pero, de nuevo, no ha habido alborotos ni enfrentamientos —comenta Askalidis después de subirnos al coche patrulla.

—No ha habido alborotos ni enfrentamientos mientras nosotros estábamos allí. Aunque nunca se puede saber cuándo se torcerán las cosas —le contesto.

En cuanto llego a mi despacho, pregunto a Stela si han llamado desde el ministerio. Me contesta que no. Pensándolo bien, decido que yo tampoco voy a llamar. No hace falta que me busque complicaciones. Tampoco llamo a mis colaboradores. Askalidis ya los pondrá al corriente.

Mientras me siento e intento hacer una valoración de los acontecimientos, de pronto recuerdo que se me había olvidado preguntar a Zisis si conocía a Rodás. Sin dilación, le llamo por teléfono.

—¿No conocerías a un tal Rodás, por casualidad? —le pregunto tras los saludos de rigor.

—¿A Meletis Rodás? Sí que le conozco. ¿Por qué me lo preguntas?

—Es nuestro nuevo suicida. Se quitó la vida ayer.

Sigue un breve silencio.

—¿Meletis se ha suicidado? —pregunta Zisis al final, como si no pudiera creerlo y con voz apenas audible.

—¿Le conocías, pues?

—Pásate por aquí y te cuento —susurra él.

Enseguida cojo el Seat, no solo porque urge conseguir información, sino porque me doy cuenta de que la noticia ha golpeado a Zisis como un rayo.

Me abre la puerta Stellos, muy asustado.

—¿Qué le pasa? —pregunta.

Le explico, sin entrar en más detalles, que ha muerto un viejo amigo suyo. Zisis está sentado a una de las mesas del bar vacío, con la cabeza apoyada en las manos. Solo se percata de mi presencia cuando me siento frente a él. Alza la vista para mirarme.

—Siento haberte importunado. No sabía que erais tan amigos —le digo—. No es imprescindible que hablemos ahora. Ya lo haremos en otro momento, cuando te hayas recuperado.

Él baja las manos.

—Prefiero que lo hagamos ahora, Kostas, así me quito el peso de encima.

—Entiendo que Rodás y tú erais amigos.

—Nos conocimos en el sesenta y tres, cuando él volvió del exilio con la apertura democrática del Gobierno de la Unión de Centro. A los veinticinco había entrado en las filas del Ejército Democrático y, tras la derrota, fue condenado al exilio en Taskent. Allí solicitó permiso para estudiar. Como era joven, no le resultó difícil conseguir el permiso. Aprendió a hablar ruso y estudió matemáticas. Cuando pudo volver a Grecia, nos encontramos en la misma célula del Partido Comunista y acabamos siendo amigos, a pesar de que Meletis era bastante mayor que yo. Por aquel entonces se ganaba la vida dando clases particulares. Durante los años de la dictadura nuestra amistad se consolidó, ya que nos ocultábamos juntos. Tras la caída de la junta militar nuestros encuentros se fueron espaciando. Yo me aislé en mi casa de Nea Filadelfia. Meletis consiguió que se le reconociera su diploma en matemáticas y empezó a dar clases en academias. Casi no le he vuelto a ver desde que se jubiló.

—¿Por qué os distanciasteis si habíais sido tan amigos? —le pregunto. Sospecho que debió de ser por algún desacuerdo o por diferencias ideológicas.

—Después de todo lo que habíamos sufrido, la desilusión te impulsa a no querer saber nada de los viejos tiempos, ni siquiera ver a los amigos de aquella época —me explica

Zisis llanamente—. Yo me recluí en Nea Filadelfia y Meletis se dedicó en cuerpo y alma a la enseñanza. —Hace una pausa antes de añadir—: Mi consuelo personal es este refugio.

No quiero que Zisis lea la carta de Rodás, porque se hundirá todavía más.

—Como ya te expliqué, los tres suicidios forman parte de un movimiento que pretende movilizar a todos aquellos que se han visto perjudicados por las medidas contra la pandemia —le digo—. Si Rodás puso fin a su vida en el marco de un movimiento, eso quiere decir que se mantenía en contacto con gente del pasado.

Zisis permanece callado, pensando.

—Los únicos amigos de él que yo conocí eran Dimos Perkas y Pavlos Jardakos.

—¿Sabes por casualidad dónde viven?

—Solo los vi un par de veces cuando Meletis y yo todavía estábamos juntos. Si no recuerdo mal, Perkas vivía en Nea Ionia; y Jardakos, en Kokkiniá. Pero no sé si todavía viven allí. Ni siquiera sé si viven todavía o han muerto ya.

Me parece mejor interrumpir aquí nuestra conversación, para no atormentarle más.

—¿Quieres venir a casa esta noche? Nos hacemos compañía y te distraes.

Él se lo piensa un poco.

—Deja, no tiene sentido —dice al final—. Acabaré deprimiéndoos también a vosotros. Será mejor que me busque algo con lo que ocuparme aquí, en el refugio, y olvidarlo todo. Iré mañana, si me siento mejor.

Me acerco a él y le rodeo los hombros con mis brazos.

—Vamos, que ya te conozco. Tienes la fortaleza necesaria para superarlo.

Zisis me mira.

—No sé qué me duele más —confiesa—, si la pérdida

de un amigo o ver cómo se va quedando todo vacío a mi alrededor. Menos mal que tengo el refugio. Es mi salvación —repite con un suspiro.

En cuanto llego a mi despacho, convoco a mis colaboradores.

—Quiero que reunáis toda la información posible sobre dos nombres que os voy a dar. Uno se llama Dimos Perkas y solía vivir en Nea Ionia. El otro se llama Pavlos Jardakos y vivía en Kokkiniá, la actual Níkea. No sé si viven todavía allí, ni siquiera si están vivos. Empezad enseguida por las comisarías de Nea Ionia y de Níkea. La investigación es urgente, ya que podría conducirnos al cerebro de la conjura de los suicidas.

De nuevo pienso en llamar al subdirector, pero me parece precipitado. Será mejor avanzar primero con la investigación, para ver adónde nos conduce.

15

A la mañana siguiente, Dermitzakis viene a verme solo. Su aparición sin acompañantes es un indicio de que no debo esperar nada significativo de nuestro encuentro.

—Nea Ionia ya no es como hace años. El distrito ha cambiado mucho y nos ha llevado tiempo encontrar el rastro del tal Perkas. Al final, hemos podido averiguar que falleció hace cinco años. También hemos localizado la casa donde vivía, en el barrio de los refugiados del Asia Menor. La casa ha sido restaurada y ahora vive allí otra familia. Comprobado todo esto, es el turno de Níkea.

Dermitzakis se marcha para iniciar la investigación en Níkea mientras yo llamo a Alamanos para enterarme de cómo acabó la concentración de ayer. Anoche, entre estar con mi nieto y ver las noticias escogí estar con mi nieto.

—Por suerte, no hubo altercados —me comunica Alamanos—. Se limitaron a quedarse sentados, y cuando terminó la concentración, se disolvieron pacíficamente. Algunos intentaron romper el cerco de la policía, pero los propios concentrados se lo impidieron. Mis hombres permanecieron en la zona hasta la noche. Las calles estaban tranquilas. Ahora bien, si alguno de los manifestantes tenía el virus y contagió a los demás, ya se verá en los próximos días.

Los canales de información siguen funcionando con la llamada de Velidis:

—Se ha montado una gorda en internet con la carta de Rodás —me informa.

—¿Qué dicen?

—La mayoría de las publicaciones son de viejos alumnos suyos y de gente que le conocía personalmente. Todos solo tienen cosas buenas que decir, tanto del maestro como de la persona. Luego hay otra categoría de usuarios que se dedican a insultar al Gobierno por obligar a los comercios a permanecer cerrados. Y, finalmente, está el coro habitual de los que dicen que el coronavirus es un cuento y que todo forma parte de una gran conspiración.

Pienso que ahora toca poner al día al subdirector. Ya he hablado con Alamanos. A mi superior le interesará mucho más saber de Perkas y Jardakos.

—¿Cree que podríamos averiguar algo? —me pregunta.

—Perkas ha fallecido. La búsqueda de Jardakos sigue en marcha. En cuanto tenga más información, se la comunicaré.

La espera se prolonga hasta el mediodía. Justo entonces me llama Dermitzakis:

—Hemos localizado a Jardakos, comisario. Vive todavía y tenemos su dirección. También hemos reunido una serie de datos adicionales. ¿Quiere que le interroguemos?

—No. Primero quiero escuchar la información que habéis recabado y luego decidiremos los siguientes pasos.

Oscilo entre el alivio y la impaciencia. Alivio porque Jardakos sigue con vida. E impaciencia porque no sabemos si sacaremos algo en claro del interrogatorio o volveremos con las manos vacías.

El equipo vuelve media hora más tarde todo sonrisas y con la satisfacción dibujada en sus caras.

—Esta vez hemos tenido suerte —me dice Dermitzakis—. Pavlos Jardakos es una especie de monumento del viejo barrio de Kokkiniá. Todo el mundo le conoce. —Se dirige a Dervísoglu—: Cuéntalo tú, que lo has entendido mejor.

—Hemos podido localizar a un quiosquero que conoce la biografía entera de Jardakos —empieza su informe Dervísoglu—. Nuestro hombre vive en la calle Karkavitsas. Allí ha vivido desde que era joven, con excepción de los periodos que pasó en el exilio, en Makrónisos, o en los calabozos de la policía durante la dictadura. Antiguamente residía allí toda la familia. Ahora su hijo vive un poco más arriba, en la calle Ikaron, con su mujer y sus hijos. El quiosquero nos ha hablado también de una librería de la calle Mesolongui. El propietario, un tal Demiris, era amigo de Jardakos. Actualmente es su hijo quien lleva la librería. También hemos ido allí. Demiris hijo conoce la historia de Jardakos a través de su padre. Nos ha contado que, después de su regreso de Makrónisos, desplegó una intensa actividad política en Kokkiniá con la Unión de Izquierda Democrática. Después del golpe de Estado de los coroneles, volvieron a detenerle. Cuando el Partido Socialista ganó las elecciones, consiguió una pensión como viejo miembro de la resistencia antifascista. Aún vive solo, pero mantiene muy buena relación con la familia de su hijo.

Ha terminado y se me queda mirando, por si tengo preguntas o algún comentario que hacer. No tengo o, mejor dicho, sí tengo pero no lo puedo decir. El caso de Jardakos es una copia exacta de la vida de Zisis.

—¿Vamos a interrogarle? —me pregunta Dermitzakis. Consulto mi reloj.

—Ahora son las cinco. Cuando lleguemos al domicilio de Jardakos serán ya las seis. No está bien que cuatro policías llamen a la puerta de un viejo comunista después del anochecer. Le despertaríamos recuerdos desagradables, se pondría a la defensiva y la conversación podría ir por mal camino. Será mejor dejar el interrogatorio para mañana por la mañana.

Lo que acabo de decirle es solo media verdad. La otra mitad es que prefiero contar primero con la opinión de Zisis, por si me puede dar ideas que nos ayuden mañana a plantear mejor nuestra conversación con Jardakos.

—Perkas, por desgracia, ya no está con nosotros, pero hemos podido localizar a Jardakos —le digo por teléfono—. ¿Te apetece hablar del tema esta noche?

—Sí, creo que me hará bien —responde Zisis sin dudarlo.

—Bien, pasaré a recogerte.

Aguardo hasta las seis antes de ponerme en marcha. Ya he avisado a Zisis, que me está esperando a la entrada del refugio. Lleva la bolsa de plástico con su muda de ropa.

—Me gustaría que me dieras algunos consejos que pudieran facilitar nuestra conversación con Jardakos —le explico después de ponernos en marcha.

Él reflexiona.

—Te aconsejaría que le digas que oíste su nombre y el de Perkas en boca de unos amigos de Rodás.

—¿No le digo que lo supe a través de ti?

—¡De ninguna manera! —contesta Zisis con contundencia—. Enseguida pensará que me he convertido en confidente de la policía y se cerrará en banda. Tampoco le preguntes a bocajarro si él es el cerebro del movimiento. Ve aproximándote al tema poco a poco y espera a ver cómo reacciona.

—De acuerdo, lo he entendido. Gracias.

Llegamos a casa de Katerina y vamos directos a cambiarnos de ropa. Sigue la visita de rigor a la habitación del niño. Lambros ha colocado al jinete en el techo de su trenecito y lo está mirando con orgullo.

No puedo contener la risa. He visto películas donde la

caballería persigue a los trenes, he visto a vaqueros persiguiéndolos en otras, pero es la primera vez que veo a un jinete montado en su caballo en el tejado mismo de un tren.

Dejamos que Lambros siga disfrutando de su invento y nos dirigimos a la sala de estar. Mientras tanto ha llegado también Fanis. Empezamos a charlar de cualquier cosa hasta que Adrianí comienza a servir el pastel de macarrones al horno que nos ha preparado.

—Las redes sociales arden con el tema del suicidio del matemático —me dice Katerina.

—Sí, era un hombre muy querido. Y, según parece, también era muy buen profesor.

—Así se explica la multitudinaria concentración que se organizó a raíz de su suicidio —comenta Fanis.

—Y no solo eso —replica Katerina.

—¿Qué quieres decir? —le pregunta Adrianí.

—He hablado con dos colegas que tienen clientes del sector de la restauración. Hemos decidido reclamar judicialmente una mayor protección del Estado para este sector, que lleva meses cerrado sin que nadie sepa cuánto tiempo más durará el confinamiento.

—¿Pensáis que la justicia lo aceptará a trámite? —pregunta Fanis, sin intentar disimular su escepticismo.

—Querido mío, la pandemia habrá terminado antes de que se tramite siquiera —responde Katerina riéndose—. Nuestro verdadero objetivo es otro.

—¿Cuál? —pregunto yo.

—Hacer mucho ruido, para que el Gobierno se vea obligado a incrementar las ayudas económicas, por miedo al coste político que le pueda acarrear.

—¡Muy bien, Katerina! Conoces los puntos débiles de tu adversario. Tienes una mente política afilada —exclama Zisis con entusiasmo.

—Al final, has conseguido influir en el pensamiento de mi mujer y de mi hija —le digo—. El único que se ha librado soy yo, por deformación profesional.

—También vosotros habéis influido en mí —responde Zisis—. Las amistades son así. Si solo hubiera influido yo en vuestra manera de pensar, no sería un amigo sino un instructor.

16

Informo a Dermitzakis de que iré a ver a Jardakos solo, para evitar las formalidades de los interrogatorios y ver si así consigo averiguar algo más. Por esta misma razón, no pido un coche patrulla sino que voy con el Seat. Pongo en marcha el GPS, ya que no conozco en absoluto la zona de Níkea donde vive Jardakos.

Se supone que practicamos controles, que pedimos el SMS o el permiso impreso de circulación y que multamos a los infractores. Entonces, ¿por qué están las calles llenas de coches? Es como si condujera en los tiempos previos al coronavirus.

Avanzo a paso de tortuga hasta Agios Ioannis Rentis para encontrar la calle General Makriyannis y entrar en la avenida de Tebas. Tardo más de una hora en llegar a la calle Karkavitsas sin haber encontrado un solo control policial a lo largo del trayecto.

Jardakos vive en una casa de dos plantas y resulta evidente que la segunda se añadió con posterioridad a la construcción original. La vivienda ha sido restaurada y está en buen estado. Llamo al timbre y me abre un viejecito con perilla y bastón.

—¿Sí? —pregunta secamente, cosa que significa: «¿Y tú qué quieres ahora?».

—Me llamo Kostas Jaritos y soy policía. Quisiera hacerle algunas preguntas relacionadas con Meletis Rodás, que se suicidó hace unos días —le explico.

—¿Y por qué has venido aquí?

Mis colegas, cuando se dirigen a una mujer sola, siempre la tutean. Lo mismo hacen los viejos izquierdistas. Cuando ven a un madero, siempre le tutean.

—Unas personas cercanas a Rodás nos han dicho que hablaba a menudo de dos amigos suyos: Dimos Perkas y usted. Perkas ha muerto, por desgracia, por eso he venido a verle a usted en busca de cualquier información que me pueda facilitar. No se trata de un interrogatorio oficial, solo quiero charlar un poco. Por eso he venido solo —añado en tono tranquilizador.

Él se lo piensa un momento y luego me dice:

—Pasa.

Me lleva a una sala de estar pasada de moda, con un sofá de madera, un colchón a modo de asiento hecho a mano y cojines de respaldo. Los demás muebles consisten en una mesa y unas sillas, todas con cojines en los asientos. Me señala el sofá y él se sienta en una silla frente a mí. Se me queda mirando, esperando a que empiece a hablar.

—Tras el suicidio de Meletis Rodás llevamos a cabo una investigación en la zona donde había vivido. Descubrimos que era una persona muy querida, no solo por sus allegados y vecinos sino también por los alumnos que había tenido en las academias.

—Lo sé, todo el mundo le quería —responde Jardakos—. Aunque a nosotros, los muy viejos, cada día que vivimos se nos hace insoportable. Nadie sabe en qué momento nos hartaremos de todo y diremos «hasta aquí hemos llegado».

—Lo mismo pensamos nosotros cuando supimos de su

fallecimiento. Pero después vimos la carta que había publicado en una red social. Esta es la razón de mi visita.

Jardakos me mira.

—No esperes que pueda aclararte algo. Meletis y yo últimamente hablábamos muy poco.

—Este ha sido el tercer suicidio cometido en pocos días. El primero fue el de Dimoscenis Begleris, que vivía en Egaleo. El segundo, el de Vlasis Kortidis, de Peristeri. Y ahora el de Meletis Rodás. Todos ellos dejaron una carta de despedida en la que se repiten dos cosas. La primera, que pretenden que la gente se rebele contra las autoridades que los obligan a cerrar sus comercios y los llevan a la ruina. La otra cosa que se repite es la frase final de las tres cartas: «¡Viva la conjura de los suicidas!». Esto último, sobre todo, nos hace sospechar que puede haber un movimiento organizado detrás de los suicidios.

Jardakos se echa a reír.

—Venga ya. Los dos últimos leyeron la primera carta y la copiaron para dar algún sentido a su suicidio.

Yo también empiezo a tutearle.

—Lo que dices podría tener algún fundamento si no fuera por algo más.

—¿Qué más?

—Que fue el propio Rodás quien publicó su carta en internet. En cambio, las dos primeras cartas las compartieron dos chicos jóvenes. Ambos nos han asegurado que no conocían personalmente ni a Begleris ni a Kortidis. Uno de ellos, además, aún conservaba el sobre de correos en el que había recibido la carta de Kortidis. Hicimos un análisis grafológico comparativo y vimos que la dirección que figuraba manuscrita en el sobre coincidía con la letra de la carta de despedida. Es decir, alguien facilitó a Begleris y a Kortidis las direcciones de los dos jóvenes que acabaron publicando las cartas. Y hay algo más —añado tras una pausa.

—¿El qué?

—Descubrimos que tanto Begleris como Kortidis habían recibido cinco llamadas telefónicas hechas desde una cabina pública de Níkea y no desde un teléfono particular.

—¿Y crees que las hice yo para darles las direcciones? —pregunta él con ironía.

—No. No sé si fuiste tú, porque no hemos investigado el asunto. Lo único que he venido a averiguar de ti, puesto que conocías a Rodás, es si por casualidad te habló de algún movimiento o de alguna mente organizativa que pudiera estar detrás de los suicidios.

Jardakos se queda pensativo con la cabeza gacha. Al poco la levanta y me mira.

—No voy a contarte qué me dijo Meletis y tampoco te voy a decir si soy o no el cerebro de la operación. Solo te diré una cosa. Rodás y yo éramos de izquierdas. Cuando no estábamos en el exilio o enchironados en los calabozos de la policía, lo único que sabíamos hacer bien era movilizar a la gente. Begleris y Kortidis no eran de izquierdas, solo eran pobres. Los pobres de nuestra época no se quedaban sentados llorando su mala suerte. Salían a la calle a reivindicar sus derechos y unos jornales mejores. La izquierda que yo conocí no hubiera llegado ni a la mitad si no fuera por los pobres y desfavorecidos que lucharon a nuestro lado.

»Hoy en día, a nuestra edad, ni los necesitados ni los de izquierdas seríamos capaces de sublevar a las víctimas de las injusticias ni salir a la calle en masa para protestar. La única arma que tenemos a estas alturas es la poca vida que nos queda por vivir. Si la sacrificamos, tal vez despierten los que pagan los platos rotos de la pandemia y protesten por la injusticia cometida en nombre de la seguridad. También en las viejas injusticias el orden establecido llevaba la seguridad por bandera, aunque se tratara de otro tipo de seguridad.

Calla y se me queda mirando. Me acaba de decir exactamente lo mismo que Zisis, pienso. Es una identificación absoluta.

De repente, Jardakos comienza a reírse.

—¿De qué te ríes? —me extraño.

—¡Es la primera vez que no podéis hacernos nada! —responde él triunfalmente—. No podéis molernos a palos, no podéis condenarnos al exilio a alguna isla perdida de la mano de Dios ni podéis encerrarnos en los calabozos de la Dirección General de Seguridad. En Grecia se prohíbe la eutanasia pero no el suicidio. Cada uno tiene derecho a decidir si quiere poner fin a su vida y cómo. Ahora, a las puertas de la muerte, somos invulnerables por primera vez. —Se apoya en su bastón para ponerse de pie—. Pues sí. Admito que sabía que iban a suicidarse. Yo no los impulsé a hacerlo, pero, cuando me enteré, les dije qué deberían escribir en sus cartas. ¿Qué vas a hacer ahora? ¿Me vas a detener?

No solo ríen sus labios sino su cara entera. Seguramente, es la primera vez en su vida que puede provocar a un poli con la certeza de que se quedará sentado, impotente, frente a él.

—No voy a detenerte, no he venido para eso. Y gracias por la información que me has dado.

Me levanto y me dirijo a la salida. Jardakos me sigue.

—Eres el primer poli amable que he conocido en mi vida —me dice al llegar a la puerta—. Mira por dónde, ahora, en la vejez, he conocido a un madero amable.

Vuelvo al Seat pero no arranco enseguida. Me quedo sentado un rato para poner mis pensamientos en orden. Ahora ya no solo sé que existe, efectivamente, un movimiento de suicidas, sino también quién es el cerebro que mueve los hilos. El problema es que no me lo puedo guardar como un secreto. Tengo la obligación de informar a mis superiores. El único riesgo tiene que ver con el ministro, ya que nadie sabe cómo va a reaccionar.

Llamo de inmediato al subdirector.

—Hay novedades —le digo.

—¿Otro suicidio? —pregunta él soliviantado.

—No. Las novedades están relacionadas con la conjura de los suicidas y urge que las analicemos.

—Venga enseguida a mi despacho. Mientras tanto informaré al director.

Pongo el coche en marcha, esta vez con destino al Ministerio de Interior, en la calle Katejaki. El tráfico se ha reducido un poco, aunque tampoco ahora encuentro ningún puesto de control.

El subdirector se levanta de un salto al verme entrar.

—No hablemos usted y yo solos. Será mejor que el director reciba la información de primera mano —dice.

Nos sentamos a la mesa de reuniones del despacho del director y empiezo a informarles inmediatamente. No les oculto ningún detalle excepto mi conversación con Zisis. Cuando termino, se me quedan mirando en silencio.

—¿Cómo ha conseguido reunir toda esta información? —me pregunta el director, sorprendido.

—A veces, la suerte echa una mano, usted ya lo sabe. En este caso, la suerte ha consistido en poder localizar a Jardakos, aunque no fue solo esto. Al hombre se le desató la lengua de pura satisfacción cuando vio que podía enfrentarse por primera vez a un policía que no se podía revolver contra él. Cuanto más pasivo me quedaba yo, más aumentaba su alborozo y más hablaba, hasta contármelo todo.

—¿Podríamos poner a ese Jardakos bajo vigilancia? —me pregunta el director.

—¿Cómo quiere hacerlo? —replico—. ¿Le cortamos la línea telefónica o intervenimos sus conversaciones? ¿Y qué hacemos si oímos a alguien diciéndole que piensa suicidarse? ¿Ponemos vigilancia al posible suicida para prevenir su muerte?

—Desde hoy mismo Jardakos encontrará otra manera de comunicarse con los futuros suicidas —añade el subdirector—. Los viejos izquierdistas han pasado por todo tipo de situaciones y saben cómo cubrirse las espaldas. La única solución, hoy por hoy, es la que ya estamos empleando. Adelantarnos a la publicación de las cartas y mantener el entorno del suicida bajo vigilancia.

—Tengo que informar al ministro —dice el director.

—Dígale, de paso, que en el trayecto de Alexandras a Níkea y a la inversa no he encontrado ni un control policial comprobando los permisos de circulación de peatones y vehículos.

—¿No ha visto ninguno? —se extraña el subdirector.

—Ni uno. Y había mucho tráfico en la calle. Como en la época p.c.

—¿Qué es la época p.c.? —pregunta el subdirector.

—La época precoronavirus —le contesto.

Nuestra reunión ha terminado y pongo rumbo a la avenida Alexandras. Es el turno de mi equipo.

17

> *virus* 1. m. Organismo de estructura muy sencilla, compuesto de proteínas y ácidos nucleicos, y capaz de reproducirse solo en el seno de células vivas específicas, utilizando su metabolismo. / 2. m. *Inform.* Programa introducido subrepticiamente en la memoria de una computadora que, al activarse, afecta a su funcionamiento destruyendo total o parcialmente la información almacenada.

Busco también en la «C» por si, contra todo pronóstico, encuentro algo relativo al coronavirus, pero nada. Sí encuentro la palabra «corona», aunque como voz independiente con varias acepciones, todas ellas ajenas al coronavirus. Obviamente, en la época de Dimitrakos el virus todavía no se había coronado.

Generalmente, tras una tormenta sale el sol. Para nosotros salió la luna de las noches de agosto. Los suicidios se detuvieron, las manifestaciones de protesta cesaron, nosotros encontramos la paz, y el ministro, la tranquilidad.

Ahora bien, si los suicidios se detuvieron porque Jardakos decidió interrumpir sus actividades por un tiempo después de mi visita, o porque no había encontrado a otras víctimas dispuestas a sacrificar el resto de sus vidas, esto ya no le interesaba a nadie; ni siquiera a mí. Me contentaba con pasar los días sin demasiada presión y, por las noches, poder disfrutar de la compañía de mi nieto.

Hasta la Semana Santa tiene cuatro días festivos. Los nuestros fueron más, pero terminaron de golpe con una llamada telefónica de buena mañana. Estoy en el Seat, conduciendo de camino a Jefatura cuando suena mi móvil.

—Nos acaban de avisar de la comisaría de Santa Bárbara que se ha encontrado el cadáver de un hombre en la calle Nestos —me comunica Dermitzakis—. Según me ha dicho el jefe de la comisaría local, parece que alguien le golpeó con una barra de hierro en la cabeza y le dejó seco.

—En cinco minutos estoy en Jefatura. Subid a mi despacho y nos organizamos. Mientras tanto, avisad a la Científica y al forense.

Me los encuentro esperándome en la antesala.

—¿Alguna noticia? —pregunto mientras pasamos todos a mi despacho.

—Lo único que sabemos es que un conductor vio a la víctima al pasar y avisó a la policía —dice Askalidis.

—¿Es un vecino del barrio?

—Creo que no. Si lo fuera, nos lo habría dicho el jefe —comenta Dervísoglu.

—Vamos para allá. No tiene sentido perder el tiempo con especulaciones —les digo.

Enseguida nos ponemos en marcha en dos coches patrulla. Dejando atrás la Vía Sacra salimos a Santa Marina y desde allí continuamos hasta la calle Nestos. La policía de tráfico ha acordonado la calle hasta la avenida Alejandro Magno. Nos detenemos delante del coche de la policía local y nos recibe el jefe de la comisaría de Santa Bárbara. La víctima se encuentra boca abajo en medio del carril en dirección a Alejandro Magno, frente a un centro de juventud. Al primer vistazo concluyo que debía de tener unos cincuenta años.

—¿Es alguien de la zona? —pregunto al jefe de la comisaría.

—No, aunque, por desgracia, la situación es peor de lo que pensamos al principio.

—¿Qué quiere decir?

—Venga conmigo.

Dejamos atrás el centro de juventud y nos adentramos en un bosquecillo. Me quedo de piedra nada más verlo. Delante de nosotros se encuentra una furgoneta del Ministerio de Sanidad, una de aquellas que transportan vacunas. La puerta trasera está abierta. Alguien ha prendido fuego al interior.

—¿Se da cuenta de lo que ha pasado? —me pregunta el oficial—. Los agresores encontraron la manera de sacar al conductor del vehículo y le golpearon. Luego condujeron la furgoneta hasta el bosquecillo y le prendieron fuego para quemar las vacunas.

Me acerco a la furgoneta para examinar el interior. Las cajas se han quemado y todas las vacunas que no se han echado a perder se encuentran dispersas por el suelo, inservibles.

Regresamos al escenario del crimen sin mediar palabra. Mientras tanto ha llegado el equipo de la Científica. Lo primero que les digo tiene que ver con la furgoneta del ministerio que transportaba las vacunas antivirus.

Dimitríu suelta un sonoro suspiro y alza la vista al cielo, como si quisiera decir: «¿Qué más nos queda por ver, Señor?». Se aleja con su equipo para comenzar la investigación y yo me vuelvo a acercar al jefe de la comisaría.

—¿Sabemos a qué hora, más o menos, tuvo lugar el asesinato? —le pregunto.

—Emergencias recibió la llamada en torno a las seis. Así que el asesinato debió de producirse antes.

Se nos acerca Dimitríu.

—La víctima se llamaba Yorgos Lefkas y era el conductor de la furgoneta —me informa—. Y hay algo más. En la calzada, un poco antes del lugar donde se encuentra el cadáver, hemos localizado marcas de un frenazo brusco. Me da la impresión de que el conductor de la furgoneta vio algo en la calzada y pisó el freno. Bajó para ver de qué se trataba y le golpearon en la cabeza. Se lo confirmaré cuando hayamos examinado los neumáticos del vehículo.

Nos deja y se dirige al bosquecillo. Entretanto ha llegado el equipo forense con la ambulancia.

—¿Otro asesinato? —me pregunta Stavrópulos en lugar de dar los buenos días.

—No te quejes. Piensa cómo estarías si fueras epidemiólogo —le contesto.

—Tienes razón —reconoce el forense y se acerca al cuerpo de la víctima.

Me espero para saber la primera impresión de Stavrópulos. Mientras tanto, mando a mis hombres a hacer una primera investigación al otro lado de la calle Nestos. Stavrópulos termina su examen y vuelve a mi lado.

—Le golpearon en la cabeza con una barra de hierro —me informa.

—¿Puedes decirme si el agresor tenía la intención de matarlo o si, sencillamente, quería que la víctima perdiera el conocimiento y se le fue la mano?

—Imposible saberlo ahora. Tal vez tenga una imagen más clara después de la autopsia.

—¿Por qué ha hecho esta pregunta? —se extraña el jefe de la comisaría.

—Porque el objetivo de los agresores no sería el conductor en sí sino la furgoneta con las vacunas —le explico—. Lo que querían era destruirlas. Resulta lógico pensar que, para conseguirlo, les bastaría con darle un golpe al conductor para dejarle inconsciente. Si la autopsia revela que el golpe fue deliberadamente mortal, tendremos que considerar la posibilidad de que su objetivo fuera otro y que prendieron fuego al vehículo para despistar. —Entonces cambio de tema y le digo al jefe de la comisaría—: Me gustaría visitar el centro de vacunación.

—Por supuesto. Vamos para allá.

Apenas tardamos cinco minutos en llegar. La encargada del centro nos recibe en su despacho. Se nota que a duras penas se aguanta para no estallar.

—Pero ¿cómo es posible que haya monstruos dispuestos a matar para destruir las vacunas? —pregunta exasperada.

—Y, sin embargo, los hay —le respondo, y paso a la pregunta que me ha traído hasta aquí—: ¿Recuerda si últimamente ha pasado por el centro alguien en busca de información sobre las vacunaciones y la cadena de custodia de las vacunas?

La mujer reflexiona un momento.

—No, aunque, lógicamente, no hablaría conmigo de estos temas. Hablaría con la enfermera en la entrada —contesta y continúa—: Un momento, voy a llamar a las enfermeras.

Poco después entran en el despacho cinco enfermeras y les repito mi pregunta. Ellas intercambian miradas y se lo piensan.

—El único caso que puedo recordar es el de un hombre que vino a preguntar si podía apuntar a su abuelo a la lista de espera para ser vacunado —me responde una cincuentona y continúa—: Le informé de que esto solo se puede hacer a través de la plataforma habilitada por el Ministerio de Sanidad. Luego me preguntó si las vacunas son seguras, porque había oído que se deben mantener a una temperatura de congelación muy baja. Le dije que no tenía por qué preocuparse, ya que contamos con las instalaciones adecuadas y recibimos nuevas remesas de vacunas cada dos días. Daba la casualidad de que la última remesa había llegado el mismo día de su visita y así se lo expliqué.

—¿Cuándo fue esto?

—Hace tres o cuatro días —me dice la enfermera—. No lo recuerdo exactamente.

Es decir, al agresor le resultaría fácil calcular la fecha de la siguiente entrega.

—¿Qué edad tendría, más o menos, el hombre que vino a preguntar?

—No se lo puedo decir con certeza, porque llevaba mascarilla. Aunque recuerdo que era gordito.

Nos despedimos de la encargada y de las enfermeras y volvemos al escenario del crimen. Stavrópulos y la ambulancia con el cadáver ya se han ido. Mis colaboradores han regresado de sus primeras pesquisas y me están esperando.

—Según nos han contado los vecinos, estos últimos días habían visto a unos tipos que iban en moto y daban vueltas por el barrio —me informa Dermitzakis.

—Parece ser que estaban estudiando la zona —comenta el jefe de la comisaría y coincido con él.

El último en aparecer es Dimitríu.

—Como primera valoración, diría que las marcas de frenazo son de la furgoneta —me dice—. Tendremos más datos después de analizar las pruebas en el laboratorio.

—Mientras tanto, nos han hablado de unos tipos que han estado peinando la zona en motocicleta —le explico—. Es posible que hubieran bloqueado el paso con sus motos, obligando así al conductor a bajar de la furgoneta.

Dimitríu me mira pensativo.

—No me parece probable que bajara del vehículo por encontrarse la calle bloqueada. Antes les pediría que se apartaran y, en caso de no hacerlo, llamaría a la policía de tráfico. Si ellos hubieran intentado obligarle a bajar de la furgoneta, el conductor habría echado el seguro. En mi opinión, uno de los agresores se habría tendido en medio de la calzada. El conductor tuvo que frenar bruscamente y bajó para ver qué había pasado. Entonces, el cómplice se le acercó y le golpeó con la barra de hierro. Luego llevaron la furgoneta al bosquecillo y quemaron las vacunas.

Reconozco que su versión resulta más convincente. Ya no nos queda nada más que hacer aquí. Prefiero volver a Jefatura para trazar un plan de actuación. Dejamos que Dimitríu se ocupe del traslado de la furgoneta y subimos a los coches patrulla.

Cuando llego a mi despacho lo primero que hago es llamar al subdirector.

—¿Qué es esta historia de la furgoneta que transportaba vacunas y le han prendido fuego? No se habla de otra cosa —me dice él.

Le describo la situación *grosso modo*.

—Tiene que venir para informarnos. El ministro está en ascuas.

—Deme antes un poco de tiempo para que pueda organizar la investigación —le respondo.

Colgamos el teléfono y acto seguido llamo a Kula.

—Quiero que te pongas en contacto con el director del centro de distribución de vacunas. Primero hablaré con él y luego trazaremos nuestro plan de actuación.

Mientras espero, contacto a Velidis y le pido que se ponga a peinar las redes sociales en busca de comentarios e información.

—Me parece que, al final, echaremos de menos los suicidios —me contesta antes de colgar.

A continuación entra la llamada de Kula, que me comunica el nombre y el número de teléfono del director del departamento responsable de distribuir las vacunas. Le llamo sin más demora.

—Lo que ha sucedido resulta inconcebible —es su primer comentario—. Desde esta mañana me estoy devanando los sesos para encontrar una explicación a que se quemen vacunas. Paralelamente, he iniciado una investigación interna en el departamento para averiguar de dónde pudieron obtener su información los agresores.

—No se moleste en investigar, nosotros ya lo sabemos —le respondo, y le traslado la conversación que he mantenido con las enfermeras del centro de vacunación de Santa Bárbara.

—¿Y por qué en Santa Bárbara? —se extraña el hombre.

—Porque hay un bosquecillo junto a la calle Nestos. Les resultaba más fácil trasladar la furgoneta allí y, una vez escondida, prenderle fuego. Mis colaboradores irán esta mañana para hablar con el personal de su departamento —añado tras una breve pausa—. Le ruego que les faciliten toda la información disponible, incluso aquella que a ustedes les pueda parecer irrelevante.

—No se preocupe, les haremos un informe completo —me asegura él, y colgamos el teléfono.

Ya solo me queda enviar a mis hombres al departamento de distribución de vacunas para que puedan comenzar a investigar, con la esperanza de que encuentren alguna pista que permita abrir una vía de investigación.

Pienso que ya me puedo tomar un respiro, pero entonces el subdirector se interpone:

—Lamento meterle prisa, pero tiene que venir inmediatamente. El ministro está que trina y exige una reunión ahora mismo.

Esto es lo malo de ser funcionario público, y de los cuerpos de seguridad para más inri. Tu superior siempre piensa que informarle es tu máxima prioridad.

18

Lo último que quiero y lo último que necesito en estos momentos es una reunión con un ministro que trina, pero no podemos eludir nuestro destino. Me dispongo a bajar al coche patrulla que me está esperando, cuando la suerte se me adelanta y me sonríe en forma de llamada telefónica de parte de Stavrópulos.

—¿Te acuerdas cuando te dije que no podía estar seguro de si el agresor tenía realmente la intención de matar al conductor? —me pregunta el forense.

—Me acuerdo.

—Pues bien, no le asestó un solo golpe sino dos. El primero le dio de lado y no fue demasiado fuerte. Seguramente, el conductor cayó al suelo pero sin perder el conocimiento. Esto debió de asustar al agresor, que le asestó el segundo golpe al cráneo, y que resultó mortal. En consecuencia, tenemos dos hipótesis: que el agresor fuera inexperto y no lograra matar a su víctima con el primer golpe, o que, sencillamente, solo pretendía dejarle inconsciente. Como no lo consiguió a la primera, fue presa del pánico, le golpeó de nuevo con más fuerza y le mató.

—Gracias. Esta información ha llegado en el momento oportuno —le digo.

Subo al coche patrulla con la moral más alta, ya que Stavrópulos me ha facilitado unos datos que podrían resultar decisivos a la hora de encaminar la investigación.

Mis dos superiores me están esperando impacientes para acudir todos juntos al despacho del ministro, pero resulta que este solo tiene ojos para mí.

—¡A esto nos han conducido los suicidios! —espeta, fuera de sí—. ¡A un asesinato y a la destrucción de las vacunas!

—Ni el asesinato ni la destrucción de las vacunas han sido promovidos por los suicidios, señor ministro —le respondo con convicción y sin perder la calma.

—¿Cree usted que entre los comerciantes no puede haber algunos capaces de cometer un asesinato? —me pregunta el ministro con voz cargada de ironía.

—Los suicidios, señor ministro, tenían como objetivo movilizar a todos los ciudadanos que se vieron obligados a cerrar sus negocios por culpa de la pandemia. En consecuencia, no tenían ningún interés en quemar las vacunas. Todo lo contrario, están esperando ansiosos a que la campaña de vacunación avance para que puedan volver cuanto antes a sus restaurantes y a sus negocios.

—¿Quién cree, entonces, que es el principal sospechoso? —pregunta el ministro.

—Aún es muy pronto para centrar nuestra investigación en un grupo concreto de sospechosos.

Empiezo a informarle de lo que sabemos hasta el momento para evitar recibir otro rapapolvo. Le hablo de que se vio a unos moteros reconociendo el terreno, y de las razones por las que habían elegido el distrito de Santa Bárbara. Dejo para el final el diagnóstico forense de Stavrópulos.

—Mi primera impresión es que se trata de unos aficionados —concluyo.

—¿Por qué? —interviene el director.

—Por la barra de hierro. Unos profesionales dispondrían

de armas. De pistolas o, lo que es más probable, de cuchillos. Pero, aun habiendo elegido la barra de hierro para su agresión, habrían acabado con la víctima de un solo golpe.

—Porque no nos engañemos, son muchos los que salen ganando con el confinamiento y preferirían que se prolongara —comenta el subdirector.

—Deberá ser muy cauteloso cuando haga declaraciones a los medios de comunicación —me advierte el ministro.

—Preferiría que fuera el portavoz del ministerio quien se encargue de informar a los medios. No me gustaría acabar como los virólogos, que salen en la tele todos los días, mañana, tarde y noche.

La reunión en el despacho del ministro llega a su fin y ahora toca la siguiente parada, en el despacho del director.

—Le felicito, ha abordado el problema con mucha sangre fría —me dice él, satisfecho.

—Se lo agradezco, director, aunque no voy a ocultarle mi preocupación. No sé adónde nos conducirá este caso ni puedo descartar nuevos escenarios desagradables.

La siguiente pregunta es del subdirector:

—¿Cómo hay que proceder a partir de ahora?

—Estoy esperando a que mis colaboradores vuelvan del departamento de distribución de vacunas, adonde han ido para iniciar la investigación. Según la información que reúnan, decidiremos qué pasos dar y les informaré acto seguido.

Aquí termina mi segunda visita a la calle Katejaki. Regreso a mi despacho y llamo inmediatamente a Kula. Ella me informa de que mi equipo no ha concluido todavía sus pesquisas.

Me dispongo a llamar a Velidis para averiguar si ha podido encontrar algo en las redes sociales, cuando se me adelanta Stela.

—Los periodistas no paran de llamar.

—Diles que les informará exclusivamente el portavoz del Ministerio de Interior.

Ahora sí llamo a Velidis y le propongo que venga a mi despacho para hablar tranquilamente cara a cara. Poco después aparece con un sobre en la mano.

—Te traigo copias impresas de las publicaciones *online* para que las leas, pero, te aviso, no esperes nada del otro mundo —me anticipa—. Cuando repasas las redes sociales todos los días, como hago yo, al final tienes la sensación de que dicen siempre lo mismo, incluso cuando los temas no tienen nada que ver unos con otros. —Vuelve a hojear los folios impresos—. Aquí lo tienes, la mitad grita «bien hecho», y la otra mitad, «es una vergüenza». Siempre la misma matraca. —De repente, calla, separa un folio y me lo da—. Este es el único que vale la pena leer.

Es un comentario más bien breve:

> Todo el mundo piensa que las diferencias se dan entre los que defienden la salud y los otros, los que contagian el virus. Entre los que pueden seguir trabajando y los que han tenido que cerrar sus negocios. Nadie tiene en cuenta a los que se enriquecen con la situación actual y quieren que continúe así.

El comentario lo firma un tal Miltos Parasidis.

—El nombre me suena de algo —dice Velidis cuando alzo la cabeza tras leer el texto.

—A mí también me suena —respondo, y enseguida se me hace la luz—: Es el hombre que compartió en redes la carta de Vlasis Kortidis, el segundo suicida —le digo.

—O sea, que con razón me ha sonado la campanilla. —Con estas palabras se marcha Velidis y me deja solo en el despacho.

Ahora la pregunta es si Parasidis escribió el comentario

para hacerse el avispado o si soltó deliberadamente una indirecta sobre algo o alguien que conoce. Tengo que hablar con mis colaboradores, que fueron quienes le interrogaron, antes de decidir si vale la pena citarle para un nuevo interrogatorio.

Mi equipo aparece al cabo de una hora.

—¿Alguna novedad interesante? —les pregunto en cuanto entran en mi despacho.

—Todos los compañeros de trabajo de la víctima nos han asegurado que nunca les había hablado de ningún desconocido que hubiera intentado abordarle o molestarle de alguna manera —me informa Dervísoglu—. En cambio, sí que hubo un incidente, aunque con otro conductor, el que cubría el trayecto hacia San Stéfanos.

—¿Qué tipo de incidente?

—Alguien le cerró el paso con una motocicleta —me dice Askalidis—. El conductor no bajó de la furgoneta sino que amenazó al motero con llamar a la policía, y este se largó enseguida.

—¿Cuándo pasó esto?

—Antes de ayer.

—Primero intentaron parar la furgoneta en San Stéfanos y, cuando les salió mal la jugada, usaron otro método en Santa Bárbara —comenta Dermitzakis.

—Es posible, aunque no podemos descartar que hicieran algún ensayo antes de pasar a la acción definitiva. Ese conductor no apuntaría, por casualidad, la matrícula de la motocicleta, ¿verdad? —les pregunto.

—No, no sospechó nada malo. Pensó que, simplemente, se trataba de una chulería y, cuando el motero se alejó, continuó su camino —dice Dervísoglu.

—¿Habéis averiguado algo más?

—Solo que alguien intentó hackear la web de la plataforma donde se halla el programa de distribución de las vacunas, aunque sin éxito —me responde Dermitzakis.

—Llamad ahora mismo al encargado. Si vuelve a producirse un intento de hackeo, que informen enseguida al Departamento de Delitos Informáticos.

Zanjado este tema, les paso el comentario de Parasidis para que lo lean.

—Cuando le interrogasteis, ¿os dijo algo que guarde relación con lo que ha escrito en Facebook? —les pregunto.

Mis colaboradores intercambian miradas y, al final, Dermitzakis se encoge de hombros.

—No, no dijo nada parecido.

—Quiero que venga para interrogarle de nuevo.

Acabada la conversación, solo me queda, a modo de epílogo, llamar al subdirector para informarle.

19

No hay que ser desagradecido. Mientras ha durado la calma he podido disfrutar de mi nieto todas las noches. Es decir, no me puedo quejar si en alguna ocasión tengo que privarme de su compañía por culpa de mis obligaciones profesionales.

Esta es mi primera noche de privación. En lugar de ir a casa de Katerina, tengo que ir a mi casa para ver qué dicen las noticias sobre el asesinato de Yorgos Lefkas, el conductor, y sobre el incendio de la furgoneta que transportaba las vacunas.

En cuanto pulso el botón del mando a distancia, me encuentro frente a uno de esos especialistas que aparecen en todos los noticiarios. En los viejos tiempos, los parroquianos solían reunirse en las cafeterías. Ahora se reúnen en los platós de televisión.

—El solo hecho de haber destruido vacunas debería ser suficiente para restablecer la pena de muerte —proclama el especialista ante la presentadora—. Los que destruyen vacunas tienen como objetivo la aniquilación de la mitad de la población griega. A eso llegaríamos si no fuera por las vacunas.

—¿Cree usted que habrá más atentados?

—No lo puedo saber. No soy policía sino epidemiólogo. Pero, si siguen así, habrá que movilizar al ejército para que conviertan las tiendas de campaña y los campamentos militares en hospitales y unidades de cuidados intensivos.

—Escuchemos lo que tiene que decirnos sobre la marcha de las investigaciones el portavoz del ministerio —dice la presentadora.

El portavoz del ministerio habla de generalidades, sin entrar en ningún aspecto específico. Y con toda la razón, ya que nos encontramos todavía muy lejos de disponer de datos concretos. Como consecuencia, pone el énfasis en los esfuerzos de la policía. De repente, se pierde la imagen antes de que concluya sus declaraciones.

—Parece ser que hemos perdido la conexión —comenta la presentadora. Pero entonces alguien le dice algo a través del auricular y su expresión cambia de repente—: Acabamos de recibir una importante noticia de última hora —anuncia la mujer.

En lugar del portavoz del ministerio aparece en pantalla el redactor de la sección de noticias.

—La información no solo es relevante, sino que también debe preocuparnos, Niki —dice a la presentadora.

—Te escuchamos, Spiros.

—En primer lugar, hemos recibido una declaración referente al doble crimen de esta mañana. Aunque no es solo la declaración. Según la información de la que disponemos, los criminales han bloqueado las redes sociales y han colgado su texto en todas ellas, para que lo lea el país entero.

Sigue un silencio generalizado mientras yo me agarro a los apoyabrazos de mi sillón para no pegar un bote hasta el techo.

—¿Podemos ver la declaración en pantalla? —pregunta al final la presentadora.

—Enseguida os la paso.

El redactor desaparece y en su lugar aparece un texto impreso.

Este año celebramos el 200 aniversario de la Revolución griega.

La conmemoración de 1821 es la oportunidad perfecta para declarar la Revolución del 2021.

La revolución de 1821 nos liberó del yugo del Imperio otomano. La revolución del 2021 nos liberará del yugo de la pandemia y de aquellos que la provocaron para convertirnos a todos en sus esclavos, en sus peones.

Nuestro objetivo principal son las vacunas. Las mascarillas que ocultan nuestras caras y nos convierten en robots representan la primera fase. Las vacunas, con todo lo que inyectan en nuestro organismo, representan la segunda. Los especialistas lo celebran, porque la combinación de mascarillas y vacunas conllevará, según ellos, la inmunidad de rebaño. Pero lo que realmente persiguen es convertirnos en un rebaño de esclavos al servicio de sus amos.

Nos negamos a ser vacunados y hacemos una llamada a todos a oponerse, por su propio bien y por el bien de la sociedad. Los que tienen dudas y nos acusan de ser unos locos y unos conspiranoicos que piensen antes en los médicos y en las enfermeras que se niegan a recibir la vacuna. ¿Creéis que ellos no saben por qué se niegan?

Hoy hemos destruido una primera remesa de vacunas. Seguiremos adelante. No permitiremos que un puñado de ricos, que dirigen a los políticos y a los científicos como si estuvieran atados a una correa, nos conviertan en un rebaño a su servicio.

No llevéis mascarillas. No os vacunéis.

Los luchadores del 2021

Leo la declaración y me quedo helado. La presentadora está hablando con el médico especialista pero no oigo lo que dicen. No puedo pensar en nada más que en la declaración y en todo lo que representa para nosotros. Tal vez alguien pudiera intentar consolarme argumentando que el objetivo de los llamados «luchadores» son las vacunas y que no pretenden atentar contra las personas. Por lo tanto, podemos, simplemente, movilizarnos y prohibir el transporte de vacunas sin escolta policial. Pero ¿quién nos asegura que, si no consiguen llegar a las vacunas, no se revolverán en contra de los políticos o de los médicos para sembrar el terror? El asesinato del conductor no ha sido más que el principio. De la misma manera que no dudaron en matarlo a él, no dudarán en matar también a otros.

Estoy dándole vueltas al asunto de los luchadores del 2021, cuando el sonido de mi móvil me saca de mis pensamientos.

—¿Ha visto las noticias? —suena la voz del subdirector.

—Las he visto. A partir de mañana, no va a realizarse ningún transporte de vacunas sin escolta policial.

—Estoy de acuerdo, aunque esto cae por su propio peso. ¿Qué hacemos con el movimiento?

—Lo único que podemos hacer es intensificar nuestras pesquisas a partir de mañana mismo. Confieso que esta declaración también me ha dejado de piedra. Opino que debemos movernos en dos direcciones distintas. En primer lugar, garantizar el traslado seguro de las vacunas. En segundo lugar, intensificar la investigación para localizar no solo a los criminales, sino también a aquellos que se esconden detrás de «los luchadores del 2021».

—Si no estuviera tan alterado, me echaría a reír —me dice el subdirector.

—¿Por qué?

—Porque hasta ahora hemos estado buscando al cerebro de la conjura de los suicidas. Ahora vamos tras el cerebro de los luchadores del 2021.

No le falta razón. Mientras los políticos y los ciudadanos se hacen cruces para que aparezca algún cerebro capaz de librarnos de la pandemia, nosotros nos dedicamos, simultáneamente, a perseguir cerebros perversos.

A estas horas no tiene ningún sentido movilizar a mis colaboradores. No hay nada que podamos hacer de forma inmediata.

Entretanto, las noticias han terminado. Apago la televisión, porque oigo el ruido de la puerta que se abre. Adrianí entra en la sala de estar con una fiambrera en la mano. Últimamente, esto se ha convertido en norma. Cuando no voy a cenar a casa de Katerina, mi mujer trae una fiambrera con la comida que ha cocinado para la familia de mi hija.

—¿Qué has preparado?

Una sonrisa pícara asoma en su cara.

—Tomates rellenos.

Si no existe la santa providencia, es que Adrianí posee la facultad de adivinar el futuro. No se explica de otro modo que, justo hoy, haya preparado la comida que siempre me hace cuando las circunstancias se ponen difíciles.

—¡Bravo! Has hecho la comida que justamente quería cenar esta noche —exclamo con entusiasmo.

Me levanto del sillón y nos dirigimos a la cocina. Adrianí pone la mesa y, al mismo tiempo, me cuenta las novedades de nuestro nieto. Saca el queso feta de la nevera y sirve un tomate y un pimiento rellenos en cada uno de nuestros platos.

Empezamos a cenar, pero, tras los primeros bocados, Adrianí deja de comer y me mira.

—No te imaginas lo rápido que crece nuestro nieto.

—Qué me vas a contar. Cada vez que voy a casa de Katerina lo veo más crecido.

Mi mujer sigue mirándome.

—Katerina quiere llevarlo a una guardería el año que viene —dice con reserva.

—¿Y cuál es el problema?

—Yo soy el problema. ¿Cómo voy a pasar los días sin Lambros? —Está a punto de echarse a llorar e intento calmarla.

—Tranquilízate, aún es demasiado pronto. En cualquier caso, mientras dure la pandemia no cabe pensar siquiera en llevar a Lambros a la guardería. El primero en oponerse sería Fanis. Ya sabes cómo es Katerina. Tiene una ocurrencia, la suelta, luego se lo piensa mejor y la retira.

—Creo que tienes razón —dice mi mujer, más tranquila, y volvemos a concentrarnos en la cena.

Pero el hecho de haber mencionado a Fanis hace que se me encienda una lucecita en la cabeza.

—¿Fanis está en casa?

—Sí, ha llegado poco antes de irme yo.

—¿Crees que se habrán acostado ya?

—¿Estás en tus cabales? Seguro que estarán viendo alguna película. Cada noche siguen al pie de la letra los consejos de Maña.

Me levanto y voy al teléfono. Contesta Fanis en persona.

—¿Mañana por la noche estarás en casa o tienes guardia? —le pregunto.

—Mañana, precisamente, libro. Como el personal de servicio. Salgo a las cinco de la tarde.

—Entonces, iré a verte. Quiero hablar contigo de algo.

—Ya he leído la declaración y sé de qué quieres hablar. Quieres que te explique por qué algunos médicos y enfermeras no se vacunan.

—Eso es, pero no hablemos ahora por teléfono. Prefiero hacerlo mañana en persona. Puede que, para entonces, tenga alguna información adicional.

Así lo acordamos y cuelgo el teléfono.

Vuelvo a la mesa y sigo disfrutando de mis tomates rellenos. Adrianí observa mi avidez con una sonrisa.

20

He convocado a una reunión a todos los interesados: a los cuatro del Departamento de Homicidios, más Velidis, de Delitos Informáticos, y Alamanos, de la Brigada Antidisturbios. Ya que pronostico que vamos a estar sometidos a una tensión constante no solo hoy, sino también a lo largo de los próximos días, prefiero que tracemos un plan de acción entre todos desde el principio, para evitar en lo posible reuniones diarias, que nos ocupan mucho tiempo.

Ya han leído la proclamación, como, por otra parte, ha hecho el país entero. Velidis, además, ha tenido tiempo de reunir las primeras reacciones en las redes sociales.

—Puedes leerlas más tarde —me asegura—. Son las tonterías de siempre.

—Quédatelas tú —le digo a Kula—. Eres la responsable de internet y estarás en contacto permanente con el director Velidis.

Después me dirijo a Alamanos:

—¿Has hablado con el director? —le pregunto.

—Sí. A partir de hoy mismo ninguna remesa de vacunas podrá ser transportada sin escolta policial. Se enviará una circular a todas las comisarías del Ática que tienen centros de vacunación en sus distritos. En caso de que alguna comisaría no pueda cubrir el servicio adecuadamente, la sustituirá el servicio de emergencias.

Velidis y Alamanos se marchan y seguimos reunidos los cinco restantes.

—Quiero que volváis a Santa Bárbara para investigar más a fondo —les digo—. Nos interesa averiguar si alguien vio a desconocidos merodeando por la zona antes del atentado contra la furgoneta. También si los que lo perpetraron iban en moto, como los que estuvieron estudiando los alrededores. Pero antes de iros quiero que alguien me traiga a Miltos Parasidis para interrogarle.

—Ya hemos hablado con él, comisario, y nos ha dicho que vendrá hoy mismo, no hace falta ir a buscarle. Facilitará sus datos en la entrada y preguntará por usted. Los guardias de la entrada ya están avisados —me informa Askalidis.

—Bien, Kula y yo nos encargaremos de él. Vosotros ya podéis poneros en marcha.

Los guardias me avisan de la llegada de Parasidis y mando a Kula para que lo acompañe a la sala de interrogatorios. Cuando llego, me los encuentro charlando casi amistosamente. Mi presencia pone fin al parloteo. Parasidis permanece relajado y me saluda con una sonrisa.

—Le he hecho venir porque uno de sus comentarios en las redes sociales nos ha llamado la atención.

—¿Cuál de ellos? Subo comentarios a las redes prácticamente todos los días.

—El que escribió usted después de la destrucción de las vacunas en Santa Bárbara. Quiero preguntarle si fue un comentario casual o lo escribió basándose en alguna información concreta. Porque, si este fuera el caso, nos interesa conocerla.

Parasidis me mira mientras se piensa la respuesta.

—Creo que en nuestro primer encuentro le dije que estoy preparando mi doctorado en derecho.

—Sí, lo recuerdo.

—Mi tema de estudio es la legislación y las desviaciones legislativas de las transacciones financieras. En los dos años que llevo preparando mi doctorado he tenido la oportunidad de investigar y de estudiar violaciones de la ley que me han enfurecido y que en ocasiones han llegado a asustarme. Muchas de estas infracciones se toleran y se cometen, incluso, con la complicidad de los gobiernos. Esta es la razón de mi comentario. Quería que no nos quedáramos con la explicación fácil de los conspiranoicos, sino que reflexionáramos en quién más podría ocultarse tras el atentado.

—¿Leyó usted la declaración? —le pregunta Kula.

—¿Hay alguien que no la haya leído?

—¿Y qué opina?

Parasidis me mira sonriendo.

—¿Acaso sería la primera vez que alguien se apropia de una obra ajena para llamar la atención?

—No, pero los que firman la declaración manifiestan estar en contra de las vacunas porque pretenden convertirnos en instrumentos de poderes oscuros —insiste Kula.

—Lo sé, es el típico argumento de los conspiranoicos —le responde Parasidis, y se vuelve hacia mí—: Nosotros nos conocimos cuando compartí la carta de despedida de Kortidis, señor comisario. El de Kortidis fue el segundo suicidio que se produjo. Si no me equivoco, hubo un tercero. Tres ancianos sacrificaron sus vidas para movilizar a los que pasan hambre por culpa de la pandemia. Y ahora vienen los conspiranoicos y organizan otro movimiento, porque, según ellos, las vacunas nos convertirán en un rebaño manipulado por fuerzas invisibles. Los únicos que no se manifiestan son los que salen beneficiados de la pandemia. Los que no aparecen en ninguna parte, puesto que mueven los hilos desde la trastienda. Esto es lo que pretendía decir con mi comentario.

Puede que tenga razón, pero no disponemos de ninguna prueba que contribuya a confirmar su teoría. Carece de sentido retenerle por más tiempo, porque nos perderemos en los vericuetos de la discusión y no tenemos margen para charlas ociosas.

—El tipo es listo —dice Kula a modo de conclusión cuando Parasidis ya se ha ido.

—Dermitzakis ha vuelto y le está esperando, comisario —me informa Stela cuando subo a mi despacho.

—Dile que venga enseguida.

Pronto, mis tres colaboradores irrumpen en mi despacho.

—¿Puedo deducir de vuestras prisas por verme que tenéis novedades?

—Del segundo recorrido por la zona no ha surgido nada nuevo —me responde Dermitzakis—. La novedad ha aparecido de donde menos la esperábamos.

—¿De dónde?

—Del centro de juventud que se encuentra junto a la entrada del bosquecillo. En la actualidad, el centro está cerrado debido a la pandemia. Los trabajadores, sin embargo, se turnan para acudir cada semana unos días determinados para comprobar que no se haya producido ningún robo o que no hayan buscado refugio en las instalaciones inmigrantes o personas sin techo. Hemos tenido la suerte de coincidir con uno de los empleados. Cuando hemos empezado a hacerle preguntas, se ha acordado de que uno de sus compañeros de trabajo le había comentado que había visto a tres tipos dando vueltas por el bosquecillo pocos días antes del atentado contra la furgoneta. Le hemos pedido que llamara a ese otro empleado y este ha venido al centro. Nos ha dicho que dos días antes del atentado estaba de servicio y que vio a tres tipos con mascarillas curioseando por el bosquecillo e intercambiando comentarios. También vio sus motos aparcadas allí cerca. En un momento dado, uno de los tres se bajó la mascarilla. Según el empleado, debía de tener unos cincuenta años.

—También nos ha dicho que los tipos debían de tener pasta, ya que las motos eran carísimas —añade Askalidis.

—Lo que me estáis contando encaja a la perfección con el perfil de unos conspiranoicos —comento.

—Correcto, aunque los conspiranoicos no son asesinos sino charlatanes —observa Dervísoglu.

—Stavrópulos opina que el asesinato del conductor fue resultado del segundo golpe. Que no tenían intención de matarle sino de dejarle inconsciente. Cuando no lo consiguieron a la primera, se dejaron llevar por el pánico y le mataron.

—Es decir, nos enfrentamos a unos aficionados —concluye Dermitzakis antes de añadir—: Que Dios nos asista.

—¿El empleado reconoció, por casualidad, las motos? —les pregunto.

—No, pero ya hemos quedado con la Científica. Mañana iremos a su departamento con el testigo, a ver si puede reconocer las motos entre los modelos que le enseñen.

Me dispongo a llamar al subdirector para informarle, cuando se me adelanta el director en persona:

—El ministro piensa ofrecer en breve una conferencia de prensa —me comunica.

—¿Sobre qué?

—Sobre la marcha de las investigaciones y sobre los esfuerzos realizados por las fuerzas de la policía en su conjunto.

—En primer lugar, las investigaciones todavía no están encaminadas. Aún nos encontramos en la fase de recogida de datos. —Le informo brevemente de las pesquisas que han realizado mis hombres en el centro de juventud de Santa Bárbara, y del interrogatorio del empleado—. Si hacemos públicos ahora los datos que nos ha facilitado el testigo, los agresores y sus motocicletas desaparecerán del mapa sin remedio. Esto supondrá un terrible obstáculo, sobre todo, a la hora de localizar las motos. Aparte de esto, creo que mañana podré recabar información sobre las razones por las que algunos médicos y miembros del personal de enfermería se niegan a recibir la vacuna. Por lo tanto, en mi opinión, la conferencia de prensa resulta precipitada y solo puede causarnos problemas.

—Se lo comunicaré al ministro y le volveré a llamar.

Media hora más tarde me llama para decirme que el ministro está de acuerdo en volver a considerar el tema mañana.

Consulto mi reloj. Ya son las cuatro y media de la tarde. Fanis sale del trabajo a las cinco. Prefiero ir a hablar con él ahora, antes de que llegue Katerina y la hora de jugar con mi nieto.

Llamo al móvil de Adrianí. Mi mujer ha salido para dar un paseo con Lambros.

Me quedo anonadado.

—¡Pero bueno! ¿No os ha dicho Fanis que no le saquéis de casa mientras arrecia la pandemia?

—Nos lo ha dicho, pero él no está en casa para ver los berrinches de su hijo todos los días. Al final, por miedo al contagio, Lambros acabará en la consulta de un psiquiatra infantil. Hablé con Katerina y acordamos que sacaría a Lambros para dar una vuelta a la manzana, nada más. En quince minutos estamos en casa.

Espero hasta que sean casi las cinco para ir a casa de mi hija.

21

Mientras me quito la ropa que llevaba en el trabajo para ponerme la de estar por casa llega también Fanis del hospital. Adrianí ya sabe cuál es el motivo de nuestro encuentro y se retira discretamente con el pequeño Lambros. Fanis parece estar más descansado y de mejor humor que otros días. Me espero hasta que haya saludado primero a su hijo. Luego vuelve y se sienta frente a mí.

—Puesto que ya has leído la declaración, te puedes imaginar lo que quiero preguntarte —empiezo—. ¿Tantos son los médicos y sanitarios que se niegan a ponerse la vacuna para que los autodenominados luchadores los utilicen como argumento?

—Nadie conoce el número exacto. Pero de lo que no cabe duda es de que los hay en todos los hospitales.

—¿Y cómo justifican su negativa a ser vacunados?

Fanis se encoge de hombros.

—No existe una justificación colectiva. Esto, por supuesto, es positivo, ya que excluye la existencia de una red organizada. Más allá de esto, cada una y cada uno esgrimen sus propios argumentos. Unos te dicen que, en general, se oponen a las vacunas; que ni siquiera se han puesto la vacuna contra la gripe. Otros temen que esta vacuna podría provocar problemas inmunológicos que en el futuro crearían graves complicaciones. Finalmente, los hay que se escudan en el «andar con pies de plomo». Creen que la competencia comercial entre las farmacéuticas ha acortado el tiempo destinado a las fases de ensayo y que las compañías se precipitaron en acordar ventas sin contar todavía con datos fiables. No soy epidemiólogo, pero, si quieres saber mi opinión, no hay tiempo que perder cuando el virus se expande con tanta rapidez. Si surgen complicaciones les haremos frente, como ocurre con casi todas las vacunas.

—¿Y qué hace la dirección del hospital con los que no quieren vacunarse?

—No pueden obligarlos a ponerse la vacuna y tampoco pueden despedirlos. El responsable último de este tipo de decisiones es el Ministerio de Sanidad. En las actuales circunstancias, la mayoría de las juntas directivas prefieren evitar las posibles movilizaciones sindicales, dada la situación extrema en la que se encuentran los hospitales. Así que recurren a soluciones intermedias. En nuestro hospital, por ejemplo, hacen pruebas constantemente a todos aquellos que no se han querido vacunar. Aunque no se trata solo de médicos hospitalarios, sino también del Organismo Nacional de Servicios Sanitarios.

Ha llegado el momento de formular la pregunta crítica:

—¿Conoces, por casualidad, a algún médico de tu confianza que no se haya vacunado para que pueda hablar con él y tener información de primera mano?

Fanis reflexiona un momento.

—Hay un médico joven que está haciendo su especialidad en nuestro hospital y no está vacunado. Le preguntaré si quiere hablar del tema y te avisaré.

Nuestra conversación ha tenido un final satisfactorio y nos dirigimos a la habitación de Lambros de muy buen humor. Mientras tanto ha llegado también Katerina. En cuanto me ve, Lambros se suelta del abrazo de su madre y corre hacia mí. Lo levanto en brazos embargado por la emoción, pero esta solo dura unos pocos segundos. Lambros señala su tren de juguete, que está detenido, y me hace señas para que lo ponga en marcha.

—Por eso has venido corriendo a mis brazos y no porque me quieres mucho, pillín —le digo mientras los demás se echan a reír.

Dejo al niño en el suelo y me acerco al trenecito. En cuanto lo pongo en marcha, mi nieto se olvida de mí y comienza a jugar.

—Papá, se ha aprovechado de ti en toda regla —me dice Katerina riéndose todavía.

—Con ese talento tan precoz para aprovecharse de los demás, no le veo estudiando medicina. Lo más probable es que sea abogado —sentencia Fanis.

—¿Por qué? ¿De quién se aprovechan los abogados? —pregunta Katerina, ofendida.

—De los resquicios legales.

—Escuchad, ¿qué tal si invitamos también al otro Lambros? ¿Os parece bien? —pregunta Adrianí—. He preparado hojas de col rellenas de carne picada, que le gustan mucho.

—Vale, aunque no coge el metro ni el autobús. Tendré que ir a buscarle yo. —Mi mujer no me ha oído porque, mientras hablo, ya está llamando a Zisis—. Dile que pasaré a recogerle —repito, anticipándome.

Zisis está de acuerdo y me pongo enseguida en marcha hacia el refugio. De todas formas, mi nieto pasa completamente de mí. Las calles están colapsadas de tráfico. Me pregunto si no resultaría más eficaz levantar todas las restricciones de circulación. A lo mejor así algunos decidirían quedarse en casa.

Zisis me está esperando en la acera con sus inseparables

bolsas de plástico. Una contiene su muda de ropa y la otra, una caja con dulces.

—¿Has decidido llevarnos dulces?

—Pues sí, aunque yo solo soy el *delivery boy*, como los llaman hoy en día.

No hago más preguntas para no estropearle la sorpresa. Él tampoco continúa con el tema y habla de otra cosa. Le interesa el caso de las vacunas destruidas.

—¿Crees que habrá más episodios de este tipo? —me pregunta cuando termino de explicarle el caso.

—Me temo que va a ser inevitable a pesar de las medidas que hemos tomado.

Llegamos a la calle Athanasías y Adrianí nos abre la puerta. Zisis le entrega la segunda bolsa, la que contiene la caja.

—¿Qué es esto? —se extraña mi mujer.

—*Kourabiedes*. Los ha hecho Melpo. Dice que, ya que no puede veros, os manda dulces para transmitiros la dulzura que siente por todos vosotros.

Adrianí coge la caja.

—Todos los *kourabiedes* del mundo no bastarían para igualar la dulzura de Melpo —le dice a Zisis emocionada.

Nuestro amigo va al baño para cambiarse de ropa.

—Lambros, ¿por qué no dejas una muda aquí para no tener que cargar con ella cada vez que vienes? —le propone Adrianí.

—Yo también lo había pensado, pero no sabía si tenéis espacio —contesta Zisis.

—¡Será que no tenemos espacio para un pantalón y una camisa! —replica mi mujer—. Cuando te hayas cambiado, ven a la sala de estar. Nuestro nieto se está preparando para cenar.

Lambros devora la cena con avidez.

—Su apetito me deja sin palabras —digo, impresionado.

—Mamá me cuenta que también come con apetito al mediodía, pero que por la noche tiene más hambre —me explica Katerina.

—Vuestra presencia le da ánimos a la vez que le abre el apetito —añade Adrianí, que regresa junto con Zisis—. Melpo ha aprovechado que venía Lambros para enviarnos unos *kourabiedes* que ha hecho ella —anuncia.

—¿Por qué nos ha hecho esto Melpo, tío Lambros? —le pregunta Katerina.

—¿No os gustan los *kourabiedes*? —se extraña Zisis.

—Ni nos dará tiempo de probarlos. Fanis los devorará todos. En cuanto ve un *kourabies* se vuelve loco.

—Mi abuela hacía unos *kourabiedes* exquisitos y desde que era niño me encantan —nos explica Fanis, y añade—: Esta noche lo haremos al revés: primero comeremos el postre, y luego los platos de la cena.

—¿Lo veis? —remacha Katerina.

—Fanis, hijo, los *kourabiedes* no pegan con las hojas de col rellenas de carne picada y la salsa de huevo con limón —le explica Adrianí con paciencia.

—¿Es lo que has hecho para cenar? —le pregunta Zisis, entusiasmado.

—Por eso te he invitado esta noche, porque sé que son tu debilidad —contesta Adrianí.

De repente, Lambros se echa a llorar.

—Tienes razón en protestar, tocayo —le reconoce Zisis—. Tú eres el *kourabies* más dulce de la casa y nosotros no te hacemos caso.

Lo ha dicho con tanta dulzura que mi nieto deja de llorar en el acto y se queda mirando a Zisis con la boca abierta.

—Este es el último bocado —advierte Katerina al niño.

Parece que las palabras de Zisis han surtido efecto, porque el pequeño Lambros le permite levantarlo en brazos.

Zisis está en el séptimo cielo. Después entrega al niño a Adrianí, quien, a su vez, me lo pasa a mí para poder poner la mesa.

De pronto, Fanis saca un papel del bolsillo.

—Antes de que se me olvide. He llamado al médico que está cursando su especialidad y acepta hablar contigo —me dice—. He anotado aquí su nombre y su número de móvil. Solo pide que el encuentro sea privado, no en Jefatura.

—De todas maneras, no pensaba hacerle ir a ninguna dependencia policial. La cuestión es dónde podemos encontrarnos. Los bares y los restaurantes están cerrados y no podemos quedar en una cafetería. Tampoco puedo ir yo al hospital, porque os comprometería a los dos. Tengo que encontrar el lugar adecuado.

Zisis me pregunta cuál es el problema y se lo explico.

—¿Por qué no le llevas al refugio? —propone—. El bar está cerrado. Podéis sentaros allí y hablar todo el rato que queráis.

—Genial, Lambros, esta es la mejor solución. Te lo agradezco —le digo, aliviado.

Cuando vuelve Katerina, mi mujer trae la cena e impera el silencio en el comedor. Zisis es el primero en romperlo después de tomar el último bocado.

—Adrianí tiene razón. Las hojas de col rellenas de carne picada no pegan con los *kourabiedes* —reconoce.

Fanis llega a un compromiso.

—De acuerdo, mañana daré buena cuenta de ellos con el café.

El resto de la velada llega pronto a su fin por mi culpa, porque me siento agotado.

—Yo también tengo que hacer algo para Melpo —dice Adrianí de camino al refugio.

—¿No sería mejor que la invitaras a cenar una noche en

casa de Katerina, así, de paso, podría volver a ver a Lambros? —le propongo—. Está bien que no venga todos los días, pero, por una noche, no pasará nada. Además, en el refugio se hacen pruebas todas las semanas.

—Tienes razón. Hablaré con Katerina y los invitaré a cenar a los dos, a Lambros y a ella.

—Te sugiero que solo la invites a ella. Lo disfrutará más —interviene Zisis—. Nosotros ya nos vemos a menudo.

—Muy bien. Deja que me entere de cómo tienen la agenda Katerina y Fanis y lo decidiré en consecuencia.

Estamos todos de acuerdo. Dejamos a Zisis en el refugio y seguimos nuestro camino hacia casa y mi añorada cama.

22

El joven médico del que me ha hablado Fanis se llama Aris Lefkatis. Estoy esperando a que sean las once de la mañana para llamarle por teléfono y concertar nuestro primer encuentro. Mientras tanto, Dermitzakis me informa de que Askalidis está camino de las dependencias de la Científica con el testigo del centro de juventud, por si logramos identificar las motocicletas que utilizaron los asesinos. Con un poco de suerte, encontraremos una pista con la que seguir investigando.

Al final, se me acaba la paciencia y llamo a Lefkatis. Después de identificarme le cuento quién me ha dado su número de teléfono y por qué quiero hablar con él.

—Hablaré con usted con mucho gusto, pero falta poco para la ronda de los médicos por las habitaciones y debo ir con ellos —me responde, y reflexiona unos instantes—. Esta tarde termino a las cinco. ¿Le iría bien quedar sobre las seis?

Nos ponemos de acuerdo y le doy la dirección del refugio de los sin techo.

Sigo esperando la llamada de la Científica, pero esta se hace esperar y no llega hasta transcurrida una hora.

—Eran cuatro —me comunica Dimitríu—. El testigo ha reconocido tres motocicletas. Dos de la marca Suzuki y una Yamaha. La cuarta no la ha podido identificar con certeza, aunque tiene la impresión de que se trata de una Harley-Davidson.

—¿Puedes mandarme fotos de las tres que se han identificado? —le pregunto.

—Se las mandaré al ordenador de Stela.

En cuanto llegan las fotografías aviso a Dermitzakis.

—Estas son las motocicletas que ha reconocido el testigo del centro de juventud. Quiero que uno de vosotros vaya a Santa Bárbara para averiguar si los tipos que estuvieron circulando por la zona iban en estas motos. Si no eran las mismas, querrá decir que había más de cuatro implicados.

No han pasado ni cinco minutos cuando recibo una nueva llamada de Dermitzakis. Tanta llamada telefónica me está poniendo de los nervios.

—¿Es necesario que vayamos a Santa Bárbara ahora mismo? —me pregunta.

—¿Por qué? ¿Qué ha pasado?

—El centro de juventud está cerrado. Hay una concentración de protesta en la plaza Síntagma, han acudido los antidisturbios y, según me dicen, esperan que haya jaleo y enfrentamientos.

—No urge que vayáis ahora mismo. Esperad hasta que amaine la tormenta —le digo.

Y, nada más colgar, llamo a Alamanos:

—¿Qué está pasando en Síntagma?

—Hay jaleo. En cualquier momento empezarán los enfrentamientos con nuestros hombres —me explica.

—¿Así, por las buenas?

—No exactamente. Anoche dijo uno de los expertos en las noticias que los contagios no se podrán reducir sustancialmente hasta que esté vacunada una gran parte de la población y se consiga la inmunidad de rebaño. Esta expresión, «inmunidad de rebaño», ha sido la chispa que ha prendido el fuego. Los negacionistas antivacunas se han concentrado en Síntagma y gritan que no permitirán que se les convierta en rebaño y dan la enhorabuena a los que queman las vacunas.

—Voy, quiero ver las cosas de cerca.

—Estoy en la calle Riyilis. Ven aquí y nos daremos un paseo por Síntagma.

Le digo a Dervísoglu que me acompañe y le pido a Dermitzakis que espere hasta que regresemos. Ya a la altura del hospital Evangelismos empezamos a oír el griterío. Alamanos nos está esperando en un coche patrulla estacionado en la calle Riyilis, delante de la antigua sede de la Radiotelevisión Griega.

Nos ponemos en marcha hacia Síntagma caminando y sin mediar palabra. De todas maneras, resultaría imposible oír a quien tengas al lado, porque los gritos de los concentrados taladran los tímpanos. Alamanos entra en los jardines del Parlamento y nos conduce a un punto desde donde tenemos una panorámica completa de la concentración.

Debe de haber unos doscientos manifestantes de todos los géneros y de todas las edades. Frente a ellos aguardan en formación los antidisturbios.

—¡No permitiremos que nos convirtáis en rebaño! —vocifera un grupo.

—¡No nos convertiréis en vacas y corderitos para manipularnos a vuestro antojo! —añaden otros.

—¡Guerra a las vacunas!

—¡Bravo a los que las destruyen!

—¡No nos vacunaremos! —grita una sesentona.

—¿Alguien puede decirnos qué nos espera a nosotros y a nuestros hijos el día de mañana? —pregunta otra mujer, más joven.

—¡Vivan los luchadores del 2021! —resuena una voz—.

¡Vivan los luchadores del 2021! —corean los concentrados, todos a una.

—Tengo que bajar a la calle, porque me huelo altercados —me dice Alamanos.

Con lo que he visto hasta ahora tengo suficiente, ya podemos volver a Jefatura. Caminamos de vuelta hasta Riyilis y subimos al coche patrulla en silencio.

—Se podría entender a las personas mayores. Pero algunos de los manifestantes son jóvenes. Tienen estudios o están estudiando todavía. ¿Cómo es posible que crean que la vacuna los convertirá en rebaño? —se extraña Dervísoglu.

—Pregúntaselo a sus profesores. A mí lo único que me importa es que la manifestación y los hurras a los luchadores pueden causarnos más problemas.

En cuanto llegamos a Jefatura le pido a Dervísoglu que convoque al resto del equipo y que se encargue de informar a sus compañeros de la concentración.

—Ahora sí que es necesario que vayáis a Santa Bárbara enseguida —les digo—. Lo que Fotis y yo hemos visto ha hecho saltar todas las alarmas. Tenemos que estar preparados.

Después me dirijo a Kula:

—Quiero que estés pendiente de las redes sociales todo el rato, por si aparece algo relacionado con la concentración de hoy.

Por si no tuviéramos suficiente, llama el subdirector. Le comunico que he ido a la concentración para tener una imagen personal de los acontecimientos. Después le expreso mi preocupación:

—La experiencia me dice que el apoyo a unos criminales no puede acabar bien.

—Trasladaré al director lo que me ha contado, comisario. Espero que al ministro no vuelvan a entrarle ganas de dar conferencias de prensa.

—Lo correcto sería dejar la conferencia de prensa para el ministro de Sanidad. Él es el responsable de responder a cualquier pregunta relacionada con las vacunas.

—Tiene usted razón. Se lo diré al director para que lo tenga en cuenta —me asegura mi superior, y espero que la cadena de mando le haga caso.

Consulto mi reloj. Ya son las cuatro de la tarde. No tengo tiempo para esperar hasta que vuelvan mis colaboradores. Dentro de un par de horas debo encontrarme con Lefkatis. Decido ponerme en marcha un poco antes para ver a Zisis un rato.

Mi amigo nos ha preparado una mesa en el bar del refugio, con una jarra y dos vasos.

—También podemos prepararos un café —dice, para completar la invitación.

Lefkatis llega poco después de las seis. Zisis nos pregunta si queremos tomar café. Lefkatis tiene suficiente con la jarra de agua, mientras que yo pido mi habitual café griego dulce. Nos dirigimos al bar y, antes de empezar a hablar, nos sentamos y esperamos a que llegue el café.

Lefkatis mira a su alrededor.

—El doctor Uzunidis me ha dicho que este es un refugio para personas sin techo.

—Efectivamente, es un refugio subvencionado por el ayuntamiento. La persona que nos ha recibido es el encargado de la administración. No se preocupe. Los residentes se hacen la prueba de la covid todas las semanas y se encuentran todos en perfecto estado de salud —le tranquilizo y enseguida entro en materia—: ¿Me puede explicar la razón por la que se niega a recibir la vacuna?

Él me mira sonriendo.

—No creo que el doctor Uzunidis le haya dicho que soy un negacionista del virus.

—Solo me dijo que se niega a vacunarse.

—Hay únicamente una razón para mi negativa, señor comisario. Todas las vacunas en el mercado pretenden combatir el coronavirus y algunas de sus mutaciones. Las farmacéuticas nos garantizan que no provocan efectos secundarios inmediatos. Pero ¿qué pasa con los efectos que, posiblemente, podrían provocar a largo plazo? Esto no nos lo puede garantizar nadie, porque no se han hecho los estudios pertinentes. Y está bien que no se hayan hecho porque, de haberlos llevado a cabo, la producción de las vacunas se retrasaría mientras el virus seguiría segando vidas. Entiendo que a los ancianos se les tiene que vacunar, para que estén protegidos y puedan vivir en paz el resto de sus vidas. El problema surge para las personas de mi edad o, incluso, las que sean unos diez años mayores que yo. Nadie nos puede garantizar que, dentro de unos años, no sufriremos graves consecuencias derivadas de los efectos secundarios aún desconocidos de las vacunas. Por eso tomé la decisión de observar escrupulosamente todas las medidas de protección hasta que se encuentre una cura para el virus. Preferiría las terapias farmacológicas, si fuera necesario, porque se administran por etapas y con determinadas dosis, y podemos hacer frente a sus efectos secundarios de forma inmediata. Por eso no he querido vacunarme. Muchos otros colegas médicos y miembros del personal sanitario comparten estos mismos temores.

—¿Ha conocido o ha tenido ocasión de hablar con alguien que niega la existencia del virus?

Lefkatis se echa a reír.

—Claro, también con algunos que sostienen que la vacuna es agua con azúcar y que con ella nos introducen un microchip para que nos puedan manipular unos poderes invisibles. En cuanto los oigo echo a correr. Cuando te pasas el día cuidando a enfermos intubados que luchan por seguir con vida, no tienes margen para esas chorradas.

—Seguro que se habrá enterado del incendio de la furgoneta que transportaba vacunas y del asesinato de su conductor.

—Lo vi en las noticias y leí la declaración. En este caso, estamos hablando de un crimen y esto entra dentro de sus competencias, no de las mías, señor comisario. Aunque yo tenga mis reservas con respecto a las vacunas, esto no significa que se pueda impedir vacunarse a quienes desean hacerlo, y menos aún con asesinatos y el ejercicio de la violencia.

—Si llega a hablar, por casualidad, con algún conspiranoico, me gustaría que se pusiera en contacto conmigo. Su opinión nos puede resultar de ayuda.

—Seguiremos en contacto a través del doctor Uzunidis —me responde y se pone de pie.

Mientras me despido de él pienso que lo único que he podido averiguar es por qué algunos médicos y personal sanitario se niegan a ponerse la vacuna. También está claro que sus razones nada tienen que ver con las teorías de la conspiración.

Propongo a Zisis que venga a casa de Katerina para cenar con nosotros, pero él declina la invitación.

—No puedo salir de visita todas las noches cuando otros hace días que no asoman la nariz fuera del refugio —me explica.

Arranco solo hacia la calle Athanasías. Un poquito de nieto me sentará bien. El niño me recibe entre los brazos de su abuela, como de costumbre. Me cambio de ropa y voy a su habitación, donde nos ponemos a jugar hasta que llega Fanis. Mi yerno disfruta primero un poco de su hijo y luego pasamos juntos a la sala de estar, porque le interesa saber cómo ha ido mi conversación con Lefkatis.

—Me ha causado muy buena impresión —reconozco—.

Obviamente, él nada tiene que ver con los conspiranoicos, y tampoco me ha facilitado información esclarecedora, pero al menos ahora entiendo por qué hay médicos que se niegan a ser vacunados. Hemos quedado en seguir en contacto a través de ti, y, si recibe información nueva, nos encontraremos para comentarla.

—Es un muchacho serio y de mente abierta —me asegura Fanis, contento por que el encuentro haya ido bien—. Si se entera de algo que le parezca interesante, seguro que te lo comunicará.

Katerina es la última en llegar. Había quedado con un cliente y la reunión se ha prolongado. A partir de este momento la velada sigue su curso habitual, primero cena Lambros y luego nosotros. Con el paso de las horas, las preocupaciones de la jornada pasan a un segundo plano y consigo relajarme.

23

Dermitzakis aparece a primera hora.

—No resulta nada fácil obtener información cuando los bares están cerrados —me explica a modo de introducción—. Los bares y los restaurantes son las fuentes principales de información. Y, por si esto no fuera suficiente, todas las tiendas están cerradas excepto las de comestibles y los quioscos. Al final, yendo de tienda en tienda y de quiosco en quiosco, hemos podido sacar algunas conclusiones. Según parece, los tipos que estuvieron estudiando la zona de Santa Bárbara tenían las mismas motocicletas que las que les mostramos a las personas con las que pudimos hablar. Digo «según parece», porque nadie ha podido reconocer todas las motos. Unos recordaban haber visto una moto y otros otra. Lo que es seguro, en todo caso, es que la mayoría han reconocido alguna de ellas.

—En consecuencia, podemos estar casi seguros de que los tipos que hicieron el reconocimiento de la zona son los mismos que mataron al conductor y quemaron las vacunas.

—Esta es también nuestra conclusión —confirma Dermitzakis.

Una llamada de Dervísoglu interrumpe la conversación:

—Nos han llamado de la comisaría de Melissia. Ayer ocurrió algo extraño y debo informarle al respecto.

—Ven a contármelo en persona —le respondo. No sé si es casualidad o alguna jugada del destino, pero, desde que nos ocupamos de este caso, cada complicación añadida comienza con una llamada telefónica de la comisaría de la zona afectada.

Dervísoglu aparece poco después.

—Ayer, a última hora de la tarde, se produjo lo que en principio parecía un accidente en la calle Rotas, en el distrito de Melissia. Un hombre se bajó de su coche para ir a su casa. Resulta que había aparcado delante de un edificio en construcción. Mientras cerraba con llave la puerta del coche cayó de la cubierta del edificio un bloque de hormigón y le dio en la cabeza. Ya estaba muerto cuando lo trasladaron al hospital. La primera impresión fue que el bloque se había desprendido del antepecho de la terraza. La policía avisó a los propietarios del edificio, que llegaron con las primeras luces del día acompañados del ingeniero civil. El ingeniero subió a la terraza con los agentes de la policía. Allí descubrieron que no se había desprendido ningún bloque de hormigón del antepecho. Luego el ingeniero les mostró, amontonados en el centro de la cubierta, los bloques que servirían para terminar de construir el antepecho. Los agentes de la comisaría creen que no fue un accidente sino un crimen premeditado. Alguien llevó un bloque de hormigón hasta el borde de la cubierta y lo dejó caer en la cabeza de la víctima mientras esta cerraba el coche.

—¿Se ha identificado ya a la víctima? —pregunto a Dervísoglu.

—Aquí empiezan los problemas —me responde—. La víctima se llamaba Stazis Dimakis y era médico epidemiólogo.

A mí no me fulmina un bloque de hormigón sino un rayo repentino.

—¿Sabemos a qué hospital lo trasladaron?

—Sí, al Sismanoglio.

—Llamad inmediatamente al Departamento Forense, que vayan a recoger el cadáver para practicarle la autopsia. Avisad también a la Científica. Hay que ir para allá inmediatamente.

Dervísoglu avisa a la comisaría de Melissia para que nos esperen en el lugar del suceso y salimos con dos coches patrulla. Recorremos la avenida Kifisiás y, desde Marusi, entramos en el barrio de Melissia.

La calle Rotas es paralela a la avenida Kifisiás. El coche de la comisaría nos está esperando a mitad de la calle, más o menos, delante del edificio en construcción, que es un bloque de tres plantas. Nos recibe el jefe de la comisaría.

—Empecemos por el punto exacto donde murió Dimakis —le propongo.

Él nos señala un turismo marca Peugeot que está aparcado delante de la construcción. El lugar está rodeado de una cinta policial roja. Junto a la puerta del conductor se pueden ver todavía las manchas de sangre.

—Aquí fue donde le golpeó el bloque de hormigón —nos explica el oficial.

Miro hacia lo alto. El antepecho a medio construir de la terraza no debe de llegar más arriba de la cintura de una persona de estatura media. A cualquiera le resultaría posible tirar un bloque de hormigón desde aquel punto.

—Vayamos a ver la terraza —le digo al jefe de la comisaría.

—Nos la enseñará el señor Nikos —me responde, señalando a un hombre de unos cincuenta años que está esperando en la acera un poco más abajo. Se presenta como el aparejador de la obra.

Entretanto ha llegado la Científica. Le digo a Dimitríu que nos acompañe. Subimos por las escaleras y el aparejador nos conduce enseguida al lugar donde están amontonados los bloques de hormigón.

—Y ahora acerquémonos al borde —nos invita.

Nos dirigimos a la parte del antepecho que ya está construida.

—Como pueden ver, no se ha desprendido ninguna placa. La única explicación es que alguien llevó el bloque hasta el borde y lo dejó caer.

Seguimos el perímetro del antepecho, examinándolo. No encontramos ningún punto donde falte un bloque. Indico a Dimitríu que registre con su equipo la cubierta en busca de huellas o de pisadas que vayan desde los bloques de hormigón amontonados hasta el lugar desde donde cayó el que mató a Dimakis.

Dejamos que la Científica se encargue de rastrear la cubierta y volvemos a bajar las escaleras hasta la calle. No tiene sentido perder el tiempo registrando el coche de la víctima. Esto ya lo harán los colaboradores de Dimitríu.

—Tengo algo más para usted —me dice el jefe de la comisaría. Se acerca al coche patrulla y vuelve con una billetera—. La hemos encontrado junto al vehículo de Dimakis.

La abro inmediatamente. Mis colaboradores se han reunido a nuestro alrededor y observan lo que hacemos. La billetera no contiene dinero ni tarjetas de crédito, ni siquiera un documento de identificación. Alguien la había llenado con papeles y trozos de cartón para que abultase.

—Este es el segundo cebo —comenta Dermitzakis—. El primero fue el tipo que se tiró a la calzada para obligar al conductor a bajar de la furgoneta. En este caso, se trata de una billetera abultada que el epidemiólogo quiso recoger. Mientras la registraba y cerraba luego el coche, los agresores tuvieron tiempo suficiente para dejar caer el bloque de hormigón y matarlo.

—La víctima la llevaba en la mano y se le cayó cuando le golpeó el bloque o bien ya la había tirado al descubrir que estaba vacía —añade Askalidis.

Subimos a los coches patrulla y emprendemos el camino de regreso a Jefatura. En estos momentos no tendría sentido registrar el barrio ni interrogar a los vecinos. Nuestra prioridad es empezar investigando en el hospital donde trabajaba Dimakis. Una vez reunidos allí los primeros datos decidiremos cómo proceder.

En cuanto llego a mi despacho llamo por teléfono a Stavrópulos para averiguar si ha surgido algo nuevo de la autopsia. Él me asegura que la muerte se debió únicamente a lo que ya se podía apreciar a simple vista. No habían hallado nada más.

—¿Sabes quién era Dimakis? —me pregunta Stavrópulos antes de colgar el teléfono.

—Según me han informado, era médico epidemiólogo.

—Correcto, aunque era algo más. Fue el especialista que declaró que la pandemia remitirá cuando la vacunación generalizada consiga la inmunidad de rebaño.

—¿No sabrás en qué hospital trabajaba?

—Sí, en el Ática.

El panorama se despeja en lo que se refiere al móvil del asesinato y también se despeja mi cabeza. Por eso lo mataron, por haber hablado de la inmunidad de rebaño. Primero se produjo la concentración de protesta y luego, el asesinato de Dimakis.

Agarro el teléfono para hablar con el subdirector. Primero le describo el panorama general y a continuación digo:

—El director debe ponerse enseguida en contacto con el ministro. Es fundamental informar al ministro de Sanidad y poner coto a los médicos que hablan de la inmunidad de rebaño, sobre todo, cuando lo hacen en la tele. De otro modo, nos arriesgamos a tener nuevas víctimas. Al mismo tiempo, debemos localizar a los que ya han usado estos términos para advertirles de que deben tener cuidado.

—Le informaré enseguida —me contesta él.

Nuestra próxima parada es el hospital del Ática. Llevo conmigo a Dervísoglu y a Kula, quiero que ella interrogue a las enfermeras. La misión de Dervísoglu es otra.

El conductor del coche patrulla activa la sirena y pisa el acelerador. Llegamos al hospital del Ática sin padecer retrasos en el camino. Nos identificamos en la recepción y pedimos hablar con el director.

Nos recibe en su despacho un cincuentón con cara apesadumbrada. Algunos ansiosos por verse en la pequeña pantalla han informado ya a las cadenas de televisión y el asesinato de Dimakis se ha hecho público como noticia de última hora.

—¿Sabe si el señor Dimakis hablaba a menudo de la inmunidad de rebaño? —Es la primera pregunta que hago al director.

—Sí, esta era su teoría y no aceptaba discusiones. Sostenía, además, que la vacunación no debía obedecer a criterios de edad sino de zonas residenciales. Argumentaba que se debía vacunar a toda la población de cada distrito, ya fueran viejos o jóvenes, para así poder estudiar la evolución de la inmunidad de rebaño en cada zona. Defendía su teoría aquí, en el hospital, pero también públicamente.

—¿Hablaba en público a menudo?

—Prácticamente todos los días, aunque no era el único —me responde el director—. Tanto en los programas matutinos como en los del mediodía y de la noche siempre hay epidemiólogos que salen para expresar su opinión. No les importa en absoluto que sus opiniones resulten muchas veces contradictorias. Basta con que las puedan proclamar.

—Hace una pausa y me mira—: ¿Cree usted que lo mataron por defender la inmunidad de rebaño?

—Todavía es demasiado pronto para que se lo pueda confirmar, aunque todos los indicios apuntan en esa dirección. El primer y más importante indicio es la concentración de protesta que convocaron después de las declaraciones de Dimakis. Más allá de esto, sin embargo, hemos podido identificar factores comunes entre el asesinato del conductor que transportaba las vacunas y el asesinato de Dimakis. —Me callo un momento antes de plantearle la siguiente pregunta—: ¿Hay entre vuestro personal médico algún facultativo que no haya querido ser vacunado?

—Igual que en todos los hospitales —me contesta el director inmediatamente.

—¿Podríamos hablar con algunos de ellos?

Aquí el director se muestra más dubitativo.

—Supongo que comprenderá que no puedo identificarlos. En primer lugar, porque esta información es confidencial. En segundo lugar, porque dirijo este hospital y mis palabras serán interpretadas como que señalo a los sospechosos.

—¿Le parecería bien incluirlos entre los médicos a los que interrogaremos? Nosotros solo tocaremos el tema si ellos mismos declaran que se han negado a recibir la vacuna —le propone Dervísoglu.

—No me opongo.

Hace una llamada telefónica y concierta una reunión. Nos facilita también los nombres de los médicos que quiere que participen.

—Sería conveniente poder hablar también con las enfermeras —digo al director.

—Me ocuparé de que ustedes puedan entrevistar a las enfermeras del departamento que dirigía Dimakis.

Encargo a Kula que hable con las enfermeras y me quedo a solas con el director del hospital.

—Hay que poner fin a este desfile interminable de médicos y especialistas por los canales de la televisión —me dice él—. Solo deberían hacer declaraciones los miembros del comité científico, y estos únicamente después de haber acordado una línea de actuación, para que sus declaraciones coincidan. De lo contrario, no hacemos más que aumentar la confusión entre la gente, que no sabe a qué atenerse.

Podría contestar que esto sería incluso contraproducente y peligroso, especialmente si las declaraciones hablan de rebaño, pero no quiero precipitarme y me callo.

Al ver que no recibe ninguna respuesta, el director desvía su atención a sus documentos. Por suerte, Kula regresa y pone fin a esta situación incómoda.

—¿Ha podido averiguar algo que nos resulte útil? —le pregunta el director.

—Nada más que referencias generales, aunque esto lo debe valorar mi superior —le responde Kula.

A Dervísoglu le pregunta lo mismo.

—Solo un médico ha declarado por iniciativa propia que no ha querido vacunarse —explica este al director—. Me ha dicho que comparte la teoría del rebaño y por eso considera que la vacunación no es necesaria. Piensa que la inmunidad de rebaño se logrará de manera más eficaz con terapias farmacológicas.

El director se dispone a comentar algo, pero cambia de opinión y guarda silencio. La visita termina con nuestro agradecimiento por su colaboración.

—¿Es cierto lo que le has dicho al director? ¿Solo ha habido un médico que ha reconocido que no quiere que lo vacunen? —pregunto a Dervísoglu después de subir al coche patrulla.

—Sí. Y me ha dicho exactamente lo que he contado.

—¿Y tú tampoco has conseguido ninguna información de interés? —pregunto a Kula.

—Sí que la he conseguido, aunque no he querido decir nada delante del director —me responde ella.

—¿Qué has averiguado? Cuéntanos.

—Que a todo el personal de enfermería, Dimakis les resultaba muy antipático. Se mostraba exageradamente altanero con todos ellos y no aceptaba la opinión de ninguno. «No es casualidad que estuviera tan convencido de la teoría del rebaño. Había probado su hipótesis primero entre nosotros. Nos había degradado a todos a categoría de rebaño», me ha dicho una enfermera.

A la vuelta del hospital seguimos tan ignorantes como antes de nuestra visita. Lo único que hemos podido esclarecer es el carácter de Dimakis.

24

Estoy convencido de que también va a haber una declaración. Como de costumbre, preferiría leerla solo, viendo las noticias en mi casa. En esta ocasión, sin embargo, me veo obligado a hacer una excepción, ya que quiero saber qué opina Fanis. Por eso ahora voy de camino a la casa de mi hija, con la esperanza de leer la declaración en la intimidad del entorno familiar, como se suele decir.

Llego temprano para disponer de un rato libre y poder estar con mi nieto hasta que sea la hora de cenar y retransmitan las noticias de la noche. Lambros está de mal humor. No para de gritar y se echa a llorar. Ni siquiera me deja cogerle en brazos.

—¿Qué le pasa? —pregunto a Adrianí, preocupado por las reacciones del pequeño.

—Está nervioso. Los contagios aumentan cada día sin parar, incluso hay bebés intubados en las UCI, y Katerina y yo hemos decidido poner fin a los paseos diarios. Estar encerrado le pone muy nervioso y la casa se le queda pequeña.

Doy cuerda al trenecito, que es su juguete preferido, pero Lambros pasa de largo sin hacer caso. Después lo intento con el caballito de trapo y su jinete, que le había regalado Zisis. Lo coloco encima del tren, porque recuerdo que esto le había gustado al niño, pero Lambros patea el suelo y estalla en chillidos histéricos.

—Déjalo, no conseguirás nada —me dice Adrianí.

A su lado tiene un platito con uno de los *kourabiedes* que había hecho Melpo. Parte el *kourabies* y le ofrece un bocado a Lambros. El niño empieza a mordisquearlo y se tranquiliza. Adrianí se echa a reír.

—A nadie le amarga un dulce —concluye.

Katerina entra en la habitación, ve que su hijo se está comiendo el *kourabies* y se queda pasmada.

—¡Mamá! ¿Le das de comer dulces?

—No te pongas así, no será obeso por comer dos bocados de *kourabies* —le tranquiliza mi mujer, y le explica lo nerviosísimo que está el pequeño por culpa del enclaustramiento.

Katerina desiste.

—De acuerdo, pero que no lo vea Fanis. Le creo capaz de ponerse a comer *kourabiedes* en compañía de su hijo.

Dejo a mi nieto con su madre y su abuela y me dirijo a la sala de estar. Estoy al límite, ya no puedo controlar la impaciencia por ver las noticias. Consulto mi reloj. Falta media hora para que comience el noticiero, pero Fanis no ha aparecido todavía. Al final, llega cinco minutos antes de que empiecen las noticias.

Tal como había previsto, la declaración es lo primero que anuncian:

—¿Cómo ha llegado la declaración hasta la emisora? —pregunta la presentadora a su compañero de la sala de noticias.

—Para ser exactos, no nos ha llegado. Ha inundado las redes sociales y la han publicado en todas partes, como hicieron la vez anterior —le responde el periodista.

—Leamos primero la declaración y luego la comentaremos —propone la presentadora.

A continuación, aparece el texto en pantalla.

Anoche ejecutamos al epidemiólogo Stazis Dimakis. Es el castigo que se merecía.

Dimakis era el propagandista de la inmunidad de rebaño. Sostenía que la vacunación no debería seguir pautas de edad sino que se debería vacunar a la población de distritos enteros, para así ir generando rebaños. La suma de estos rebaños acabaría conformando una enorme manada cuando se hubiera vacunado a toda la población. Estas eran las instrucciones que había recibido de sus amos, desconocidos e invisibles, que pretenden convertirnos en un rebaño de esclavos global que trabajará al servicio de sus intereses.

Advertimos a todos aquellos que comparten las ideas y los planes de Dimakis. Ninguno quedará con vida y destruiremos las vacunas allá donde las encontremos.

Advertimos también a los políticos. No penséis que gozáis de inmunidad política. Detened las vacunaciones, porque el único rebaño que crearéis será un rebaño de muertos, vosotros incluidos.

Nuestra última advertencia se dirige a la ciudadanía. Dejad de vacunaros. Os están mintiendo. Con la vacuna no seréis inmunes, seréis esclavos.

Los luchadores del 2021

La presentadora y el periodista retoman la conversación, aunque ya ninguno de nosotros tiene ganas de escuchar su intercambio de opiniones ni sus análisis.

—¿Están en sus cabales? ¿De verdad creen que nos convertiremos en un rebaño? —se extraña Adrianí—. Si no nos convertimos en rebaño durante la ocupación nazi, durante la guerra civil y tampoco a lo largo de los años negros que vinieron después, ¿por qué lo vamos a hacer ahora?

—¿Qué tipo de persona era ese Dimakis? —pregunto a Fanis, porque me interesa conocer su opinión.

—Era un científico excelente, aunque, como persona, resultaba antipático e insoportable. Esperaba que todo el mundo se cuadrara en su presencia. Cuando alguno de los otros médicos de la clínica discrepaba de él, le replicaba con ironía y le trataba como si no valiera nada. Muchos de sus colegas no lo soportaban y acababan solicitando el traslado. Como epidemiólogo, no obstante, Dimakis era una eminencia. —Calla y me mira con atención—. Hoy hemos recibido una circular del Ministerio de Sanidad que nos aconseja evitar posicionarnos públicamente sobre el tema de la inmunidad de rebaño. Al mismo tiempo, recomienda a los que ya se han manifestado al respecto que tengan cuidado y tomen precauciones. ¿La circular es cosa vuestra?

—Nosotros no hablamos de ninguna circular, sencillamente, advertimos al ministro de que sería mejor evitar de ahora en adelante las declaraciones públicas sobre la inmunidad de rebaño y que deberían tener cuidado los que ya han hablado del tema.

Me persigno mentalmente porque esta vez el ministro ha seguido nuestras recomendaciones.

—¿Hay elementos en común entre los dos asesinatos? —me pregunta Katerina.

—Un elemento en común es que en ambos atentados utilizaron un señuelo para distraer la atención de las víctimas. La segunda característica en común es que ambos asesinatos han debido de ser obra de unos aficionados.

—¿Por qué lo dices? —pregunta mi hija con curiosidad.

—Porque no han utilizado armas. Ni pistolas ni cuchillos. En el primer asesinato el arma fue una barra de hierro; y en el segundo, un bloque de hormigón. Esto significa que, en el momento del crimen, utilizan lo que encuentran a mano.

De repente, Lambros se echa a llorar.

—No le estamos haciendo caso, por eso protesta —dice Adrianí. Katerina se pone de pie, pero mi mujer la detiene—. Deja, ya le acostaré yo. No interrumpas una conversación que te interesa.

Levanta al pequeño Lambros en brazos y dan la vuelta al ruedo para que todos le podamos dar el beso de buenas noches. En cuanto su madre y su hijo han salido, Katerina continúa la conversación:

—No solo son unos aficionados, sino que también tienen estudios —me dice.

—¿Qué te hace pensar que tienen estudios? —le pregunta Fanis, extrañado.

—Pues el hecho de haber sabido bloquear dos veces las redes sociales para difundir su declaración —le responde mi hija—. Seguro que internet y las redes sociales son un juego de niños para ellos, y esto no se consigue sin estudios. Con toda probabilidad, son jóvenes y han pasado por la universidad.

—¿Y por qué han de ser jóvenes? —me extraño yo.

—Porque, generalmente, son los jóvenes los que se mueven por internet como peces en el agua —me explica Fanis, mientras yo me enfado conmigo mismo por no haber pensado en tratar el tema ni con Kula ni con Velidis.

Ahora los roles se han invertido y es Katerina quien se levanta para poner la mesa. Cuando vuelve Adrianí, todo está listo para cenar. Estamos solo los del círculo familiar más estrecho y la comida es sencilla. Adrianí ha preparado espaguetis con carne picada y una ensalada de tomate con pepino y cebolla.

—Katerina está muy bien informada sobre la juventud actual —le digo a mi mujer en el coche, camino de casa.

—Está preocupada por su hijo, es eso.

—¿Por su hijo? ¿Qué tiene que ver Lambros con esto? —me sorprendo.

—Ve que a muchos jóvenes solo les interesa internet y su teléfono móvil y se desespera. Teme que a Lambros, cuando sea mayor, le pase lo mismo y no tenga otros intereses. Fanis, en cambio, no piensa lo mismo.

—¿A qué te refieres?

—Fanis sostiene que si nuestro nieto opta por estudiar medicina, el contacto cotidiano con el sufrimiento humano le impulsará a ser mejor persona.

No sé qué decir a esto y recurro al clásico subterfugio de los funcionarios:

—Ya veremos cuando llegue el momento. Es pronto todavía.

Y estas son las últimas palabras que intercambiamos antes de quedarnos dormidos.

25

Parece que el subdirector sabe la hora exacta a la que llego a mi despacho por las mañanas, porque apenas he entrado con el café y el cruasán cuando suena el teléfono.

—Si no me equivoco, la mía es la primera llamada que recibe usted hoy.

—Así es y las llamadas a primera hora no suelen presagiar nada bueno —le respondo.

—Tiene que venir para una rueda de prensa —me explica el subdirector.

—¿Una rueda de prensa? —repito, como si no le hubiera oído bien.

—Exacto. El ministro ha decidido que es necesario que el director, yo mismo y usted, como responsable de las investigaciones, demos una rueda de prensa. El propio ministro saludará a los periodistas acreditados y se retirará.

—¿A qué hora será la rueda de prensa?

—A las once, aunque le pido que venga, por favor, un poco antes, para poder acordar entre nosotros qué vamos a decirles a los medios de comunicación.

Quedamos en reunirnos en el despacho del ministro, en la calle Katejaki, dentro de una hora. No me parece el momento apropiado para ir dando ruedas de prensa. Resulta imposible hablar con los periodistas sin proporcionarles algunos datos relacionados con el caso, y considero muy prematuro sacar a la luz detalles de la investigación. Al mismo tiempo, sin embargo, puedo comprender la decisión que ha tomado el ministro. Si seguimos alimentando a los medios de comunicación con vaguedades y generalidades, tendremos que enfrentarnos a la denuncia de que el Gobierno deja a la opinión pública en la inopia. Además, cada periodista empezará a escribir lo que le venga en gana sobre el caso y será un descontrol.

Antes de ponerme en marcha llamo a Dermitzakis y le doy instrucciones sobre cómo conducir la investigación en el escenario del crimen. Nos interesa saber si hay testigos que vieron a gente en moto recorriendo el barrio antes del asesinato, y, de haberlos, si están en condiciones de identificar los vehículos. La segunda pregunta sería si los vecinos de los alrededores vieron o hablaron incluso con desconocidos antes de producirse la muerte de Dimakis.

Voy en coche patrulla para evitar cualquier posible retraso y llego enseguida a Katejaki. El guardia de la entrada me indica que suba directamente al despacho del director.

El director y el subdirector me están esperando. El director me pregunta si me apetece un café. Nos quedamos aguardando la llegada del café antes de empezar a considerar las declaraciones que debemos hacer en la rueda de prensa.

—El ministro está convencido de que el asesinato de Dimakis aumentará mucho la presión —nos explica el director—. Espera que la rueda de prensa nos dé un respiro, para que podamos seguir adelante con la investigación sin que los medios de comunicación nos persigan todo el rato.

—Estoy de acuerdo con el ministro, aunque la cuestión es qué podemos revelar y qué no —se pregunta el subdirector, dirigiendo su mirada hacia mí.

—Gran parte de lo que les diremos se puede encontrar

en el contenido de las dos declaraciones —les explico—. De los datos adicionales que hemos obtenido con la investigación hasta el momento debemos evitar, en principio, cualquier referencia a la identificación de las motocicletas que utilizaron los agresores. Asimismo, no debemos mencionar para nada los señuelos que usaron los asesinos para perpetrar los dos crímenes. En última instancia, podríamos mencionar la billetera vacía que encontramos junto al cadáver de Dimakis, pero en ningún caso que se sirvieron de una persona cuando mataron al conductor.

De la oficina del ministro avisan al director de que los periodistas ya están reunidos en la sala de prensa y de que es hora de atenderlos. En la sala me encuentro frente a todas las caras conocidas: la mujer con las medias rosa, el joven de la camiseta, Merikas y la reportera alta y escurrida. Están a punto de atacar con una andanada de preguntas cuando el director los frena en seco:

—Hay que esperar al señor ministro —les advierte.

Impera el silencio hasta el momento de la llegada del ministro.

—Los hemos convocado para ofrecerles una exposición pormenorizada de los resultados de que disponemos de la investigación en curso —les dice—. Nos hubiera gustado convocar esta reunión informativa antes, pero hasta ahora no habíamos podido reunir datos suficientes. El director general de las fuerzas policiales, el subdirector y el jefe de seguridad del Ática y responsable de la investigación responderán a sus preguntas con mucho gusto.

Apenas ha tenido tiempo el ministro de abandonar la sala cuando empiezan a llover las preguntas:

—Les ruego que planteen sus preguntas por orden, así podremos escucharlas y contestarlas —dice el director.

—¿Creen que los autores de los dos asesinatos forman

parte del movimiento de los conspiranoicos? —pregunta Merikas.

—Aunque no lo afirmen abiertamente en sus declaraciones, sí manifiestan estar en contra de las vacunaciones y del concepto de inmunidad de rebaño —le responde el subdirector—. Esta fue, además, la razón por la que destruyeron las vacunas. En consecuencia, resulta lógico pensar que debemos incluirlos en esta categoría.

—¿Hay indicios que hagan pensar que los asesinos sirven a determinados intereses ocultos? —pregunta un joven en traje y corbata a quien veo por primera vez.

El director se vuelve hacia mí, para que tome la palabra.

—En estos momentos no disponemos todavía de indicios que apunten hacia la identidad de los asesinos. Por lo tanto, no sabemos en qué ambientes se suelen mover ni si están al servicio de determinados intereses —le contesto.

—¿Han surgido otras pistas de la investigación? —pregunta la escurrida.

Le cuento mi teoría de que se trata de asesinos aficionados, basada en los medios que utilizaron para cometer ambos asesinatos, pero el interés de todos ellos se centra en la billetera que encontramos junto a Dimakis.

—¿Qué había en la billetera? —preguntan todos al unísono.

Les explico que no habíamos encontrado nada digno de mención, ni dinero ni ningún documento de identidad.

—No podemos descartar que se encontrara en el lugar del crimen por casualidad —concluyo.

A partir de este momento las preguntas van perdiendo interés y la rueda de prensa termina al poco rato. El director se dirige al despacho del ministro para ponerle al día mientras yo me marcho junto con el subdirector.

Ya voy de camino a Jefatura cuando me llama por teléfono Alamanos. Me pregunta dónde estoy y le digo que volviendo de la calle Katejaki.

—Si quieres ver en directo un choque frontal entre la conjura de los suicidas y los conspiranoicos, tendrás que desviarte hacia la plaza Síntagma.

Por poco no salgo disparado por la ventanilla a causa de la sorpresa.

—Explícamelo para que lo entienda —le digo.

—Por el lado de la avenida Amalias hay una concentración de conspiranoicos. Por el de la avenida Panepistimíu se han concentrado unos quince ancianos. Se están lanzando insultos y consignas los unos a los otros. Nuestros hombres han formado una especie de muro entre ambos.

—¡Voy! —exclamo.

—Me encontrarás en la esquina de la avenida Reina Sofía, en la acera donde solían estar las tiendas de flores.

Indico al conductor del coche patrulla que cambie de dirección y vaya hacia la plaza Síntagma. Supongo que por dentro me habrá puesto de vuelta y media, pero enciende la sirena y enfila la avenida Reina Sofía, que ha quedado cerrada al tráfico a la altura del Hilton.

Me bajo en el desvío de Herodes Ático y continúo a pie. Me encuentro a Alamanos un poco más allá de la entrada lateral del Parlamento. Caminamos juntos hasta la esquina y el escenario se despliega ante mí tal como él me lo había descrito.

Observo a los ancianos de uno en uno. La edad media de los concentrados debe de rondar los noventa. Me sorprende su aguante y su valor, mira que convocar una manifestación a esa edad.

De repente, me quedo helado. Al final de la primera fila, en el extremo más cercano a la plaza, distingo a Jardakos. Apoyado en su bastón, está gesticulando.

—¿Qué se os ha perdido por aquí, abueletes? No estamos protestando por los geriátricos —suena un grito, acompañado de una risotada general.

—Volved a casa antes de que os dé un ictus y acabéis en el hospital —suena otro grito.

—Donde no habrá camas. El coronavirus las ha reservado todas para meter a sus clientes.

—El booking.com se llama ahora coronavirus.com —vocifera un tercero.

Se oyen más carcajadas y, cuando remiten, veo que Jardakos levanta su bastón.

—Nosotros sacrificamos la vida en manifestaciones de apoyo a los pobres y a los desfavorecidos —grita hacia sus adversarios—. No malgastamos nuestra juventud sentados delante de un ordenador ni en las cafeterías, pegados a nuestros móviles. Aún seguimos de pie y luchamos para ayudar a los que pasan hambre por culpa de la pandemia.

—Nuestras cafeterías fueron los campos de concentración de Makrónisos, Ai Stratis y las islas áridas —grita el viejo que está junto a Jardakos.

—Si tuvierais dos dedos de frente, os manifestaríais para apoyar a los que han tenido que cerrar sus negocios y pronto no podrán llevarse a la boca ni un mendrugo de pan —añade otro.

—Os habéis vacunado y no tenéis nada que temer —le contesta una muchacha con ironía—. De todas formas, toda la vida fuisteis esclavos de los amos. Pero nosotros no permitiremos que nos conviertan en un rebaño. Destruiremos las vacunas y a todos aquellos que pretenden convertirnos en esclavos.

Un «no» prolongado se eleva de entre los conspiranoicos.

—Sacad vuestros móviles y goglead la palabra «pobreza», a ver si aprendéis algo —les grita uno de los viejos—. Cuando os llegue el turno, y os rujan las tripas, entonces goglead la palabra «hambre» para entender qué os pasa.

—Se dice googlear, viejo, a ver si te enteras —le contesta un joven a gritos.

—Aprende a pronunciar bien, ignorante —añade un tercero a la avalancha de insultos.

—¡Googlead, entonces, a ver si dais con la vacuna contra la gilipollez! —les planta cara uno de los ancianos—. Es lo único que os puede redimir.

Sus palabras levantan un enfurecido clamor de protesta. Las fuerzas antidisturbios a duras penas logran contenerlos para que no se lancen contra los viejos.

—¡Vosotros sois los primeros que queríais convertirnos en esclavos, rojos de mierda! —grita un cincuentón en primera fila—. No os salió bien la jugada entonces y ahora os habéis confabulado con estos que producen las vacunas para ayudarlos a conseguir lo que vosotros no pudisteis.

El sector de los viejos los obsequia con adjetivos como «inútiles», «apoltronados» y «mamones».

—Voy a hablar con los abuelos porque la situación está rozando los límites —me dice Alamanos.

Se acerca a los viejos y empieza a hablar con ellos. Uno de los que están escuchando llama a Jardakos. Este se acerca a Alamanos y conversa con él. Luego hace señas a los suyos para que se retiren.

—Vosotros sois así. En cuanto aparece la pasma echáis a correr —grita un joven.

Jardakos se vuelve para mirarle. La expresión de su cara denota claramente que le gustaría cargar contra él, sin embargo, de repente le cambia el semblante y se echa a reír. Los demás hacen lo mismo. El grupo de ancianos se aleja tronchándose de risa.

En este momento doy por concluida mi presencia como

observador. Me despido de Alamanos y vuelvo al coche patrulla. El conductor enciende otra vez la sirena y nos ponemos en marcha hacia Jefatura.

El espectáculo de los viejos comunistas me ha conmovido. Por un lado, me sorprendo y los admiro por tener todavía las fuerzas y el tesón necesarios para no claudicar, a pesar de la edad. Por otro lado, pienso en las consecuencias que este atrevimiento suyo puede tener en otras personas. Y también me preocupa saber si Jardakos es uno de los organizadores de la concentración.

Ya de vuelta en el despacho, la aparición de Dermitzakis aparta de mi pensamiento a Jardakos y la concentración.

—Empecemos con las motocicletas —me dice—. Por desgracia, no hemos podido sacar nada en claro, no necesariamente porque no pasaran por el barrio motos como aquellas que llevaban los criminales, sino porque pasan tantas que nadie se fija en ellas. Cuando he preguntado al quiosquero, me ha dicho: «Si tuviera que fijarme en todas las motos que pasan por aquí, me olvidaría de hacer mi trabajo». Lo único que hemos podido averiguar con cierta seguridad es que no había motos aparcadas en la calle Rotas a la hora del asesinato.

Calla y me mira. Me huelo que tiene que contarme algo más, algo de más calado.

—Venga, suelta la liebre —le animo.

—Una vecina que vive frente al edificio en construcción nos ha dicho que vio a dos tipos entrando en la obra por la tarde.

—¿A qué hora, más o menos?

—En torno a las siete. No pudo ver sus caras, porque llevaban sudaderas con capucha. Pensó que eran obreros de la construcción y no le dio importancia.

—¿Alguien los vio salir?

—No. Al parecer se escabulleron aprovechando la conmoción cuando todos estaban atendiendo a Dimakis.

—¿La vecina vio por dónde entraron en la calle Rotas?

—No está segura, pero cree que lo hicieron por la calle Diakos.

—Es lógico —le digo a Dermitzakis—. Entraron desde Diakos, dejaron la billetera donde les parecía más probable que aparcara Dimakis y subieron a la azotea de la obra.

Como mínimo, hemos podido definir los movimientos de los criminales antes de cometer el asesinato.

Cuando se va Dermitzakis, se me ocurre la idea de hacerle una visita a Jardakos. Consulto mi reloj. Ya son las cinco. No es buena hora para hacer visitas. Estará agotado de la manifestación y es posible que ya se haya ido a dormir. Dejo la visita para mañana por la mañana.

26

A las diez de la mañana me monto en el Seat para ir a visitar a Jardakos. La llamada del subdirector me ha subido la moral. El ministro está muy satisfecho. La rueda de prensa que ofrecimos ayer fue primera noticia en todas las radios y canales de televisión, además de aparecer en la primera plana de los periódicos de hoy.

Ya no necesito usar el GPS, pues me he aprendido el trayecto hacia la calle Karkavitsas, en Níkea. Una sirena me resultaría mucho más útil, las calles vuelven a estar colapsadas de tráfico. Vaya por donde vaya, me meto en un embotellamiento. Me enfado conmigo mismo por no haberme puesto en marcha más temprano. Al final, consigo llegar a la calle Karkavitsas una hora más tarde.

Llamo al timbre de Jardakos y me abre él en persona. Se sorprende de verme y se queda en el umbral de la puerta, indeciso.

—No he venido para interrogarle, solo para hablar con usted y hacerle una pregunta —le explico.

El viejo me deja pasar sin decir una sola palabra y nos dirigimos a la sala de estar. Jardakos me señala una silla y él se sienta frente a mí.

—La conjura de los suicidas ha terminado y ni conozco a los que queman las vacunas y asesinan ni tengo la menor relación con ellos —declara de entrada, para pararme los pies.

—Ya lo sé. Antes que nada, quiero felicitarte a ti y a tus amigos por la concentración de ayer. —No se lo esperaba y se me queda mirando, estupefacto—. Estuve allí —le explico, y enseguida añado—: No fue en acto de servicio. Unos colegas me informaron de un enfrentamiento directo entre un grupo de conspiranoicos y otro de personas mayores y fui por curiosidad, como espectador. Me quito el sombrero ante vosotros. Os enfrentasteis a ellos sin perder los nervios y les dijisteis algunas cosas que tenían que escuchar.

Esperaba ver una sonrisa o una expresión de satisfacción en su cara, pero estaba equivocado. Jardakos me mira con el rostro inexpresivo y menea la cabeza.

—Me he pasado toda la vida en la primera línea de batalla, toda la vida en los barrios pobres, en las manifestaciones y en las marchas de protesta, y toda la vida ha sido una sucesión de derrotas y fracasos.

No me esperaba esta reacción y me quedo sin palabras.

—¿Por qué dices eso? —pregunto. No se me ocurre otra cosa que decirle.

—Tú, precisamente, no deberías preguntarlo.

De repente, pierde la compostura y empieza a gritar:

—¡Si hay alguien que conoce de primera mano nuestras derrotas y nuestros fracasos sois vosotros, la pasma! A vosotros os teníamos siempre de frente y nos seguíais a cada paso.

Decido dejarlo correr. No tiene sentido agobiarlo con preguntas. Debo dejar que se desahogue.

Jardakos intenta tranquilizarse. Respira profundamente antes de continuar:

—Nosotros nos movilizamos para luchar por una Grecia socialista y no solo conocimos la derrota sino que padecimos la debacle total. Yo fui juzgado por un tribunal militar y acabé exiliado en Makrónisos y más tarde en Ai Stratis. Cuando volvimos del exilio reanudamos la lucha. Otra vez el activismo en los barrios pobres, otra vez las marchas de protesta y las refriegas con los vuestros. Y pocos años después, una nueva derrota cuando se impuso la dictadura militar. Otra vez la pasma, la policía militar, los calabozos y las torturas. La lucha contra la dictadura la libró la generación de la Politécnica. Nosotros ya estábamos derrotados.

»Cuando llegó la democracia en el 75, nos encontró divididos, enfrentados entre nosotros, para quedarnos, al final, con dos partidos. Que no eran de los pobres sino de los sectores sindicalistas. Las manifestaciones y las marchas dejaron de ser de protesta y reivindicación para convertirse en conmemoraciones. Otra derrota, aquella. Ahora que estamos en las últimas pensamos hacer un esfuerzo postrero, sacrificar lo poco que nos queda de vida para contribuir a que se movilicen los que corren peligro de perder el sustento y quedarse en la calle. Y vienen las generaciones de hoy, las que se lo han encontrado todo hecho, para decirnos que el coronavirus no existe, que no quieren convertirse en un rebaño y que por eso matan y queman las vacunas. No solo nos derrotaron el capitalismo y la derecha, no solo nos derrotasteis vosotros, sino también nuestros nietos.

Jardakos calla y a mí se me ha trabado la lengua. Me temo que, diga lo que diga, serán las palabras de un policía. Al final, recurro al elogio:

—En todo caso, teníais razón en lo que dijisteis ayer. Los que teníais enfrente buscaron la solución fácil de negar que el problema existe.

—Cuando nosotros éramos jóvenes y teníamos algún problema, nuestros padres nos decían: «No sé, búscate la vida». Los padres de hoy se afanan en hacer que el problema desaparezca, para que sus hijitos no se tengan que esforzar

—me responde él—. Para nosotros, la lucha era por la supervivencia; para los jóvenes de hoy, es una pelea de gallos.

Siento que ha llegado el momento de sacar el tema.

—Quiero pedirte un favor. Quiero que me digas quién les dio a Begleris y a Kortidis los nombres para sus publicaciones *online*. Te aseguro con total sinceridad que no tenemos nada en su contra. Solo queremos hablar con ellos, por si pueden facilitarnos alguna información que nos ayude a avanzar con la investigación, para detener los asesinatos y los ataques contra las vacunas.

—Tendrás que preguntárselo a mi hijo. Fue él quien lo organizó todo. —Y me da el número del móvil de su hijo.

—¿Cómo se llama?

—Markos Jardakos. Es empresario. —Al ver la expresión de mi cara, siente la necesidad de darme explicaciones—: Desde niño solo veía a comunistas en casa y solo escuchaba conversaciones sobre la izquierda. Se hizo empresario para llevarme la contraria. Le reconozco el mérito de haber tenido que empezar desde cero y ser el dueño ahora de una empresa de abastecimiento de barcos.

No tenemos nada más que decirnos y no quiero ser pesado. Me pongo de pie y él me acompaña hasta la puerta.

—Quiero decirte algo más —comento, ya en la puerta—. Algunos de los míos que se enfrentaban a vosotros tenían que cumplir con su deber aunque también entendían vuestras reivindicaciones.

—Como tú —responde Jardakos, y enseguida me acuerdo de Zisis.

Me monto en el Seat y me quedo sentado hasta recuperarme. Poco después me pongo en marcha, aunque no me puedo quitar a Jardakos del pensamiento. Tan ensimismado estoy que ni siquiera me molesta el atasco de tráfico.

27

La mañana siguiente me encuentra otra vez en el coche. Por suerte, el itinerario es distinto: en lugar de dirigirme a una reunión en Katejaki, pongo rumbo al despacho de Katerina.

Ayer por la tarde, cuando pude recuperarme de la conmoción que me produjo Jardakos, me dispuse a dar el siguiente paso y llamar a su hijo. Sin embargo, no lo hice porque algo se me cruzó en la mente. En esta fase de la investigación, nuestra prioridad inmediata no es la conjura de los suicidas sino los atentados criminales que los conspiranoicos cometen contra las vacunas y contra las personas por igual. Debo reconocer, no obstante, que mi experiencia y mi conocimiento de los conspiranoicos son nulos y me supone un problema tratar de comprender cómo piensan para poder adelantarme a sus movimientos. La concentración en la plaza Síntagma y el enfrentamiento con los ancianos izquierdistas no han hecho más que aumentar mi sensación de inseguridad.

Tal vez la única persona capacitada para iluminarme sobre el tema sea Maña. Es posible que, como psicóloga, haya tratado ya casos de negacionistas de la vacuna y esté en condiciones de proporcionarme información que me pueda servir.

Cuando me reuní con mi hija por la noche, le expliqué el

problema. Katerina se puso en contacto con Maña inmediatamente y hemos quedado en vernos esta mañana.

Me abre la puerta Katerina en persona. En el despacho emplean un sistema que consiste en que solo dos personas se encuentren a la vez en la oficina. Cuando Maña y Katerina están en el despacho, la secretaria teletrabaja desde su casa. Cuando es Katerina quien se queda en casa la secretaria acude al despacho.

—¿Te importa si me quedo para escuchar vuestra conversación? —me pregunta—. El tema me interesa.

—En absoluto. Incluso puedes darnos tu opinión, si quieres.

En cuanto entramos en el despacho de Maña, la muchacha se levanta de inmediato.

—Hace tiempo que no nos vemos, señor Jaritos. ¿Hasta qué punto nos puede consolar una cena de vez en cuando mientras la pandemia nos mantiene prisioneros en casa y nos obliga a suspender todas nuestras relaciones sociales? Ustedes, al menos, tienen a su nieto. Uli y yo pasamos las veladas más solos que la una.

—Ya lo sé, hija mía. En circunstancias normales te habría planteado mis preguntas durante una de nuestras cenas —le respondo.

—Papá, si las circunstancias fueran normales, no tendrías que plantearle a Maña las preguntas que le quieres hacer —interviene Katerina con una risa.

Maña va directa al grano:

—¿Qué quiere preguntar?

Le ofrezco una imagen general del caso que estamos investigando y la implicación de los conspiranoicos en él.

—No tengo ninguna experiencia con el tema y no sé cómo piensa esa gente. Quería preguntarte si, como psicóloga, has tenido la oportunidad de tratar a algunos de ellos y si puedes contarme cómo te fue y tu opinión al respecto.

—He tratado dos casos hasta el momento. Uno de ellos era el de un hombre de cincuenta años. Vino a verme por recomendación de una amiga mía que es médico de familia. El cincuentón en cuestión se negaba a recibir la vacuna hasta el día en que su mujer dio positivo y, en menos de una semana, se encontró intubada en la UCI. Entonces el hombre se vino abajo, lleno de remordimientos, y necesitó apoyo psicológico. Cuando le pregunté por qué se había negado a la vacunación, me confesó que le habían convencido sus amigos. Ellos sostenían que las compañías farmacéuticas habían producido las vacunas de la noche a la mañana sin haber pasado por las etapas de experimentación necesarias para llenarse los bolsillos, y que nadie sabe qué complicaciones pueden presentar a lo largo de los próximos años. Aquellos amigos siguieron defendiendo la misma posición incluso después de que su mujer contrajera el virus.

Calla y se me queda mirando, por si quiero preguntarle algo. Prefiero esperar a que termine de contar su experiencia antes de pasar a las preguntas.

—Me confesó también que aquella situación le impulsó a cortar finalmente toda relación con sus amigos —continúa Maña—. Cuando le pregunté por qué tuvo que enfermar su mujer para que él aceptara ser vacunado, me respondió que incluso antes del contagio de ella tenía sus dudas, vacilaba, pero que no se atrevía a vacunarse por temor de que, si sus amigos se enteraban, dejarían de hablarle y se quedaría solo en plena pandemia.

—¿Estaba en contra de las vacunas para no perder a sus amigos? —me extraño.

—Papá, pregunta a Zisis cuántos de sus antiguos camaradas no estaban de acuerdo con las decisiones que tomaba el partido pero las respetaban, a pesar de todo, justamente, para no encontrarse aislados de los demás —me responde Katerina, dejándome sin palabras.

—Muchos de aquellos que se oponen a las vacunas porque los van a convertir, supuestamente, en rebaño, lo que temen en realidad es verse expulsados del rebaño de sus amistades —añade Maña.

—¿Y el otro caso? —le pregunto.

La joven sonríe.

—Es el hijo del rector de una universidad —me explica ella—. Los alborotadores irrumpieron en el despacho de su padre y lo destrozaron. El hijo dijo al padre que al poder le pasan estas cosas. El rector se asustó y me lo trajo como paciente. Cuando empecé a hacerle preguntas, me di cuenta de que el verdadero problema era la monotonía y el aburrimiento.

—¿Monotonía y aburrimiento?

—Se lo explico. Los jóvenes de su generación, comisario, luchaban contra la pobreza y contra las injusticias sociales. La generación del 68 luchó por la ampliación de la democracia y de la justicia. La generación de la Politécnica se sublevó contra la dictadura militar. Actualmente, la mayoría de los jóvenes son de familias económicamente acomodadas y pueden estudiar donde quieran y todo el tiempo que quieran. Más allá de los estudios, su vida transcurre entre las redes sociales, las cafeterías y los bares. Llega un momento en que esta rutina los agobia y buscan la manera de romper radicalmente con la monotonía y el aburrimiento. El coronavirus y las medidas de confinamiento les ofrecen un buen pretexto para estallar.

—Es justamente lo que me preocupa del futuro de Lambros —confiesa Katerina.

—Ya ha aparecido la mamá —me dice Maña, y se echa a

reír. Se vuelve hacia Katerina—: Aún es demasiado pronto para que te preocupes. Cuando vaya al instituto, hablaré yo con él y descubriremos qué cosas le interesan —la tranquiliza.

—Una cosa es rebelarse contra la rutina y otra llegar a cometer crímenes —le digo a Maña—. Las personas que estamos buscando han asesinado a dos hombres.

—Cualquiera de nosotros puede traspasar los límites; sobre todo en situaciones como la que estamos viviendo. A partir de ese momento, unos pueden venirse abajo y otros, recurrir a la violencia.

Puede que Maña tenga razón, aunque esto no me facilita las cosas ni arroja luz a mi investigación. Bien al contrario, ahora mismo ni siquiera sé cómo distinguir a las ovejas negras.

No tengo más preguntas que hacerle y me levanto. Le doy las gracias a Maña y Katerina me acompaña hasta la salida.

Durante el trayecto de vuelta a Jefatura repaso mentalmente todo lo que me ha dicho Maña. Nuestra única esperanza está en el primer caso que me ha descrito. Es decir, que uno de los criminales se venga abajo y acabe confesándolo todo.

Estoy pensando en esto cuando llego a mi despacho. Llamo por teléfono al hijo de Jardakos, pero no contesta. Dejo la llamada para más tarde y me pongo en contacto con Velidis.

—Me gustaría comentar un asunto técnico contigo.

Él lo adivina enseguida.

—Te refieres a las redes sociales y a las declaraciones.

—Exacto.

—De acuerdo, iré con el especialista, que conoce mejor estos temas.

Poco después, aparece acompañado de uno de sus peritos, Kostas Zekos.

—Me interesa que me expliquéis cómo consiguieron los

criminales bloquear dos veces las plataformas de las redes sociales para promover sus declaraciones.

—No es tan difícil si has estudiado informática y tecnología de redes —me responde Zekos—. La primera dificultad consiste en averiguar el código de acceso a cada plataforma electrónica. En segundo lugar, lo más importante es burlar el sistema de control de acceso. Si consigues estas dos cosas, puedes instalar en el sistema lo que llamamos un «virus», que, una vez activado, bloquea el sistema.

Aquí está el virus otra vez, pienso. Mire hacia donde mire en este caso, me topo con un virus.

—¿Habéis intentado averiguar cómo lo hicieron? —le pregunto.

—No hace falta que lo intentemos nosotros, ya se encargan de ello todas las plataformas —me contesta Velidis—. Estamos en contacto permanente con ellas, y en cuanto averigüen el sistema que utilizaron los hackers, nos informarán.

—Que nos informen, pero, ojo, no quiero que impidan la publicación de nuevas declaraciones —le advierto—. A nosotros nos facilita el trabajo poder leer las declaraciones rápidamente para valorar su contenido. Después ya pueden borrarlas.

En cuanto se marchan convoco a mi equipo para ponernos al día. Llegan acompañados de Kula.

—¿Hay alguna noticia, alguna información nueva? —les pregunto cuando se sientan.

Dermitzakis se encoge de hombros.

—Hemos vuelto a recorrer la calle Rotas, centrándonos en el bloque de pisos donde vivía Dimakis. La verdad es que no hemos averiguado nada que nos resulte de utilidad. Dimakis estaba divorciado y vivía solo. Su exmujer y su hijo viven en Patras, donde estudia el joven. Las relaciones de Dimakis con los demás inquilinos del edificio se limitaban a un saludo cordial cuando se cruzaba con ellos en el portal o en el ascensor. No tenía relaciones de amistad con nadie.

—¿Has encontrado algún dato interesante en las redes sociales? —pregunto a Kula.

—Los pros y contras de siempre, desde alabanzas a los científicos hasta insultos —me responde ella—. La cháchara habitual de las redes, nada en particular.

—Quiero que os pongáis en contacto con los jefes de las unidades antidisturbios que estuvieron a cargo de la vigilancia de las dos concentraciones de conspiranoicos, la de antes y la de después del asesinato —les digo—. Nos interesa saber si se produjeron detenciones. Si las hubo, quiero que reunáis los datos de las personas detenidas, sus nombres, sus edades y sus ocupaciones.

Ellos me miran pensativos.

—Lo haremos, aunque no creo que averigüemos nada importante —me dice Dervísoglu—. Los que cometieron los asesinatos en ningún caso se colocarían en primera fila en una manifestación.

—Ya lo sé, pero en estos momentos no tenemos otra forma de avanzar con la investigación.

Cuando se marchan, vuelvo a llamar al hijo de Jardakos. Tampoco contesta esta vez. Me imagino que estará ocupado, ve la llamada de un número desconocido y no quiere interrumpir su trabajo. Decido volver a intentarlo mañana a primera hora, antes de que comience la rutina del día.

28

Fiel a mi plan, llamo por teléfono al hijo de Jardakos en cuanto llego al despacho. El móvil suena bastante rato sin que nadie responda, pero no me resigno. Mi paciencia da sus frutos. En un momento dado se oye un seco «diga».

—¿El señor Jardakos? —pregunto para estar seguro.

—¿Quién llama?

Me identifico y le digo que ha sido su padre quien me ha dado su número de teléfono.

—Me contó que fue usted quien le facilitó los nombres y las direcciones de las personas que publicaron las cartas de los dos suicidas y me gustaría hablar con usted —concluyo.

—De acuerdo, aunque no podrá ser hoy, porque tenemos que celebrar un funeral. Mi padre ha muerto —me dice.

—¿Ha muerto? —me levanto de la silla de un salto sin soltar el auricular.

—Se ha suicidado. Se ahorcó colgando una cuerda del gancho de la lámpara de la cocina.

—¿Cuándo ha ocurrido?

—No lo sabemos con exactitud. Ayer por la mañana no contestaba al teléfono. Mi mujer se preocupó, pensó que le podría haber pasado algo. Fue a verle y se lo encontró como le he contado.

Reúno todo mi valor y le pregunto:

—¿Dejó alguna carta, alguna nota?

—No, nada.

—No sé qué podría decirle. Le acompaño en el sentimiento. —Cuelgo el teléfono después de darle el número de mi móvil.

El cerebro de la conjura de los suicidas se ha quitado la vida por desesperación. Esto es lo primero que se me pasa por la cabeza.

Me quedo clavado en mi asiento. Mi relación con Jardakos fue personal y no puedo hablar del tema con nadie del departamento. Acto seguido pienso involuntariamente en Zisis. Me enfrento al dilema de si debo comunicarle lo sucedido o si es preferible dejarlo a la suerte. Al final, decido hablar del tema con Adrianí. En casos como este el criterio de mi mujer suele ser más acertado que el mío.

Ella me escucha sin interrumpirme.

—Creo que deberías decírselo tú —dice al final—. Si se entera por otros medios, la noticia podría ser un golpe y no sabemos qué consecuencias tendría a su edad. —Luego añade—: Invítale a casa esta noche. A la nuestra, no a la de Katerina. El revuelo habitual en torno a Lambros le pondría aún más nervioso. Avisaré a Katerina para que vuelva antes del trabajo e iré a casa para preparar la cena.

Aviso a Stela de que debo atender una urgencia y pongo rumbo al refugio de los sin techo. Stellos me informa de que Zisis está en la cocina y va a llamarle. Poco después Lambros aparece sorprendido, porque no suelo ir a verle a esta hora.

—¿Ha pasado algo? —me pregunta.

—Depende de cómo lo mires. Vamos al bar y te cuento.

Nos sentamos a una mesa y le hablo de toda mi relación con Jardakos: de nuestros dos encuentros, de la concentración en la plaza Síntagma y, finalmente, de su suicidio. Todo.

—He preferido que te enteraras por mí —concluyo a modo de epílogo.

Él apoya la cabeza en las manos y guarda silencio.

—Jardakos era la fuerza impulsora del partido en Kokkiniá —dice cuando logra recuperar la voz—. Y no solo del partido. Cualquier persona pobre que tuviera problemas acudía corriendo a Jardakos. Él era la tabla de salvación del barrio entero. —Calla y suspira desde el fondo del alma—. Primero los tres suicidas, que sacrificaron lo que les quedaba de vida, y ahora Jardakos. A mí me salvó el refugio. Sin este refugio es muy posible que me incorporara al grupo de suicidas.

—Tú has conseguido exactamente lo que pretendía la conjura de los suicidas. Ayudar a los que necesitan un techo sobre su cabeza y una cama donde dormir —le digo—. Ahora, con la pandemia, el número va en aumento —añado para darle ánimos.

—Lo sé de sobra, lo vivo todos los días —me contesta él meneando la cabeza.

—¿Vienes a casa a cenar con nosotros esta noche? Adrianí hará la cena.

—¿A qué hora? —pregunta sin más. Es evidente que no quiere quedarse a solas con sus pensamientos.

—Pasaré a recogerte sobre las ocho. No te preocupes por la vuelta. Soy policía, no se me aplican las restricciones a la circulación.

La conversación ha ido mejor de lo que pensaba y me siento aliviado. Antes de ponerme en marcha llamo a Adrianí para confirmar la cena.

—Dermitzakis le está buscando con urgencia —me dice Stela en cuanto entro en mi despacho.

—Dile que suba ya.

Dermitzakis no sube solo, sino que aparece mi trío de colaboradores al completo.

—Hace un rato el centro de distribución de vacunas nos ha informado de que han atacado una furgoneta que iba de camino a Asprópyrgos —me informa Dermitzakis.

—¿A qué hora ha tenido lugar el ataque? ¿Dónde ha sido?

—A las seis de la mañana, cuando la furgoneta dejó la avenida Atenas-Corinto para entrar en la avenida de la Democracia.

—¿La furgoneta no llevaba escolta? —pregunto.

—Según nos ha contado el encargado del centro de distribución, habían quedado con la comisaría de Asprópyrgos para que un coche patrulla la escoltara en cuanto entrara en el municipio —me explica Dermitzakis—. El conductor asegura que llamó a la comisaría a tiempo, pero que el coche patrulla no apareció. Entonces el conductor decidió no esperar más y seguir su camino, para no retrasar el horario de vacunación. Apenas había recorrido unos metros, cuando irrumpieron unos encapuchados desde las calles adyacentes y atacaron la furgoneta con cócteles molotov. El conductor no perdió los nervios y empezó a maniobrar para poder seguir adelante. Por suerte, pronto llegaron dos coches patrulla y los encapuchados desaparecieron por donde habían venido.

—¿Y las vacunas? —pregunto.

—El encargado nos ha asegurado que no han sufrido daños y que el conductor se encuentra bien —me responde Askalidis.

—¿Dónde está él ahora?

—Acaba de regresar al centro de distribución de vacunas —dice Dervísoglu.

—Id enseguida a interrogarle. Askalidis se queda aquí, con Kula, por si surge algo y le necesito.

Cuando se marchan, le pido a Stela que me ponga inmediatamente en contacto con el comisario de Asprópyrgos. Estoy indignado con su falta de profesionalidad.

—Supongo que ya le han informado de lo sucedido —dice el comisario, apocado.

—Me han informado y confieso que no me puedo explicar cómo se ha cometido tamaño error —le contesto enérgicamente.

—Por desgracia, una de las calles estaba cerrada por obras. Esta fue la causa de nuestro retraso —me explica.

—Cuando hay transporte de vacunas, los coches patrulla deben encontrarse en el punto convenido con antelación, no quedar con el conductor poco antes de su llegada. ¿Usted comprende que no solo podríamos haber lamentado la destrucción de las vacunas, sino también la pérdida de una vida humana?

Cuelgo el teléfono y, acto seguido, llamo al director del centro de distribución.

—A partir de hoy mismo quiero que elaboren un programa semanal de distribución.

—Esto ya existe —me contesta el hombre.

—¿Quién se encarga de informar a la policía de los traslados en cada caso?

—Si se trata de un traslado dentro de la ciudad de Atenas, lo hacemos nosotros mismos. Los que se encargan de informar de los traslados fuera de la ciudad son los centros de vacunación.

—A partir de ahora enviarán a Jefatura una copia del programa semanal para que podamos supervisar la coordinación y ejecución de los desplazamientos.

—Nos hacen ustedes un gran favor —responde el encargado, claramente aliviado.

Queda pendiente la llamada al subdirector. Ya le han informado de lo sucedido y está alarmado.

—¡Que se vaya preparando el comisario de Asprópyrgos cuando haya que remodelar el cuerpo de Policía! —me dice, fuera de sí.

—Ese asunto no es de mi incumbencia. Lo que le pido a usted es que nombre a un responsable que supervise los traslados de vacunas. He quedado con el director del centro de distribución en que a partir de ahora nos comunicarán sus programas semanales de traslado. Les enviaré una copia a usted y otra al encargado de la coordinación. Usted mismo decidirá a quién deberá informar el coordinador. Creo que es mejor que él se dirija a usted directamente.

Me responde que se ocupará del tema de inmediato y que esperará a que le remita el siguiente programa de traslado de vacunas.

Pienso que ya hemos terminado, pero me equivoco. En menos de cinco minutos aparece Dervísoglu. Quiero preguntarle cómo ha ido el interrogatorio, pero él se me adelanta.

—Hemos venido a Jefatura con el conductor de la furgoneta. Nos ha descrito una situación que usted debería escuchar de primera mano.

No pregunto por los detalles, puesto que pronto me enteraré. Nos dirigimos juntos a la sala de interrogatorios. Kula y Dermitzakis están sentados allí con un hombre joven. Me lo presentan como Zódoros Kasis, el conductor de la furgoneta.

—Mis colaboradores han considerado oportuno que me cuentes también a mí lo que les has dicho a ellos —le digo.

—El ataque tuvo lugar en la avenida de la Democracia, pero empezaron a seguirme ya antes. En las inmediaciones de Elefsina salieron de la nada tres tipos en moto y empezaron a hacer el mismo camino que yo. Al principio no les di importancia, pero las motos no dejaban de seguirme. A veces, una de ellas me adelantaba y las otras dos seguían detrás de mí, y en otros momentos se colocaban a la misma altura que la furgoneta. Entonces empecé a mosquearme. Llamé por teléfono a la comisaría y me dijeron que el coche patrulla ya estaba de camino. Cuando llegamos al desvío de la avenida de la Democracia, las motos no tomaron la curva conmigo. Aquello me tranquilizó un poco, pero no había rastro de los coches patrulla. Decidí seguir adelante. Poco después saltaron de repente desde las bocacalles unos tipos con capucha que empezaron a lanzar cócteles molotov contra la furgoneta. Fue tan repentino que al principio no supe qué hacer. Enseguida, sin embargo, me di cuenta de que si me detenía estaba perdido. Pisé el acelerador. Cuando se interponían en mi camino, iba a por ellos y los obligaba a hacerse a un lado. Al final, cuando llegaron los coches patrulla echaron a correr y desaparecieron.

—¿Viste las caras de los motoristas? —le pregunto.

—No. Llevaban casco.

—¿Te fijaste en las marcas de las motos?

—Había dos Suzuki. La tercera, la que me adelantaba, era una moto de gran cilindrada. Debía de ser alemana o americana.

—¿Podría ser una Harley-Davidson? —le pregunta Dermitzakis.

—Es posible, no estoy seguro.

—¿Viste alguna de las matrículas de las motos? —le pregunta Dervísoglu.

Kasis sonríe.

—Lo último que me interesaba en esos momentos eran las matrículas de las motos.

—Has hecho muy bien en contarnos todo esto, muchas gracias —digo al conductor.

Kula sale con él para acompañarle hasta el coche patrulla. Los demás esperan mis comentarios en silencio.

—No son solo los cuatro del primer asalto. Hay muchos más y esto nos complica la investigación —les digo.

—Por suerte, se toparon con un conductor avispado y se ha podido evitar lo peor —comenta Dervísoglu.

—Pero ahora vosotros tenéis faena. Tenéis que ir enseguida a Asprópyrgos, al lugar donde se produjo el asalto, para registrar las calles adyacentes. Nos interesa averiguar cómo prepararon el ataque y si algún vecino conocía o había visto con anterioridad a alguno de los asaltantes.

Subo a mi despacho y me pierdo en mis reflexiones. En lugar de acotar el círculo de criminales, este se ensancha cada vez más.

29

Nuestro encuentro de anoche supuso un alivio para Zisis, aunque la causa fuera dolorosa. Adrianí había preparado su sopa de verduras, pero sin huevo ni limón, y, de segundo, berenjenas con tomate al ajillo.

—Veo que hoy vas de nutrición sana —le dijo Zisis cuando vio los platos.

—He cocinado para honrar la memoria de tu amigo, son los platos que comíamos en los años de la pobreza —le explica Adrianí.

La comida y las palabras de mi mujer le desatan la lengua a Zisis. Esta es la primera vez que nos habla de sí mismo. Nos habla de sus padres, refugiados de Asia Menor, y de cómo su padre había construido la casa de la calle Ekavis con sus propias manos. A continuación, da un paso más y nos habla de la ruptura con su padre cuando le dijo que había entrado en el movimiento, pero también de su desolación cuando, estando preso en Makrónisos, se enteró de su muerte.

—Cuando Lambros sea mayor quiero que le hables de todo esto —le dice Adrianí—. Yo le contaré mi relación personal con la miseria; y tú, la tuya.

—¿Por qué? —se extraña Zisis—. ¿Por qué debería hablarle a Lambros de las amarguras y de los sufrimientos? ¿Porque el pequeño lleva mi nombre?

—No. Porque nosotros sabemos lo que hoy muchos han olvidado: que la pobreza es una especie de vitamina. Te da fuerzas para luchar. Si no lo sabe, Lambros será como uno de esos jóvenes que piensan que la adversidad es una conspiración en su contra.

Cuando le llevé de vuelta al refugio, Zisis había podido quitarse un peso de encima, y yo volví a casa y pude dormir tranquilo, sin pesadillas ni interrupciones.

Ahora me encuentro en mi despacho con mi equipo, que ha subido para informarme de los resultados de sus pesquisas en las inmediaciones de la avenida de la Democracia, en Asprópyrgos.

—Ningún vecino se dio cuenta de nada —me informa Dermitzakis—. Al principio pensamos que los agresores eran del barrio y que los vecinos nos mentían para protegerlos. Pero, después de recorrer la zona, descubrimos que las calles están llenas de edificios a medio construir y de solares vacíos y abandonados. Lo más probable es que los asaltantes se hubieran escondido allí y que hubieran apostado vigilantes para controlar el entorno. Cuando llegó la furgoneta, se lanzaron al ataque con los cócteles molotov.

—En otras palabras, habéis llegado a la conclusión de que los vecinos en ningún momento estuvieron en contacto con los asaltantes.

—Si quiere mi opinión, comisario, se trata de una comunidad cerrada, con un porcentaje significativo de origen romaní —interviene Dervísoglu—. Es decir, si algunos de los vecinos no quisieron abrir la boca, fue para proteger a sus congéneres o, simplemente, para no meterse en líos con la policía.

Antes de poder decirle que tiene razón suena mi móvil.

—¿El comisario Jaritos?

—Yo mismo.

—Soy Pavlos Jardakos —me dice una voz desconocida que se apresura a añadir antes de que me dé algo—: Soy el nieto del Pavlos Jardakos que usted conoció. Mi padre me ha dicho que usted busca información relacionada con las publicaciones de las declaraciones de los suicidas en redes. Por eso le llamo.

Por fin, una buena noticia, me digo.

—En primer lugar, le doy el pésame por la muerte de su abuelo y le agradezco que me haya llamado —contesto—. ¿Cuándo le iría bien quedar para hablar?

—Esta misma tarde me va bien. Iré con mi hermano, porque una de las dos personas que subieron las cartas a las redes es amigo suyo. —Hace una pausa antes de proseguir, indeciso—: Aunque necesito pedirle un favor, comisario.

—Le escucho.

—Si es posible, no quedemos en las dependencias de la policía, sino en cualquier otro sitio.

No hace falta que me lo piense demasiado. Desde el momento en que los bares están cerrados, la única alternativa es el refugio de los sin techo. Le doy la dirección.

—Es un refugio para personas sin hogar que dirige un amigo mío —le explico, y acordamos vernos allí a las cuatro de la tarde.

—Esta llamada podría acabar facilitándonos una serie de datos esclarecedores —explico a mis colaboradores. Ellos me miran sin entender nada—. Cuando tenga toda la información, os pondré al día —les prometo.

Llamo a Zisis para informarle del encuentro. Como ya me esperaba, el bar está disponible. Solo me queda aguardar el momento de la reunión. Esperar no es uno de mis puntos fuertes, especialmente cuando no tengo nada que hacer para matar el tiempo, pero hago de la necesidad virtud.

Los nietos de Jardakos llegan a las cuatro en punto. Pavlos me presenta a su hermano, Antonis. Zisis nos acompaña hasta el bar y se dispone a dejarnos solos, pero yo le detengo.

—Espera, antes de irte has de conocer a los nietos de Jardakos —le digo, y después me dirijo a los muchachos—: Lambros Zisis era amigo de vuestro abuelo.

—No éramos amigos sino camaradas —puntualiza Zisis—. Militamos juntos en el partido y estuvimos juntos durante un tiempo en la prisión de Ai Stratis.

Los dos hermanos se le acercan y, olvidándose de las precauciones, le estrechan la mano.

—Es una gran alegría conocer a un camarada de nuestro abuelo, especialmente ahora que le hemos perdido —le dice Pavlos.

—Yo también me alegro mucho de conocer a sus nietos —responde Zisis. A continuación sale del bar visiblemente emocionado.

—Fuimos muy afortunados de tener un abuelo como él —me dice Pavlos—. Nos abrió los ojos y nos enseñó cosas que otros chicos de nuestra edad no conocen, ni siquiera han oído hablar de ellas.

—Normalmente, empezaba contándonos una historia de su vida personal para terminar con una conclusión didáctica —dice Antonis antes de añadir—: Le queríamos mucho. Para nosotros, estar con él y escuchar sus historias era un placer.

—Claro que aquello también tenía su precio —interviene Pavlos.

—¿Cuál era el precio? —le pregunto.

—Nuestro limitado círculo de amigos —me responde—.

Cuando has crecido con Pavlos Jardakos y sabes lo que tuvo que soportar en la vida, no es fácil relacionarte con los chicos de tu edad y charlar de nimiedades como si fueran temas importantes.

Mi pensamiento vuela a la conversación que mantuve el otro día con Maña al tiempo que voy al grano y planteo la pregunta que me interesa:

—¿Por qué disteis a vuestro abuelo los nombres de vuestros amigos para la publicación en redes de las cartas que dejaron los suicidas? ¿Os los pidió él? —pregunto.

—Así es —me contesta Antonis—. Un día que estábamos en su casa charlando de nuestras cosas, de repente nos preguntó si teníamos amigos de confianza que aceptasen compartir en las redes sociales las cartas de unos amigos suyos.

—Le contestamos que los dos teníamos cuenta en Facebook y que podríamos hacerlo nosotros mismos —continúa Pavlos—. El abuelo no aceptó, porque éramos tocayos. Como teníamos el mismo apellido, algunos de los que leyeran las publicaciones las podrían relacionar con él. Entonces yo sugerí a Parasidis, que es amigo mío desde que estudiamos juntos en la Facultad de Derecho.

—Y yo le hablé de Keleris —añade Antonis—. Se me ocurrió porque estudiamos juntos un máster en programación web y nos mantuvimos en contacto después de obtener el título.

—Cuando le llamamos, Parasidis nos dijo que al principio la carta de Kortidis le había parecido una broma y que la publicó cuando se enteró de su suicidio —les comento.

—Les dijo la verdad —confirma Pavlos—. Le pareció una broma pesada y me llamó por teléfono. Fue así como nos enteramos del contenido de aquellas cartas. Mi abuelo se vio obligado a reconocer que las había escrito él. Cuando le preguntamos por más detalles, nos contestó que somos jóvenes, que tenemos la vida por delante y que no hace falta que nos ocupemos de muertes y suicidios. —Calla y niega con la cabeza—. Quién iba a decirnos que acabaríamos ocupándonos del suyo.

Guardo silencio un rato para que puedan sobreponerse a la emoción.

—¿Alguna vez mencionó vuestro abuelo la conjura de los suicidas?

—A mí, nunca. No sé si le comentó algo a Pavlos —me contesta Antonis.

—A mí tampoco me dijo nada, pero yo estudié derecho y en la carrera te enseñan a ir más allá, señor comisario —dice Pavlos—. Lo que descubrí bastante pronto referente a mi abuelo fue su inclinación a conspirar. Que no tiene nada que ver con las teorías de la conspiración actuales que maneja la gente de mi edad. Era la conspiración de los perseguidos, que solo comunicaban sus planes a los que estaban directamente implicados, para que tomaran precauciones. Si hubo un movimiento de suicidas, nosotros no lo sabemos, porque no estábamos implicados. El abuelo creía que nuestra participación se limitaba a las publicaciones *online*, y a ellas ciñó la información que nos transmitió.

Ya no tengo más preguntas que hacerles y me pongo de pie. Caminamos juntos hasta la salida. Zisis los está esperando allí para despedirse de ellos.

—Me alegro mucho de haberos conocido —les dice—. Vuestro abuelo fue un gran luchador y una gran persona.

A continuación, yo les agradezco su colaboración y los dos hermanos se marchan.

—Has hecho muy bien en traerlos aquí para que los conozca —me dice Zisis.

—Su padre quiso ser empresario como reacción a la figura de Jardakos, pero los nietos desarrollaron un fuerte lazo sentimental con su abuelo —le digo.

Son las seis pasadas. No tiene sentido volver a Jefatura. Prefiero ir a visitar a mi nieto.

30

Anoche el pequeño Lambros estaba de mejor humor. Eso me alegró la velada, aunque no me aseguró un sueño tranquilo cuando volví a casa. Apenas me había acostado cuando el último asalto a la furgoneta de reparto y lo que me habían contado los nietos de Jardakos invadieron mi pensamiento. He pasado la mitad de la noche en vela y la otra mitad con pesadillas.

Por la mañana llego a mi despacho decidido a pasar a la acción. En todo este tiempo hemos intentado trazar un plan de actuación y definir cómo llevarlo a cabo. Esto me ha hecho olvidar que muchas veces es la propia acción la que acaba definiendo los planes. En parte, puede ser culpa de la conjura de los suicidas, que no requería una acción coordinada por nuestra parte más allá de impedir la publicación de las cartas.

Sin embargo, mientras nosotros nos esforzamos en reunir información y en trazar un plan basándonos en ella, nos vemos enfrentados a nuevos atentados y acabamos perdiendo el tiempo.

Convoco a mis colaboradores a una reunión con el propósito de dar la vuelta al curso de los acontecimientos. Para empezar, les informo con todo detalle del caso de Jardakos. De las conversaciones que había mantenido con él antes de su suicidio y, en último lugar, de mi encuentro de ayer con sus nietos.

—Tenemos que volver a analizar la situación desde el principio, aunque, a primera vista, no parece que exista ninguna relación entre la conjura de los suicidas y las acciones criminales de los conspiranoicos —concluyo.

—¿Cree que, en realidad, podrían estar relacionados de alguna manera? —me pregunta Askalidis.

—En estos momentos no lo puedo saber. Sí sé, en cambio, que hay una sucesión de acontecimientos. La historia comenzó con los suicidas y después los conspiranoicos tomaron el testigo. La única manera de averiguar si existe un punto de contacto entre ambas situaciones es volver a analizar los suicidios ahora que disponemos también de la información que nos proporcionaron los nietos de Jardakos. Por lo tanto, quiero que volváis a traer a Jefatura a Stratos Keleris, el que publicó la carta de Begleris, y a Miltos Parasidis, que compartió la carta de Kortidis, para realizar un interrogatorio cruzado, a ver si descubrimos algo que se nos escapó en el primer interrogatorio.

—Pero ya está claro lo que ha sucedido, sobre todo, ahora que sabemos que Jardakos obtuvo las direcciones a través de sus nietos —comenta Dervísoglu.

—Precisamente. Esta información adicional nos ayudará a averiguar si se nos ha escapado algo hasta ahora —le contesto.

Dermitzakis es el último en tomar la palabra:

—De las informaciones ya reunidas no ha surgido ningún indicio que apunte a una relación entre la conjura de los suicidas y los conspiranoicos. Por otra parte, hasta el momento no hemos conseguido localizar a ninguno de los luchadores del 2021 para interrogarle. En consecuencia, me parece acertado repasar las cosas desde el principio para intentar desentrañar algo que se nos haya podido escapar.

Sus palabras marcan el fin de la reunión. Mis colaboradores se disponen a organizar los nuevos interrogatorios de Keleris y de Parasidis. A mí me atormenta el dilema de si debo informar o no al subdirector en este momento. Al final, llego a la conclusión de que los interrogatorios son lo primero, por si aportan datos nuevos.

Adrianí me llama por teléfono para preguntar si me va bien invitar a cenar a Melpo esta noche, como habíamos acordado hace días. Le contesto que tengo pendiente un interrogatorio urgente, que no sé a qué hora terminará.

Mientras tanto han llegado Keleris y Parasidis.

—Hemos tenido la oportunidad de reunirnos con Pavlos y Antonis Jardakos y, a raíz de eso, les hemos convocado para aclarar algunos detalles —les informo—. Nos dijeron que se conocen, que les dieron los nombres de ustedes a los suicidas y que acordaron que publicarían las cartas.

—Yo conozco a Antonis —me responde Keleris—. Él me llamó para preguntarme si aceptaría publicar en redes una carta que me enviaría por correo ordinario un tal Begleris. Acepté porque Antonis y yo somos amigos desde que fuimos juntos a la universidad.

—De acuerdo, pero en su primer interrogatorio no nos dijo que estaba implicado el nieto de Jardakos —comenta Dervísoglu.

—Tiene razón. Antonis me dijo que no hacía más que transmitir la petición de su abuelo, que tenía más de noventa años y no quería implicarle en el asunto —explica Keleris—. Pensé que solo se trataba de hacerle un favor a mi amigo. Además, la carta llegó a mi buzón por correo, tal como me había dicho él.

Me vuelvo para mirar a Parasidis. El hombre se da cuenta de que estamos esperando sus propias explicaciones.

—Mi caso es idéntico —declara—. La única diferencia es que no soy amigo de Antonis sino de Pavlos Jardakos. Nuestra amistad también nació cuando estudiábamos derecho juntos. Yo proseguí mis estudios hasta obtener el doctorado, mientras que Pavlos empezó a trabajar como abogado en la empresa de su padre. En lo que se refiere a las cartas, me dijo exactamente lo mismo que su hermano le dijo a Keleris. A mí, sin embargo, me confundió el hecho de recibir la carta mientras Kortidis seguía con vida. Llamé a Pavlos para preguntarle si me había gastado una broma. Me aseguró que no, pero antes de que pudiera hablar con su abuelo para aclarar lo que había pasado, Kortidis se suicidó. —Hace una pausa antes de añadir—: Hubo un tercer suicida, pero, que yo sepa, él mismo publicó su carta.

—Así es, fue un profesor de matemáticas —le explica Askalidis.

—Ahora que lo dice... —empieza Keleris y luego se calla.

—¿Quiere contarnos algo relacionado con el tercer suicidio? —le pregunto.

—Sí, aunque creo que no tiene importancia. Antes de producirse el tercer suicidio, Antonis me llamó por teléfono para preguntar si conocía a alguien que estuviera dispuesto a publicar una carta más. No quería que lo hiciera yo, porque temía que una nueva intervención mía podría levantar sospechas y crearme problemas. Le di el nombre de un amigo, pero Antonis me volvió a llamar poco después para decirme que el suicida había publicado su propia carta. Se lo cuento para que tengan una imagen completa —concluye.

—¿Podría darnos su nombre? —le pregunta Dervísoglu—. No para interrogarle sino, como usted dice, para tener una imagen completa.

—Se llama Andreas Tetis y trabaja en una emisora de televisión —le contesta Keleris.

La emisora de televisión hace sonar una campanilla en mi cabeza.

—¿A qué se dedica? —pregunto.

—Trabaja en las emisiones *online* —me responde Keleris, y me da el nombre de la televisión.

Tengo que hacer un esfuerzo por mantener la calma.

—Muchas gracias por prestarse a colaborar. Nos han ayudado a tener una idea más clara de la situación. No tenemos más preguntas —les digo a Keleris y a Parasidis.

Askalidis los acompaña fuera de la sala de interrogatorios para disponer los medios que los lleven de regreso a casa. Dermitzakis se vuelve y me mira con una sonrisa.

—¿Cree que hemos pillado al pez gordo?

—De momento, solo es un boquerón, pero, como últimamente nos están mareando con las mutaciones del virus, igual tenemos suerte y nuestro boquerón se muta en besugo —le contesta Dervísoglu riéndose.

Me apresuro a empañar su entusiasmo.

—No nos precipitemos, muchachos, todavía no sabemos si será un boquerón o un besugo. Lo que aquí cuenta es que, con un poco de suerte, podríamos dar con el eslabón que permite a los luchadores del 2021 acceder a las plataformas sociales y piratearlas —les explico—. A partir de ahora, quiero que el tal Tetis esté bajo estrecha vigilancia, tanto en el trabajo como en su domicilio. Nos urge averiguar qué lugares frecuenta y con quiénes entra en contacto. Aún es pronto para celebraciones, pero este podría ser el comienzo de la acción que he estado esperando. Ahora voy a informar a Velidis.

Subo a mi despacho y pido a Stela que llame a Velidis inmediatamente. En cuanto llega, le pongo al día de las informaciones que nos ha facilitado Keleris.

—Habrá que ponerse en contacto con la emisora para averiguar a qué se dedica exactamente ese Tetis y cuál es su campo de actuación —propone Velidis.

—De ninguna de las maneras, si empezamos a investigar, la noticia correrá como un reguero de pólvora, y, si el tipo está implicado en el caso, le dará tiempo de borrar cualquier huella que haya podido dejar. No creo que fuera él quien pirateó las plataformas sociales, no se arriesgaría a tanto. Si está realmente involucrado, habrá dado las instrucciones a personas de su confianza para que lo hicieran ellas.

—De acuerdo. ¿Qué propones, entonces?

—Lo más adecuado sería que, si conoces a alguien que trabaja en la emisora, venga a Jefatura para hablar del tema con total confidencialidad. Entretanto, mis hombres mantendrán a Tetis bajo estrecha vigilancia. Puede que todo esto no sea más que un espejismo, pero es la única rendija por la que se podría arrojar algo de luz sobre estas circunstancias.

—Tengo buena relación con el director técnico de la emisora. Le llamaré por teléfono y te mantendré informado.

—Avísame en cuanto llegue. Prefiero que la conversación tenga lugar en tu despacho. Si tiene que venir al mío, puede que lo interprete como un interrogatorio formal y se cierre en banda.

En menos de una hora me llama Velidis para comunicar la llegada del director técnico. Voy a su despacho y me encuentro frente a un hombre de unos cincuenta años. Se llama Kyriakos Dutsis.

—El señor Velidis me ha preocupado con lo que me ha dicho —anuncia después de sentarnos.

—¿Qué opina usted de Andreas Tetis? —le pregunto.

—Tetis lleva unos quince meses trabajando en el departamento. Es eficiente, hace bien su trabajo, pero la relación con sus compañeros es puramente formal. Ellos le consideran un hombre reservado.

—¿Cree que pudo ser él quien pirateó las plataformas sociales? —le pregunta Velidis.

Dutsis se muestra categórico.

—Lo descarto por completo. En primer lugar, porque hemos registrado el sistema a fondo y no hemos encontrado el menor indicio de que el bloqueo proviniera de nosotros. En segundo lugar, no se atrevería a hacerlo, porque se le denunciaría y tendría que responder ante la policía. —Hace una pausa—. Lo único que no puedo descartar es que facilitara información a los hackers. En tal caso, es posible que también les diera datos de otras emisoras. A partir de ahí, para los hackers sería un juego de niños piratear todos los sistemas. La cuestión es qué podemos hacer para asegurarnos de que lo hizo, o bien de que no tuvo ninguna implicación en el asunto —concluye dirigiéndose a nosotros dos.

—Usted se encargará de vigilarle discretamente, sin que se dé cuenta —le contesto—. Nosotros nos encargaremos de la vigilancia fuera del lugar de trabajo. Pero cuidado. Nadie más que usted debe saber que le está vigilando. Si la información circula y llega a sus oídos, tomará medidas y borrará sus huellas.

—El único que lo sabrá, aparte de mí, será el director de la emisora.

—Él tampoco. No debe saberlo nadie —le insiste Velidis.

Dutsis le mira desconcertado.

—Ya, pero, si en algún momento el director se entera, tendré problemas.

—Le dirá que la policía le ordenó mantener la vigilancia en secreto y que hable conmigo, si lo desea —intervengo—. Tanto el propio ministro como yo sabremos que usted recibió una orden secreta.

Parece que mis palabras le tranquilizan.

—Estaremos en contacto —le dice Velidis, y le da el número de su teléfono móvil.

—Le agradecemos su colaboración —le digo cuando nos despedimos.

—Ojalá Tetis no esté implicado, así podremos tranquilizarnos —es la respuesta de Dutsis.

No creo que salga nada de dentro de la emisora. Mis esperanzas están puestas en la vigilancia de Tetis fuera del trabajo.

31

Dermitzakis y yo colaboramos desde hace muchos años, y él sabe perfectamente que mi cabeza no reacciona si no me he tomado un café. Seguro que esta es la razón por la que espera hasta las diez para subir a mi despacho para informarme.

—Ya hemos organizado el dispositivo de vigilancia de Tetis y anoche lo pusimos en práctica —me dice—. Vive en la calle Crisantemos, en Zografou. En primer lugar, averiguamos que no está casado. Establecimos la vigilancia en su domicilio. Llegó solo en torno a las diez y no volvió a salir. Hoy hemos ampliado la vigilancia a los alrededores de su lugar de trabajo. Hemos dispuesto, además, una red de vigilancia callejera, dotada de un vehículo y motocicletas, en caso de que el sospechoso se desplace dentro de la ciudad.

—¿Cómo llegó a casa anoche?

—En coche, un Toyota.

—¿Quién se ha encargado de supervisar la vigilancia? —le pregunto.

—Yo mismo junto con Askalidis.

—Bien. Diles a Kula y a Dervísoglu que suban a mi despacho.

Kula y Dervísoglu llegan enseguida.

—¿En qué podemos ayudarle? —pregunta Kula con una sonrisa mientras se sientan.

—Quiero que entres en la cuenta de Andreas Tetis en internet para averiguar con quiénes habla e intercambia opiniones. No nos interesan los asuntos profesionales, solo sus contactos personales, especialmente, con quién habla de política y de temas relacionados con la pandemia. Redacta una lista de los contactos más interesantes y la analizaremos.

Kula se va y me dirijo a Dervísoglu:

—Fotis, ¿sabemos quién repartió las octavillas en Peristeri después del suicidio de Kortidis?

Dervísoglu me mira sorprendido.

—Pero..., pensaba que habíamos concluido que lo hicieron los propietarios de los bares y restaurantes de la zona.

—Eso creímos todos entonces, yo incluido. Actualmente, sin embargo, nos enfrentamos a una organización terrorista que comete asesinatos y atenta contra las vacunas. ¿Cómo podemos saber si algunos de los que repartieron octavillas no forman parte de la organización de luchadores del 2021? Por eso quiero que vuelvas a investigar en la zona, por si podemos averiguar la edad de los que repartieron la propaganda. Sé que no resultará fácil con los establecimientos cerrados, pero vale la pena intentarlo.

—Cuando nos habló de pasar a la acción inmediata, ¿se refería a esto? —responde él, y se echa a reír.

La idea me ha venido esta mañana mientras conducía de camino a Jefatura. Hemos estado dando palos de ciego hasta que se nos encendió una lucecita con la irrupción de Andreas Tetis. Aunque, ¿por qué solo Tetis? Es posible que hubiera jóvenes eventualmente involucrados en el asunto incluso después del suicidio de Kortidis en Peristeri, y, sobre todo, en el caso de Meletis Rodás y sus viejos alumnos de la academia. En el caso de Rodás hay mayores probabilidades, no solo por haber tenido alumnos, sino porque era un hombre muy querido.

Como Dermitzakis y Askalidis se han encargado de la vigilancia de Tetis, y Dervísoglu, de las pesquisas en Peristeri, el único disponible para investigar el tema de Rodás soy yo. Me acuerdo de la conversación que mantuve con el matrimonio que vivía encima de Rodás y decido comenzar por ahí.

Bajo con el Seat por la avenida Alexandras, entro en la calle Iulianós y, desde allí, me meto en la avenida Ajarnón. Parece que el tráfico que suele desquiciarme viene de las avenidas Kifisiás, Mediterráneo y Reina Sofía en dirección al centro de Atenas. En la calle Iulianós y en la avenida Ajarnón hay poco tráfico y llego rápidamente a mi destino, que se encuentra en la confluencia de Ajarnón con San Meletios.

De pronto, me doy cuenta de que se me ha olvidado el nombre del matrimonio. Me enfado conmigo mismo y toco un timbre al azar. Me responde una voz femenina. Me identifico y le digo adónde quiero ir.

—Ah, a casa de los Sergakis —dice la vecina, y me abre la puerta.

La señora Sergakis me reconoce enseguida. Nos dirigimos juntos a la sala de estar, donde se encuentra su marido.

—Nos conocimos en circunstancias muy desagradables —les digo—. Hoy, sin embargo, no he venido para interrogarlos sino para pedirles ayuda. Tal vez sepan que, tras los suicidios, hubo una serie de asesinatos y se produjo la destrucción de partidas de vacunas por parte de una banda terrorista. Generalmente, los miembros de este tipo de bandas suelen ser jóvenes. He venido para preguntarles si conocen a antiguos alumnos de Meletis Rodás que pudieran facilitarnos información al respecto.

Acabo de hablar y el matrimonio guarda silencio. Espero pacientemente a que se centren en el tema.

—Que yo recuerde, Meletis Rodás dejó de dar clases en la academia hace veinticinco años —dice la señora Sergakis al final—. Claro que, después, durante bastantes años siguió dando clases particulares en su casa. Aunque también hacía tiempo que dejó de hacerlo.

—La mayoría de sus alumnos de entonces deben de tener ahora treinta y cinco o cuarenta años —añade su marido—. Como Anna, nuestra hija, que tiene cuarenta y dos años, está casada y tiene un hijo.

—En cualquier caso, si lo desea, puede hablar también con Anna. Quizás pueda darle más información —dice la señora Sergakis, y me da el número del móvil de su hija.

—Pregúntele, aunque no creo que consiga nada —interviene su marido—. Anna se relaciona ahora con sus compañeros de trabajo. Dudo mucho que siga en contacto con sus viejos compañeros de clase de la academia.

Me quedo con el número de su hija, aunque yo tampoco creo que lo vaya a necesitar.

—Les agradezco la información que me han facilitado —les digo, y me despido de ellos.

Durante el trayecto de vuelta a Jefatura pienso en lo que me han dicho. En primer lugar, no hay límite de edad para pertenecer a un grupo terrorista. Los moteros que vieron los testigos en Santa Bárbara debían de rondar los treinta. Por otro lado, no se puede descartar que los autores de los atentados sean más jóvenes, y los cerebros que trazan los planes, personas de más edad. Además, al margen de todo esto, determinar la edad resulta difícil por las mascarillas.

Opto por esperar los resultados de la investigación de Dervísoglu y de la vigilancia de Tetis antes de decidir cuáles serán los siguientes pasos.

En cuanto llego al despacho, Stela me informa de que Dermitzakis ha preguntado por mí. Le llamo enseguida.

—No es nada importante. Solo un dato para empezar con buen pie —me dice Dermitzakis—. Esta mañana Tetis ha salido de su casa acompañado de una mujer. Se separaron ante la puerta del edificio y Tetis le dijo: «Hasta luego, mamá. Hablamos esta noche».

—Así pues, vive con sus padres.

—Exacto. Todavía nos queda por averiguar si el padre vive todavía.

—Perfecto, es un comienzo —le digo satisfecho.

Ahora debo esperar la información que me traerá Dervísoglu. Se me ocurre aprovechar el tiempo para informar al subdirector, pero enseguida descarto la idea. Será mejor hacerlo cuando disponga también de los datos de Dervísoglu. Además, no puedo informarle por teléfono, tengo que ir al ministerio.

Dervísoglu vuelve al cabo de una hora. Por la expresión de su cara intuyo que no ha averiguado nada importante.

—Siempre nos topamos con el mismo problema, las tiendas cerradas —dice a modo de introducción—. Después de recorrer los quioscos y algunas tiendas de alimentación del barrio he podido averiguar que hay dos propietarios de locales de restauración que tienen hijos que todavía van al instituto. Hay un tercero con un hijo que estudia fuera de Atenas. La persona que me ha dado la información no está segura de si estudia en Tesalónica o en Komotiní. En cualquier caso, ahora está en Atenas, puesto que las clases se imparten *online*.

No tiene sentido perder más tiempo. Decido que ha llegado el momento de informar a mis superiores. Me aseguro de que están disponibles y acudo en un coche patrulla, porque no quiero retrasarme con el Seat.

En cuanto empiezo a contarle lo sucedido al subdirector, él me interrumpe para decirme que es preferible que también esté presente el director.

Vuelvo a empezar mi informe, esta vez en presencia del

director. Cuando termino, los dos se me quedan mirando sorprendidos. A continuación, me hacen la pregunta que he estado esperando desde el primer momento en que contacté con Jardakos:

—¿Por qué no nos ha contado nada de todo esto? —me interpela el director, visiblemente molesto.

Llevo la respuesta preparada:

—Tengo un amigo íntimo, un viejo izquierdista, señor director. Antes de reunirme con Jardakos le pregunté a mi amigo cuál le parecía la mejor manera de abordarlo para que el hombre aceptara hablar conmigo. Me recomendó una especie de visita privada. Me advirtió que, si Jardakos sospechara cualquier implicación de la policía en el asunto, se cerraría en banda y no me diría nada. Pensé que, si lo hacía, no habría manera de obligarle a hablar, puesto que no tenemos nada contra él. Por eso preferí ocuparme personalmente del encuentro con Jardakos.

El subdirector sale en mi auxilio.

—Tiene razón, comisario. Sé por experiencia personal que cuando un viejo izquierdista decide mantener la boca cerrada, no hay herramienta que la pueda abrir.

El director parece convencido.

—¿Y cómo procedemos en adelante?

Les detallo las actuaciones que hemos realizado hasta esta misma mañana.

—Personalmente, tengo las esperanzas puestas en la vigilancia de Tetis. Estoy prácticamente convencido de que fue él quien coordinó las injerencias en las redes. En consecuencia, debe de conocer a los responsables y estará en contacto directo con ellos. Si mi teoría es acertada, seguro que la vigilancia dará sus frutos.

El ambiente se ha calmado y nos despedimos con la promesa de que en adelante estaremos en contacto permanente.

He acabado con los nervios destrozados y necesito relajarme urgentemente. Desde el coche patrulla llamo a Adrianí y le anuncio que esta noche estoy libre y que puede invitar a cenar a Melpo, si quiere.

La respuesta llega cuando ya estoy en mi despacho. A Melpo la ha entusiasmado la invitación y espera que pase a recogerla para ir a casa juntos.

32

Melpo espera junto a la entrada del refugio con la vista clavada en la calle Tenedu y sonriendo al universo. Tal y como van las cosas, parece que entre el refugio y la casa de Katerina se va a establecer un servicio de repartidores, porque, después de que lo hiciera Zisis, la que sube ahora al coche cargada de bolsas de plástico es Melpo.

—¿Cómo estás, Melpo? Hace mucho que no nos vemos —le digo mientras arranco el coche.

—¿Cómo voy a estar, señor Jaritos? Salgo a dar un paseo por la mañana o por la tarde, y el resto del día, todos los días, estoy encerrada en el refugio. —Calla como si estuviera reflexionando y luego continúa—: Todos los años, a la menor oportunidad, escuchábamos las historias que nos contaba el señor Lambros acerca de la izquierda y de lo que había tenido que sufrir por los abusos del poder. Ahora, con la pandemia, el señor Lambros es el poder, y nosotros, la izquierda.

Me vuelvo y la miro estupefacto.

—¿Por qué dices esto?

—¿Qué puedo decir, si no? El Gobierno solo nos permite salir a pasear para ejercitarnos, y el señor Lambros, también. El Gobierno ha obligado a cerrar los bares y los restaurantes, y el señor Lambros ha cerrado el bar del refugio.

Ahora dígame usted si esto no es una copia calcada del poder del Estado.

En lugar de contestar, me echo a reír.

—Y, como el señor Lambros ahora representa el poder, nosotros representamos la izquierda. Hace un par de días organizamos una concentración de protesta en el refugio, para exigir la reapertura del bar.

—¿Lo conseguisteis?

—El señor Lambros tuvo que ceder a la presión y aceptó negociar con nosotros. Acordamos que el bar volvería a abrir, aunque solo se permitiría la entrada de los residentes de dos habitaciones y únicamente durante hora y media cada vez, con la mascarilla puesta y guardando la distancia de seguridad. —Melpo se ríe—: El señor Lambros conoció la derrota del poder; y nosotros, el triunfo de la izquierda.

—¿Y cuándo abrirá el bar?

—El lunes que viene. Primero desinfectaremos el espacio a fondo y después lo abriremos.

Charlando agradablemente y entre risas hemos llegado a la calle Athanasías sin darnos cuenta. Adrianí nos abre la puerta. En cuanto ve a Melpo se emociona tanto que se olvida de las precauciones y le da un gran abrazo.

—¿Dónde está mi pequeño Lambros? —Es lo primero que pregunta Melpo, aunque enseguida se contiene—: No. Primero me cambio y luego voy a verle.

—No sabes cuánto me alegro de verla —me dice mi mujer mientras Melpo se cambia.

—No hace falta que me lo digas. Ya he visto cómo te has saltado las medidas de precaución.

—Y luego dicen que las víboras somos las mujeres —replica Adrianí con desdén.

En este momento, Melpo reaparece con una muda de

ropa limpia y una bolsa de plástico en la mano. Nos dirigimos todos juntos a la habitación del niño, donde nos espera la familia de mi hija. Melpo los ve, pero no les hace ni caso y corre enseguida hacia el pequeño Lambros. Se lo queda mirando, admirándolo.

—¡Lambros, cariño mío, cuánto has crecido! —le dice encandilada—. ¿Sabes quién soy? Soy Melpo.

Lambros la mira primero con extrañeza y luego retrocede un paso.

—No me reconoce —dice Melpo decepcionada.

—Quítate la mascarilla —interviene Fanis.

—¡Fanis! —le censura Adrianí.

Mi yerno no le hace caso.

—Quítate la mascarilla para que vea tu cara. Luego ya te daré una limpia para que te la pongas.

Melpo se quita la mascarilla.

—¿Me reconoces ahora?

Pregunta a Lambros haciéndole un mohín. El niño sigue mirándola y, al final, le sonríe.

—¡Me ha reconocido! —exclama Melpo entusiasmada—. ¡Lambros, precioso mío, sabes quién soy!

Ahora que ha recuperado su relación con Lambros se vuelve hacia los padres de la criatura.

—¡Cuánto me alegro de veros después de tantos meses! No sabéis cuánto os he echado de menos, a Lambros y a vosotros.

—Nosotros también te hemos echado de menos —dice Katerina—. También a tus sabrosos platos.

—Ya que no podía prepararos comida, os he traído otra cosa —dice Melpo, y saca de la bolsa de plástico un paquete envuelto en papel de aluminio. Lo abre y se lo da.

—¿Qué es esto? —se extraña Katerina.

—¡Tarta de mermelada! —exclama Fanis con entusiasmo—. ¿Nos has preparado tarta de mermelada? ¡Bueno, eres una crac!

—También traigo esto para Lambros —dice ella, y saca de la bolsa un gorro azul y blanco—. Para que no pase frío en invierno.

Adrianí le coloca el gorro al niño.

—Está guapísimo —dice admirándolo.

Katerina acerca un espejo. Adrianí lleva a Lambros delante del espejo.

—Mira qué bien te queda.

El niño contempla su imagen en el espejo y luego se quita el gorro y le da vueltas entre las manos. Intenta ponérselo de nuevo, pero no lo consigue. Adrianí le ayuda y Lambros vuelve a contemplarse en el espejo.

Mi mujer le quita el gorro.

—Te lo pondrás cuando salgas a pasear —le explica.

Nos dirigimos todos juntos a la sala de estar. Fanis trae una mascarilla para Melpo. Ella se la pone y se sienta con Lambros en su regazo. La mujer está muy emocionada.

—Precioso mío —le susurra. Después se dirige a nosotros—: Esta noche hemos vencido al coronavirus —dice conmovida.

Katerina echa un vistazo a su reloj y va a preparar la cena de su hijo. Cuando vuelve, deja el plato encima de la mesa y se dispone a coger al niño en brazos, pero Melpo se adelanta:

—¿Puedo darle de comer yo?

Katerina se limita a señalar la mesa. Melpo sienta al niño en la silla, pero, antes de comenzar la cena, empieza a contarle un cuento.

—Es lo que hacía siempre cuando le daba de comer —nos explica.

Lambros abre la boca para recibir el bocado, pero sus

ojos y sus oídos están fijos en Melpo, que sigue con el cuento. Los demás nos hemos callado y observamos la escena.

Cuando el niño acaba de cenar, Katerina se lo lleva para acostarlo. Melpo suelta un gran suspiro de satisfacción.

—Por fin he tenido una alegría después de tantos meses —nos confiesa.

Adrianí se prepara para ir a la cocina y Melpo se da cuenta y se dispone a levantarse, pero mi mujer le para los pies:

—No, esta noche eres nuestra invitada.

Adrianí nos trae la cena en cuanto reaparece Katerina. Ha preparado bacalao con salsa de ajo y ensalada de verduras hervidas.

—¿Bacalao? —exclama Melpo con entusiasmo en cuanto nos sentamos a la mesa—. Bendita seas, Adrianí, no sabes cuánto hace que no como pescado.

—¿No coméis pescado en el refugio? —pregunto.

—El señor Lambros lo evita, porque el pescado es caro y no quiere pasarse con el presupuesto en estos tiempos tan difíciles —me explica Melpo.

—El bacalao con salsa de ajo es muy sabroso, aunque tiene un inconveniente —dice Fanis.

—¿Qué inconveniente? —se extraña Adrianí.

—Que después no puedes comer tarta de mermelada. Habrá que esperar hasta mañana por la mañana.

—Primero fueron los *kourabiedes* y ahora esta tarta de mermelada. Señora Melpo, con estos dulces que nos preparas no solo tendré un hijo regordete, sino también un marido rechoncho —le dice Katerina entre risas.

Melpo insiste en ayudar a Adrianí a recoger la mesa. Cuando terminan, nos quedamos una hora más charlando distendidamente, sobre todo de temas agradables, para olvidarnos de los problemas. Cuando empezamos a prepararnos para marchar, Melpo pide ver a Lambros una vez más ahora que está durmiendo.

—Es un ángel, un muñequito —dice entusiasmada cuando vuelve—. Quisiera pediros un favor.

—¿De qué se trata? —pregunta Katerina.

—Cuando pase la tormenta, quiero que llevéis a Lambros al refugio para que lo conozcan todos.

—Por supuesto que lo llevaremos. Te doy mi palabra —le promete Katerina.

Ponemos rumbo al refugio con Melpo, que está en el séptimo cielo.

—Le contaré al señor Lambros lo bien que lo hemos pasado y nos tendrá envidia —dice.

—Hacía meses que no veíamos a Melpo ni podíamos disfrutar de la compañía de una vieja amiga —me dice Adrianí—. Poco me ha faltado para ponerme a cantar canciones de amistad y añoranza.

—No sabía que te gustase cantar.

—No me gusta, porque desafino. Pero siempre hay excepciones a la regla —responde mi mujer.

Yo también he sentido una inmensa alegría. Tras la constante tensión de los últimos días ha sido justo lo que necesitaba para relajarme. No me cabe duda de que esta noche dormiré a pierna suelta.

Mi pronóstico queda confirmado.

33

Esta mañana Dermitzakis no me deja terminarme el café. Se ha apostado en el despacho de Stela a esperar mi llegada.

—Hay buenas noticias —anuncia.

Es la primera vez desde que empezamos a investigar que oigo la expresión «buenas noticias».

—Pasa y me lo cuentas —le respondo, y después de sentarnos le invito a hablar—: Soy todo oídos.

—Ayer, después de salir de los estudios de la televisión, Tetis se reunió con dos tipos que iban en moto. Una Yamaha y una Suzuki. Ya hemos comprobado que son idénticas a las motocicletas que identificaron los vecinos de Santa Bárbara y el conductor de la furgoneta.

—¿Dónde se reunieron?

—¿Hago subir a los colegas a cargo de la vigilancia para que se lo cuenten ellos mismos? Están esperando en mi despacho.

—¿Y lo preguntas?

Dermitzakis llama por teléfono y poco después aparecen dos policías jóvenes vestidos de paisano. Vienen acompañados de Askalidis. Nos trasladamos a la mesa de reuniones.

—Cuéntele al señor subdirector lo que vieron anoche —les dice Dermitzakis.

—Tetis salió de la emisora a eso de las seis de la tarde

—empieza el primero—. Se subió a su coche y puso rumbo a Zografou. Pero no fue a la calle Crisantemos, donde vive, sino que siguió adelante hasta la avenida Héroes de la Politécnica, donde aparcó. Poco después llegaron los dos hombres en moto. Uno conducía una Yamaha; y el otro, una Suzuki. Eran idénticas a las motocicletas que nos había enseñado el suboficial Dermitzakis en fotografías. Las aparcaron un poco más abajo y se montaron en el coche de Tetis. Empezaron a hablar. Nosotros nos habíamos metido en el centro de estudiantes y los vigilábamos desde la distancia. La conversación duró una hora aproximadamente. Luego los dos moteros se fueron y Tetis volvió a su casa.

—¿Qué edad tenían, más o menos? —pregunto.

—Uno de ellos debía de rondar los treinta. El otro era mayor —me responde el otro agente.

Llamo inmediatamente a Dimitríu.

—Te mando a dos colegas que, según parece, pudieron identificar a dos de los asaltantes de Santa Bárbara por las motos que conducían —le digo—. Uno llevaba una Yamaha; y el otro, una Suzuki. Quiero que busquéis a todos los propietarios de este tipo de motos y comprobéis si sus edades coinciden con los tipos de ayer. A ver si luego los pueden identificar por las fotos de los carnets de conducir o de sus documentos de identidad.

Askalidis se marcha con los dos policías.

—¿Quién está siguiendo ahora a Tetis? —pregunto a Dermitzakis.

—Los agentes del turno de día.

Ahora le toca a Kula. Ella ya sabe por qué la he llamado y sube con los datos de la cuenta de Facebook de Tetis.

—La mayoría de los mensajes que escribe y recibe son de colegas suyos de otros canales de televisión —me dice.

—¿Hubo intercambio de mensajes para quedar con amigos anoche? —pregunto.

—No, nada parecido. He encontrado mensajes y conversaciones con amigos, pero, a primera vista, son inocuos.

—De acuerdo, sigue vigilando la cuenta de Tetis y, si algo te llama la atención, me informas al instante.

Cuando Kula se marcha, caigo en le cuenta de una cosa que debería habérseme ocurrido antes y se me llevan los demonios por ello. Acto seguido vuelvo a llamar a Dermitzakis y a Dervísoglu.

—El último encuentro de Tetis con los moteros podría ser porque están planeando un nuevo golpe —les explico—. Tenéis que contactar de inmediato con el centro de distribución de vacunas para que os digan dónde está previsto el envío de mañana y si ha habido modificaciones en el programa de suministros. Si las ha habido, que nos envíen el nuevo plan con urgencia, para que lo reenviemos a comandancia y podamos organizar la custodia del transporte.

A continuación llamo al subdirector y le informo de los resultados de la vigilancia.

—Este es nuestro segundo avance tras la identificación del empleado de televisión —me dice él, encantado—. Espero que pronto podamos dar el paso definitivo.

No continúo con el tema. Prefiero transmitirle mi preocupación por la eventualidad de un nuevo golpe.

—No creo que suceda nada hoy, subdirector, porque el traslado de las vacunas tiene lugar a primera hora y todavía no hemos recibido ninguna señal de alarma —intento tranquilizar a mi superior—. Le enviaré la relación de los traslados de mañana, puesto que habrá mayor riesgo de incidentes.

Poco después Dermitzakis me informa de que ya ha enviado el programa de suministros a comandancia. Luego solo nos queda esperar en todos los frentes.

Lo más urgente en este momento, más allá de las medidas de intervención inmediata que puedan tomar en comandancia, es la identificación de los dos moteros. Si logramos disponer de sus datos, nos resultará mucho más fácil dar con la organización terrorista de los luchadores del 2021.

Tener que esperar cuando el resultado es incierto pone de los nervios a cualquiera. No sabes si acabarás viendo luz al final del túnel o si te quedarás a oscuras. Lo peor de todo es que el tiempo apremia, ya que en cualquier momento puede suceder algo que traiga nuevos quebraderos de cabeza y complique el curso de la investigación.

Mis temores son infundados, como queda demostrado cuando, una hora más tarde, se abre la puerta de mi despacho e irrumpe con ímpetu el trío formado por Dermitzakis, Askalidis y Dervísoglu.

—Ya está, los han identificado —anuncia Askalidis en tono triunfante mientras mira el escrito que lleva en la mano—. El tipo de la Yamaha se llama Kléarjos Nasis, y el otro, el de la Suzuki, es Nikos Retsas.

Aspiro aire profundamente, porque acabamos de dar un paso importante.

—¿Dónde están los dos agentes a cargo de la vigilancia? —les pregunto.

—Han ido a descansar antes del turno de noche —me informa Dervísoglu.

—No quiero que los perdamos de vista ni un instante —les advierto—. Aumentaremos el personal de vigilancia si hace falta.

—¿Los traemos a Jefatura para interrogarlos? —me pregunta Dermitzakis.

—No, es demasiado pronto todavía. Como ya sabemos, el círculo de implicados es bastante más amplio. Si los hacemos venir para interrogarlos, la noticia se difundirá rápidamente y es muy probable que los demás desaparezcan del mapa. La lógica dicta que hemos de continuar con la vigilancia, por si logramos ensanchar el número de identificaciones.

En cuanto se marchan mis hombres, llamo a Velidis para ponerle al día de los acontecimientos. Le pido que busque las cuentas de Nasis y de Retsas en Facebook y que las vigile, junto con la cuenta de Tetis en la red social. En caso de encontrar indicios que apunten a un nuevo golpe, debe comunicármelo enseguida.

A continuación, llamo a Kula. No pongo en duda la eficiencia de Velidis, pero prefiero tener la seguridad adicional de una colaboradora en el propio Departamento de Homicidios. Más vale prevenir que curar, como diría Adrianí.

—Primero miraré si ha habido algún intercambio previo de mensajes entre ellos, y seguiré a partir de ahí —me dice la joven.

El subdirector me tiene preparada una sorpresa.

—Le iba a llamar yo, pero se me ha adelantado.

—¿Ha pasado algo? —pregunto inquieto.

—Sí, ha ocurrido en Oropós lo mismo que en Asprópyrgos. Aparecieron tres motos de la nada y empezaron a acorralar a la furgoneta con la estrategia de siempre. En esta ocasión, sin embargo, el conductor estaba informado y llamó enseguida a la policía de Oropós. Cuando los tipos vieron los coches patrulla, dieron la vuelta y desaparecieron por los solares y las bocacalles.

—¿Se fijó el conductor en las marcas de las motocicletas? —pregunto al subdirector.

—No lo sé, pero le puedo dar su número de teléfono para que hable con él directamente.

Anoto el número del conductor y, a continuación, informo a mi superior de las novedades.

—Son excelentes noticias —me dice—. ¿Piensa llevarlos para que los interroguen?

Le doy la misma explicación que a Dermitzakis:

—Prefiero mantenerlos bajo vigilancia permanentemente, para poder localizar a los demás implicados.

Cuando colgamos, le paso a Dermitzakis el número del conductor para que se ponga en contacto con él.

Me llama poco después:

—Se trata otra vez de la Yamaha y de la Suzuki, aunque hay un tercer dato interesante.

—¿A qué te refieres?

—El conductor está seguro de que la tercera motocicleta era una BMW.

—Llama enseguida a Dimitríu y dile que localice a todos los propietarios de motos BMW que tengan, más o menos, la edad de Nasis y de Retsas —le digo.

De repente, la investigación se ha agilizado y tengo muchas razones para estar contento.

34

A menudo sucede que me despiertan por la noche y tengo que salir a la calle. Raras veces, en cambio, me interrumpen a la hora de cenar. Esta es una de esas raras ocasiones.

Estamos disfrutando de la cena en familia cuando suena mi teléfono móvil.

—Comisario, le llamo porque nos han avisado los encargados de la vigilancia de Nasis y de Retsas —suena la voz de Dermitzakis—. En estos momentos los sospechosos se están paseando por la calle Lemesós, en Papagou, junto con dos tipos más. Uno conduce una BMW y el otro va en la misma moto que Nasis.

Me levanto de la mesa para poder hablar libremente.

—¿Hay indicios de que estén preparando un nuevo golpe?

—Hemos investigado y hemos descubierto que en el número ocho de la calle Lemesós vive un conocido neumólogo, Apóstolos Ferekis —contesta Dermitzakis.

No hace falta que me diga nada más.

—Voy enseguida.

—Estamos en la avenida Papagou, junto al parque.

Vuelvo a la mesa y les digo que debo marcharme. El problema es cómo regresa Adrianí a casa.

—¿Puedes llevarla tú? —pregunto a Fanis.

—No te preocupes. Dormiré aquí esta noche —dice mi mujer.

En cualquier caso, a mí me espera una noche en vela. Subo al Seat y conecto el GPS para no perderme por el camino y llegar con retraso a Papagou.

Me parece más que probable que Dermitzakis tenga razón. La explicación es sencilla. El atentado perpetrado en Oropós para destruir las vacunas no les salió bien. Al contrario, se han dado cuenta de que ahora los traslados de vacunas se llevan a cabo con protección policial. Esto, posiblemente, los impulse a cometer un nuevo asesinato, como sucedió en el caso de Dimakis. Claro que todo esto pertenece a la esfera de las especulaciones. Es posible que, al final, no suceda nada y que organicen otro golpe cuando se den las circunstancias apropiadas.

Se acerca el momento del toque de queda y el tráfico es abundante. El GPS me conduce por la avenida del Mediterráneo hasta la de Chipre. Llego a una rotonda y desde allí enfilo la avenida Papagou.

Distingo a Dermitzakis y a Dervísoglu delante del parque, a un paso de la calzada. Aparco el Seat en Papagou y me acerco a ellos.

—¿Alguna novedad?

—Ferekis no ha vuelto todavía, comisario. Hemos hecho unas llamadas y sabemos que se encuentra en una reunión de urgencia del comité de expertos en la sede de Protección Civil —me informa Dervísoglu—. Los tres tipos con las motos han dado unas vueltas por la zona y han desaparecido. No sabemos dónde se han metido y no hemos querido seguirlos para no despertar sospechas. Ahora solo vigilamos el bloque de pisos donde vive Ferekis.

Estoy a punto de decirles que tal vez nos hemos precipitado inútilmente, cuando me interrumpe la llegada de Askalidis.

—Ha sucedido algo extraño —anuncia—. La comisaria de la zona ha recibido una denuncia según la cual se está celebrando una coronafiesta aquí cerca, en la calle Tepeleniu, que es paralela a Lemesós. Los agentes de la comisaría han ido a ver qué pasa y si hace falta avisar a la Brigada Antidisturbios.

—¿Ha vuelto ya Ferekis? —le pregunta Dervísoglu.

—Todavía no.

—Que no se mueva ninguno de los nuestros —digo enfáticamente—. La coronafiesta podría ser para distraernos y desviar nuestra atención hacia otro lado. Aumentad la vigilancia todo lo posible. —Después me dirijo a Dermitzakis—: Vamos ahora mismo a ver al jefe de la comisaría de Papagou. Que no avisen todavía a los antidisturbios. Si detienen a gente de la coronafiesta, que la retengan. Es posible que pertenezcan a la banda y tendremos que interrogarlos.

Dermitzakis entra en la comisaría mientras que Askalidis y Dervísoglu regresan a la calle Lemesós para esperar la llegada de Ferekis. Dermitzakis y yo no sabemos qué hacer con la ansiedad que nos atenaza. Por un lado, quiero estar sobre el terreno, pero, por el otro, temo que el aumento de la presencia policial pueda levantar sospechas y obligar a cancelar el atentado.

Comienza uno de los peores compases de espera que he soportado desde que ingresé en el Departamento de Homicidios. Mi ansiedad se calma una hora después, cuando Dervísoglu me llama por teléfono.

—Lo han intentado y hemos arrestado a los cuatro. No se nos ha escapado nadie —anuncia.

—Vámonos —le digo a Dermitzakis, y le transmito la noticia de Dervísoglu.

Subimos al Seat y en un tiempo récord llegamos a la calle Lemesós, donde ha tenido lugar el atentado.

Un coche patrulla cierra el paso al tráfico. Hay un Citroën detenido en medio de la calle y, delante del coche, un hombre que ronda los cincuenta. La calle está llena de policías y entre ellos distingo a Askalidis y a Dervísoglu.

Askalidis se nos acerca con una gran sonrisa.

—Asunto concluido. Hemos detenido a los cuatro —nos dice, y señala las dos motocicletas, la Yamaha y la Suzuki, que están junto al bordillo. La BMW no se ve por ninguna parte—. Será mejor que sea el médico quien os explique cómo ha tenido lugar el atentado —añade, y señala al cincuentón que espera delante del Citroën.

Nos acercamos a él y se presenta como el doctor Apóstolos Ferekis, neumólogo.

—Quisiera que nos contara cómo ha sucedido todo, doctor Ferekis —le digo.

—He entrado en la calle Lemesós desde la avenida de la Defensa Nacional. El piso donde vivo con mi familia se encuentra un poco más abajo. De repente, mientras conducía, he visto a un hombre tirado boca abajo sobre el asfalto. —Señala el punto exacto, un poco más allá—. Lo primero que he pensado es que tenía algún problema de salud. Es lo que pensaría cualquiera, y un médico más que nadie. He detenido el coche y he bajado para ver qué le ocurría. Mientras me agachaba para ver, el hombre se ha levantado bruscamente. Al mismo tiempo he oído un ruido detrás de mí. Me he vuelto y he visto a sus hombres, que habían inmovilizado a dos tipos con capucha. Uno de ellos llevaba una barra de hierro en la mano. El que se hacía el enfermo ha huido corriendo al ver a la policía.

—A él también le hemos arrestado —nos asegura Askalidis—. Es el gordito al que había visto la enfermera en Santa Bárbara.

—Gracias, doctor —le digo antes de volver junto a mis

hombres—. Le avisaremos cuando tenga que ir a Jefatura a prestar declaración oficial.

—Exactamente igual que el atentado contra el conductor de la furgoneta en Santa Bárbara —comenta Dervísoglu.

—Esto indica que, seguramente, han tenido que planificar el ataque a toda prisa cuando falló el atentado contra la furgoneta de las vacunas en Oropós —le explico.

—Hemos pillado a los cuatro —me comunica Askalidis—. No se nos ha escapado nadie.

—Ya, pero solo veo la Yamaha y la Suzuki —observa Dermitzakis—. La BMW no está.

—La hemos localizado en la avenida de la Defensa Nacional —le tranquiliza Dervísoglu—. El cuarto motero, el que llevaba la BMW, estaba vigilando el tránsito para poder avisar a los otros tres de la llegada del coche de Ferekis.

—¿Dónde están ahora? —pregunta Dermitzakis.

—En coches patrulla distintos, esposados —le responde Askalidis.

—Tampoco deben dejar que se marchen los que participaban en la coronafiesta sin tomarles los datos. Seguro que algunos de ellos pertenecen a la banda —le digo.

—No se preocupe, comisario. Los hemos detenido a todos y ahora mismo están siendo identificados en la comisaría de Papagou —me tranquiliza Dervísoglu.

—También debemos quedarnos con los números de sus móviles para registrar sus conversaciones —interviene Dermitzakis—. Seguro que allí también encontraremos datos útiles.

—Ya los tenemos —le asegura Askalidis.

—Enhorabuena. Habéis hecho un trabajo extraordinario —les felicito.

—De acuerdo, muchas gracias, aunque también hemos cometido nuestros pequeños errores —responde Dervísoglu en tono condescendiente—. No hemos avisado al Departamento Forense ni a la Científica. Por suerte, el forense no ha sido necesario, pero la Científica podría habernos ayudado.

—No necesitamos a la Científica sino a los de Delitos Informáticos —le explica Dermitzakis—. Ellos se encargarán de analizar los datos obtenidos de los teléfonos móviles.

—Ya no nos queda nada más por hacer aquí. Llamad a un furgón para que se lleve a los cuatro detenidos a Jefatura. Tenemos que interrogarlos inmediatamente.

Esperamos la llegada del furgón y después ponemos rumbo a la avenida Alexandras.

35

La idea fue de Dermitzakis. Propuso que los dejáramos pasar la primera noche en el calabozo para que probasen el sabor de lo que les esperaba y que los interrogásemos luego por la mañana. Su idea me pareció acertada y di mi conformidad.

Por eso, al final, no me he visto privado de mi sueño sino que, por el contrario, tenía la cama entera a mi disposición. Generalmente, cuando duermo solo tengo que hacerlo en el sillón de mi despacho.

Ahora son las nueve de la mañana y estamos todos sentados alrededor de la mesa de reuniones. Ya tenemos los datos de los otros dos miembros de la banda. El motero de la BMW se llama Yorgos Tsiapas, y el figurante, el que fingía estar desmayado, es Evánguelos Sajaridis.

—¿Qué habéis hecho con sus teléfonos móviles? —pregunto a mis colaboradores.

—Aún los tenemos, a la espera de que usted nos dé instrucciones —me responde Dervísoglu.

—Son competencia del departamento de Velidis. Serán ellos los que se comunicarán con los proveedores de telefonía para poder registrar sus contactos y las comunicaciones entre los miembros de la banda. —Después me dirijo a Kula—: Hablaré con Velidis para que puedas estar presente y colaborar con ellos en todo momento. Has seguido el curso de la investigación desde el principio y es muy posible que puedas identificar datos relevantes en las conversaciones, datos que el departamento no sabrá valorar.

Llamo a Velidis enseguida para no perder tiempo. Nos ponemos de acuerdo en todo y Kula nos deja para trasladarse a Delitos Informáticos.

—Ahora podemos comenzar nosotros los interrogatorios —les digo a los demás—. Stela se encargará de la transcripción de todo lo que se diga, ya que Kula tiene otro cometido.

—¿Los interrogaremos a los cuatro juntos? —me pregunta Dermitzakis.

—No. Al principio los interrogaremos por separado, y luego, si es necesario, a algunos de ellos o a todos juntos, así podremos distinguir las diferencias y las contradicciones entre sus testimonios.

—¿Con quién empezamos? —pregunta Askalidis.

—Con Sajaridis, el que se hacía pasar por un herido.

Mi equipo se va y yo llamo a Stela para explicarle su nueva misión. Ella no da crédito y me mira asustada e indecisa.

—Entiendo de ordenadores, señor Jaritos, pero no tengo ninguna experiencia en transcripción de testimonios. Me da miedo meter la pata y causarle problemas.

—No te preocupes, no meterás la pata —la tranquilizo—. Si no te da tiempo de transcribir algo, nos lo dices enseguida y nosotros nos ocuparemos de que el interrogado lo repita.

Stela coge su ordenador portátil y bajamos juntos a la sala de interrogatorios. Sajaridis ya está allí, sentado entre los otros tres. Tiene las manos esposadas. Debe de rondar los cuarenta y cinco.

—Quitadle las esposas —digo a mis hombres.

Askalidis llama al guardia que ha acompañado al detenido desde el calabozo y este le quita las esposas. Sajaridis se frota las muñecas.

—¿A qué te dedicas? —le pregunto.

—Soy profesor de literatura, aunque ahora estoy en el paro —me contesta—. Solía dar clases en una academia, pero las academias también están cerradas por la pandemia.

—¿Y decidiste convertirte en actor? —sigo.

Mi pregunta le sorprende.

—¿Por qué actor?

—Porque fingías desmayarte y te dejabas caer en medio de la calle, delante de los coches.

—Sentí un mareo repentino y me caí al suelo. Después empecé a recobrar el sentido. Cuando se me acercó el conductor, ya me sentía mejor y me levanté.

—Vaya casualidad. Sufriste el mismo mareo que en Santa Bárbara, el día que atentaron contra la furgoneta que transportaba las vacunas —le dice Dermitzakis con ironía.

Sajaridis no esperaba que supiéramos lo que había ocurrido con la furgoneta delante del centro de juventud de Santa Bárbara y se queda desconcertado.

—Fuiste a Santa Bárbara con tu propia Suzuki para quemar las vacunas y dispersaros rápidamente. Aquí, en cambio, viniste con la misma Suzuki que Kléarjos Nasis, para no llamar la atención con tantas motos —añade Askalidis.

—Y antes de sufrir el mareo fuiste al centro de vacunación de Santa Bárbara para averiguar a qué hora se ponían las vacunas. ¿Pensabas vacunarte en Santa Bárbara? —le pregunto.

Sajaridis opta por cerrar el pico y vuelvo a tomar la palabra:

—Escucha. Los subterfugios y las ocurrencias no te servirán de nada —le digo—. No harán más que agravar tu situación. Cuéntame la verdad para que no perdamos el tiempo inútilmente.

—¿Qué puedo decirle? Kléarjos es amigo mío —responde Sajaridis—. Me pidió un favor, que fingiera marearme y caer al suelo, y lo hice. No sé nada más.

—Y, por supuesto, no viste que uno de vosotros mataba al conductor de la furgoneta con una barra de hierro —comenta Askalidis destilando ironía.

—¿Y qué hacías en Melissia, cuando mataron al doctor Dimakis con un bloque de hormigón de la obra? —le pregunta Dermitzakis.

Sajaridis se da cuenta de que el cerco se está estrechando en torno a él y recurre a la única salida posible:

—No voy a decir nada más hasta que haya hablado con mi abogado de todo esto que intentan imputarme.

—Nosotros no intentamos imputarte nada. Tú mismo lo has hecho. Te enviaremos al juez acusado de haber sido cómplice de dos asesinatos y de un intento de asesinato, y podrás acudir a declarar acompañado de tu abogado —le digo, y luego me dirijo a los demás—: Lleváoslo.

Askalidis llama al guardia. Vuelve a ponerle las esposas a Sajaridis y lo acompaña fuera de la sala de interrogatorios.

—¿Cómo te ha ido? —pregunto a Stela.

Ella me mira sonriendo.

—De momento, de maravilla.

—Si te encallas en algo, nos interrumpes sin problemas.

—¿De quién es el turno ahora? —me pregunta Dermitzakis.

—Del tipo de la BMW —le respondo—. Dejaremos para el final a Nasis y a Retsas, porque tenemos que investigar su relación con Tetis.

Yorgos Tsiapas, el conductor de la BMW, es un treintañero musculoso. Nos mira por encima del hombro y sonríe con ironía mientras el guardia le quita las esposas. Askalidis le indica dónde debe sentarse.

—¿A qué te dedicas, Tsiapas? —le pregunta Dervísoglu.

—Trabajo como repartidor para poder mantener la moto y no tener que venderla a cambio de un trozo de pan. —Hace una pausa, mirándonos con ironía—. ¿Por qué me lo preguntáis? ¿Me vais a ofrecer algún trabajo?

—Déjate de ironías y de bromitas porque están fuera de lugar —le corto con aspereza—. Será mejor que pienses en que te esperan diez años de cárcel, como mínimo.

—¿Por qué habría de ir a la cárcel? Ayer ni siquiera estaba en el lugar del suceso por el que queréis interrogarme.

—No estabas porque vigilabas la zona desde la avenida de la Defensa Nacional, para avisar a tus compinches en cuanto pasara el doctor Apóstolos Ferekis con su coche —le dice Dervísoglu.

—Y no solo fue eso... —continúa Askalidis—. Ayer por la mañana estuvisteis acosando por la calle a la furgoneta que transportaba las vacunas a Oropós.

—Vale, ponedme una multa por conducción temeraria —replica Tsiapas con descaro.

—Por si fuera poco, hicisteis lo mismo en la nacional Atenas-Corinto cuando pasó la furgoneta que transportaba las vacunas a Aspropyrgos.

—De acuerdo, nos gusta conducir de manera arriesgada y hacer el caballito. Reconozco que es ilegal, pero esto no justifica que me podáis detener y hacer pasar la noche en el calabozo.

Tsiapas es uno de esos tipejos que creen que, si van de machitos, los polis retrocederán con la cola entre las patas.

Decido pararle los pies para poner fin al teatrillo.

—Hasta aquí las patochadas y las bufonerías —le digo secamente—. No fuisteis al distrito de Santa Bárbara para hacer el caballito con las motos, sino para hablar con los vecinos y reunir información sobre el funcionamiento del centro de vacunación y la hora de llegada de las vacunas. Prendisteis fuego a la furgoneta delante del centro de juventud para destruir las vacunas. Pensabais que el centro estaba cerrado, pero dentro había un guardia que os vio. También os identificó uno de los vecinos de la zona cuando entrasteis en la obra en Melissia para organizar el asesinato de Dimakis.

Por lo visto, el sujeto ha decidido mostrarse descarado y provocador hasta el final.

—Buscad a alguien que me haya identificado en las zonas que me dices.

—No te quepa la menor duda de que tus cómplices y también los que organizaron la coronafiesta anoche para distraer nuestra atención lo desembucharán todo para salvar el pellejo —le dice Dermitzakis.

Lo mando de vuelta al calabozo y le digo a Askalidis que me traiga a Nasis y a Retsas.

—¿Los interrogaremos juntos? —me pregunta Dermitzakis.

—Sí, porque ayer cometieron juntos el intento de asesinato de Ferekis. Esta es una de las razones. La otra es su relación con Tetis, que nos interesa, sobre todo para poder aclarar el tema de las publicaciones *online* después de los asesinatos.

Terminada la conversación, Askalidis le dice al guardia que nos traiga a Nasis y a Retsas. El agente les quita las esposas y los dos se sientan a la mesa, con Askalidis en medio.

—Anoche os detuvimos en pleno intento de asesinato del doctor Apóstolos Ferekis, en la calle Lemesós de Papagou —comienzo—. Con la misma barra de hierro, además, que habíais utilizado en el asesinato de Yorgos Lefkas, el conductor de la furgoneta que transportaba las vacunas al centro de vacunación de Santa Bárbara.

—La muerte del conductor de la furgoneta fue un accidente —me contesta Retsas—. No queríamos matarle, solo pretendíamos dejarle inconsciente. Nuestro objetivo eran las vacunas, no el conductor.

—Aunque sea cierto lo que alegáis, al doctor Stazis Dimakis lo matasteis premeditadamente en Melissia.

—No intentéis negarlo, porque unos vecinos del barrio vieron vuestras motocicletas, y una vecina, en concreto, os vio entrar en el edificio en obras antes del crimen —les advierte Dermitzakis.

—Lo matamos porque hacía propaganda en todas partes a favor de la inmunidad de rebaño —le contesta Nasis ahora—. Por esa misma razón queríamos matar a Ferekis, pero llegasteis antes.

—Quisimos destruir las vacunas dos veces, una en Asprópyrgos y la otra en Oropós, pero no lo conseguimos —continúa Retsas—. En Oropós nos dimos cuenta de que habíais organizado un dispositivo de seguridad. Entonces decidimos ir a por los médicos.

—Al menos, tenéis las agallas de reconocer vuestras acciones —interviene Dermitzakis—. Vuestros dos compinches dicen que no saben nada de nada y van de inocentes. Sajaridis nos ha dicho al principio que se cayó porque se había mareado, y después ha alegado que fuisteis vosotros quienes le pedisteis que fingiera estar desmayado en Santa Bárbara.

—Y Tsiapas lo niega todo y sostiene que no encontraremos a nadie que pueda identificarle —continúa Dervísoglu.

—¡Están mintiendo los dos! —grita Nasis fuera de sí—. En este movimiento estamos todos juntos.

Esta declaración es el tiro de gracia para Tsiapas.

—¿Por qué habéis hecho todo esto: los dos asesinatos, la destrucción de las vacunas y los intentos fallidos? —les pregunto.

—Porque no queremos convertirnos en rebaño, como pretenden los poderosos que inventaron el coronavirus y lo sembraron por el mundo entero —me responde Retsas—. Este es su propósito: convertirnos en rebaño por medio de las vacunas, para poder dominar el mundo y el dinero, sin obstáculos ni controles en su camino. Los dos médicos eran instrumentos de esa gente.

Nasis recoge el testigo de Retsas:

—No somos asesinos, somos luchadores.

—Y no estamos solos en esto, hay todo un movimiento —añade Retsas.

—¿Andreas Tetis pertenece también al movimiento? —les pregunto tranquilamente.

Se quedan desconcertados e intercambian miradas de ofuscación. Después ambos fingen no saber de quién les hablo.

—¿Quién es Tetis? —me pregunta Nasis en tono ingenuo—. Es la primera vez que oigo este nombre.

—Basta ya, no perdamos el tiempo —reacciono—. Hace dos días os encontrasteis con él en las inmediaciones del parque de Zografou. Él fue con su coche, un Toyota, y vosotros, con vuestras motocicletas. Subisteis al coche y estuvisteis hablando.

Retsas se las da de inocente.

—¿A ese Tetis se refiere? Es amigo nuestro. Habíamos quedado para vernos y nos sentamos en el coche, pues los bares están cerrados, como usted sabe bien.

—¿Habíais quedado solamente para charlar y poneros al día o para concretar cómo hackear las plataformas sociales para publicar la siguiente declaración? —Ellos me miran callados—. Sabemos que Andreas Tetis se encarga de la versión digital de un canal televisivo —le aclaro—. Es él quien os explicaba cómo hackear las plataformas para colgar vuestras declaraciones.

—Nos habéis dado los nombres de los dos cómplices que participaron en el atentado de anoche, aunque os habéis cuidado mucho de no delatar al que pensabais que no conocíamos. Por desgracia, estabais equivocados —les dice Dermitzakis.

De momento no tenemos más preguntas que hacerles. Aviso a Askalidis con un ademán para que se los lleve de vuelta al calabozo.

—¿No vamos a interrogarlos a los cuatro juntos? —me pregunta Dervísoglu.

—Todavía no. Primero vamos a ver qué datos nos aportan sus llamadas y conversaciones telefónicas y luego decidiremos.

Me dirijo a Stela:

—¿Todo bien? —le pregunto.

—Creo que sí, aunque me gustaría pedirle un favor.

—Dime.

—¿Le importaría leer las transcripciones, por si se me ha escapado algo?

—De acuerdo. Déjalas en mi despacho y las leeré mañana por la mañana.

—¿Cuándo llamaremos a Tetis para interrogarle? —pregunta Dermitzakis.

—Cuando tengamos los resultados del registro de los teléfonos de los agresores.

En este preciso momento siento que ya no puedo más. Les digo que continuaremos mañana y me pongo de pie.

Ha llegado el momento de relajarme en compañía de mi nieto.

36

Es lo primero de lo que me ocupo por las mañanas y lo último por las noches, como se suele decir. En cuanto llego al despacho por la mañana llamo al subdirector para informarle de los últimos acontecimientos. Mi superior se alegra tanto que, si no fuera por las restricciones del coronavirus, me habría invitado a comer.

—¡Ya podemos anunciar a los medios de comunicación que hemos resuelto el caso y hemos arrestado a los culpables! —exclama con entusiasmo.

Mi negativa le para los pies.

—No. Tengamos un poco más de paciencia.

—¿Por qué?

—Porque debemos dar prioridad al registro de llamadas de los teléfonos móviles de los delincuentes. Nos podrían proporcionar nuevos datos que requieran una investigación adicional. Le informaré en cuanto tengamos los datos de los teléfonos.

Mi pronóstico queda confirmado cuando entra Kula en mi despacho con una carpeta bajo el brazo.

—Anoche estuvimos trabajando hasta las doce, pero esta mañana hemos concluido el registro de las llamadas que intercambiaron los agresores a lo largo de los dos últimos días —anuncia.

—Mis felicitaciones al equipo. ¿Puedes ponerme al día de vuestros hallazgos?

—Le traigo el registro completo, comisario, aunque no hace falta que se fije en todas las llamadas. De momento, bastará con que lea la transcripción de las llamadas que intercambiaron los cuatro detenidos con un tal Jardakos.

Me mira con atención al pronunciar este nombre mientras yo me pongo de pie de un salto:

—¿Jardakos, dices?

—Lo ha oído bien.

—¿Pavlos o Antonis? —pregunto.

—Antonis Jardakos —me responde Kula. Deja la carpeta encima de mi escritorio y la abre delante de mí. Escoge algunas páginas impresas—. Estas son las llamadas que realizaron ayer. Si quiere, puede remontarse también al día anterior.

Junto a cada conversación está anotado el nombre y el número de teléfono de la persona que realizó la llamada.

La primera llamada es de Nasis a Antonis Jardakos:

«Ha aparecido la furgoneta, comienza el espectáculo».

«Buena suerte», responde Antonis.

La segunda llamada la hizo Retsas:

«Hemos fracasado. Han llegado dos coches patrulla y hemos tenido que huir».

Una hora después, más o menos, Nasis pregunta a Jardakos:

«¿Qué hacemos? ¿Ponemos en marcha el Plan B?».

A las seis y media de la tarde, Jardakos hace la siguiente llamada a Nasis:

«Esta noche podemos actuar. La reunión del comité no ha terminado y, según las noticias, falta mucho todavía».

De momento, no es necesario perder más tiempo repasando el resto de las llamadas. Nuestras hipótesis han quedado confirmadas. Intentaron destruir las vacunas y la presencia de los coches patrulla se lo impidió. Entonces decidieron pasar a la solución alternativa, que era el asesinato de Apóstolos Ferekis.

No me cabe la menor duda de que, cuando repasemos el resto de las llamadas, quedará demostrada la participación de Jardakos en los atentados anteriores.

Me he quedado anonadado. Es una de esas casualidades que suenan a broma del día de los Inocentes. El abuelo Jardakos era el cerebro de la conjura de los suicidas. Su nieto es el cerebro de la organización de los luchadores del 2021.

Llamo a Dermitzakis y le pido que suba a mi despacho con los demás colaboradores.

—¿Sabemos dónde vive Antonis Jardakos? —pregunto a Kula.

Ella consulta los documentos de la carpeta.

—Su teléfono está registrado en el número doce de la calle Mesolongui, en Níkea.

—Hay que detener a dos sospechosos más —digo a mis tres hombres cuando entran en mi despacho—. A uno ya lo conocéis, se trata de Andreas Tetis. El otro es Antonis Jardakos, con domicilio en el número doce de la calle Mesolongui, en Níkea.

—¿Jardakos? —pregunta Dervísoglu, sorprendido.

—Sí, se trata del nieto de Pavlos Jardakos. El registro de llamadas revela que pertenece a la organización de los luchadores del 2021. Quiero que Tetis y Jardakos vengan a Jefatura para ser interrogados, pero sin que haya el menor contacto entre ambos. Askalidis irá acompañado de agentes a los estudios de la televisión para detener a Tetis, y tú, Dervísoglu, te ocuparás de Jardakos.

En cuanto se marchan llamo al subdirector:

—Mi instinto no mentía —le digo, y le expongo en líneas generales la situación que nos ha revelado el registro de las llamadas. Él me escucha en silencio hasta el final.

—¡Quién se iba a imaginar que el nieto de Jardakos sería el líder de los luchadores del 2021! El abuelo se suicidó sin saber que dejaba atrás a un sucesor —comenta al final.

—Le volveré a informar cuando concluyamos los interrogatorios —le digo.

Me quedo esperando sentado en mi despacho. Aquella última frase de Jardakos, «hasta nuestros nietos nos han derrotado», resuena en mi cabeza. En un momento dado me llama Dermitzakis para informarme de que Jardakos ya se encuentra en la sala de interrogatorios.

Me lo encuentro sentado entre Kula y Dermitzakis. Cuando me ve, sonríe y me dice:

—Buenos días, señor comisario.

Mi primera impresión es la de encontrarme frente a un hombre joven y tranquilo que no parece tener la menor idea de lo que le espera.

—Hemos escuchado las llamadas que intercambiaste con tus cómplices. Por lo tanto, sabes muy bien por qué estás aquí —le digo a modo de introducción.

—Lo sé —responde con calma.

—¿Puedes explicarme cómo organizasteis el grupo de los luchadores del 2021 y por qué pusisteis en la diana a los médicos y a las vacunas?

—Todo empezó con la relación que tenía con mi abuelo. Yo quería mucho a mi abuelo, señor comisario. Ya desde niño me gustaba estar con él y escuchar las historias que me contaba del movimiento de izquierdas y de las luchas en defensa de los pobres y de las víctimas de la injusticia. Cuando acabé el instituto, decidí seguir el consejo de mi padre y estudiar programación informática. Paralelamente, no obstante, seguía viendo a mi abuelo y escuchando sus historias.

»Llegó un momento en que descubrí que me había equivocado. No debí estudiar programación sino historia. Pero ya era tarde. Lo único que podía hacer era dedicar mis horas libres al estudio de la historia en profundidad. Intenté ampliar mis conocimientos de las luchas que nos contaba mi abuelo, desde la Revolución francesa hasta nuestros días. Fue así, a través de mis estudios, como descubrí el sistema y el significado de rebaño.

—¿De rebaño? —se extraña Dermitzakis—. ¿Qué rebaño?

Jardakos se vuelve para mirarle.

—El rebaño data de la época colonial. ¿Qué era el pueblo de cualquier país para los colonialistas? Un rebaño que manejaban a su antojo. Ese era también el objetivo de las guerras. De la Primera Guerra Mundial, de la Segunda y de las otras, más localizadas, que las siguieron. ¿Qué eran los ejércitos que combatían en esas guerras? Rebaños. Un rebaño mataba al otro. Al final de cada guerra los ejércitos quedaban reducidos a rebaños de hambrientos, y los que habían encendido la mecha de la conflagración se habían enriquecido. Hoy en día, como la posibilidad de librar grandes guerras ha quedado anulada por la existencia de las armas de destrucción masiva, el grupo invisible que sigue dominando y gobernando el mundo ha descubierto los virus y nos hace creer que la solución está en la inmunidad de rebaño.

—Un momento —le interrumpe Dervísoglu—. El virus de la gripe española apareció en 1918, el último año de la Primera Guerra Mundial.

—¿Y de dónde salió? —le pregunta Jardakos.

—De las aves, si no me equivoco.

—Ya, de la misma manera que el coronavirus salió de los animales de Wuhan, en China —le contesta Jardakos en tono irónico—. En el primer caso, la gripe española completó la labor que había comenzado la guerra. En el segundo, ha sustituido la función de una guerra en la creación de rebaños. En ambos casos, los ganadores fueron y son los que sacan beneficios políticos y económicos de la creación del rebaño.

—Por eso decidiste combatir al rebaño y también su inmunidad —respondo.

—Al principio, las historias que me contaba mi abuelo del movimiento de izquierdas me tenían hechizado —confiesa Jardakos—. Pero con el paso de los años y mis estudios de historia empecé a tener dudas y preguntas. ¿Cuál era el objetivo de la lucha de mi abuelo y de sus camaradas? ¿Luchar para que el rebaño ganara un poco más de dinero y pudiera comer un trozo de pan más grande? Lo mismo pretendía la Iglesia con sus comedores sociales y, además, tenía más éxito en su empeño. Porque, incluso en los periodos en que los golpes de Estado acababan con los movimientos, como sucedió con mi abuelo, la Iglesia permanecía de pie y seguía repartiendo comida al rebaño. También en los países socialistas, que mi abuelo admiraba tanto, la población era un rebaño. —Hace una pausa antes de continuar—: El vuelco final llegó para mí con la conjura de los suicidas. Cuando vi que Begleris, Kortidis y Rodás sacrificaban lo poco que les quedaba de vida para movilizar a la gente, me convencí definitivamente de la inutilidad de su lucha y decidí que la solución era otra.

—Y acabaste siendo el cabecilla del movimiento de los luchadores del 2021 —le digo.

—El movimiento es comunitario. Yo no soy el cabecilla sino un simple coordinador —me responde.

—¿Te das cuenta de que tu confesión te mandará a la cárcel? —le pregunto, porque dudo de que sea consciente de lo que le espera—. Aunque no hayas participado en los actos de destrucción de las vacunas ni en los asesinatos, fuiste el cerebro que organizó todo eso.

Jardakos me mira circunspecto.

—Le he explicado desde el principio que conocía desde pequeño la historia de mi abuelo y lo mucho que le quería. Es decir, sé muy bien que pasó gran parte de su vida en el exilio y en las islas áridas. Mis años en la cárcel parecerán una caricia comparados con las persecuciones y las torturas que tuvo que soportar mi abuelo. Hasta se podrían considerar un homenaje en su honor.

Me ha dejado sin argumentos y no sé qué más decirle más allá de las formalidades.

—El agente pasará a limpio tu declaración y te la llevaremos para que la leas, por si quieres añadir o modificar algo —le digo.

—Cuando os vaya bien —me responde.

Antes de salir de la sala de interrogatorios acompañado de Askalidis se vuelve y me dedica una última sonrisa.

No tengo la fortaleza psíquica ni ningunas ganas de realizar otro interrogatorio. Me dirijo a Dermitzakis:

—Vosotros mismos os ocuparéis del interrogatorio de Andreas Tetis —le digo.

En cuanto subo a mi despacho llamo por teléfono al subdirector, tal vez para esquivar los pensamientos que me atenazan.

—Hemos terminado. Antonis Jardakos ha confesado y ha resultado mucho más fácil de lo que esperaba.

—Entonces, ya podemos convocar a los medios de comunicación para hacer declaraciones.

—Sí. Solo le pido que me avise cuándo debo esperar a los periodistas.

—Usted vendrá a la sede, porque tanto el director como

yo queremos estar presentes. Le informaré de cuándo tendrá lugar la rueda de prensa. Seguramente será mañana.

Cuelgo el teléfono y me quedo inmóvil en mi asiento. Es como si tuviera delante al viejo Jardakos, y me gustaría decirle: «Menos mal que te suicidaste, Jardakos. Te has librado de lo peor».

37

Cuando el trabajo transcurre con normalidad en Jefatura por la tarde, vuelvo a casa de buen humor. El que salió ganando de mi estado de ánimo de ayer fue mi nieto. Me pasé la tarde entera, hasta que le llegó la hora de irse a dormir, jugando con él.

Contagié mi buen humor a los padres del pequeño Lambros, pero también a mi mujer. Así pasamos una de las veladas más agradables de nuestro confinamiento en el recinto sanitario en que se ha convertido la casa de mi hija.

Ayer, antes de terminar mi jornada laboral, el subdirector me comunicó que la rueda de prensa estaba programada para hoy a las once de la mañana. Calculo que necesitaré un par de horas para informar a mis superiores de los resultados de los interrogatorios que realizamos ayer. En consecuencia, no tengo tiempo para pasar por mi despacho antes de reunirme con ellos. Espero que mis superiores me inviten a un café, aunque descarto que la oferta incluya un cruasán.

Así que ahora, a las nueve de la mañana, me encuentro en el Seat camino de la calle Katejaki. Afortunadamente, el grueso del tráfico transcurre por el carril contrario, en dirección al centro de la ciudad, y no tardo mucho en enfilar la avenida del Mediterráneo.

El subdirector me ha informado ya de que nuestra conversación para preparar la rueda de prensa tendrá lugar en el despacho del director. Me reciben con los brazos abiertos, como hace todo el mundo después de un gran éxito, independientemente de su origen.

—Tenemos todo el derecho de estar satisfechos. Por fin hemos resuelto el misterio —me comenta el director.

—Es decir, lo han resuelto usted y sus colaboradores —puntualiza el subdirector, que es más modesto, pero también tiene una relación personal más estrecha conmigo.

—Son los cuerpos de seguridad los que han resuelto el caso. Han participado Delitos Informáticos, la Brigada Antidisturbios y varias comisarías de policía —manifiesto, para rebajar el tono de la conversación.

—En cualquier caso, el ministro está entusiasmado —me contesta el director—. Cuéntenos ahora los detalles, para decidir qué hemos de comunicar a los periodistas.

Comienzo mi informe con el seguimiento y vigilancia de los sospechosos, a continuación paso al intento frustrado de destruir las vacunas en Oropós, y concluyo con el intento de asesinato de Ferekis. Les ofrezco una breve descripción de los implicados antes de llegar a Jardakos. Los dos se quedan boquiabiertos.

—¿Hablamos del hijo del Jardakos que se suicidó? —me pregunta el director.

—No, se trata de su nieto. En sus declaraciones nos explicó que su amor y su admiración por el abuelo le impulsaron a tomar la decisión de participar en el movimiento de los luchadores del 2021.

—¿Su abuelo le convenció para que organizara un grupo terrorista? —pregunta el subdirector.

—El motivo fueron los suicidios de los ancianos. Estas

muertes convencieron al nieto de que debía organizar otro tipo de movimiento, algo que resultara más eficaz.

Entre la charla y mis explicaciones ha llegado el momento de la rueda de prensa.

—¿Qué les decimos a los periodistas? —pregunta el subdirector.

—Solo lo esencial e imprescindible, para no condicionar al juez instructor —opina el director.

En la sala de prensa nos están esperando las caras conocidas de siempre. El director hace una breve introducción y después me cede la palabra.

Presento un informe extenso y centrado estrictamente en los acontecimientos. Comienzo con el atentado de Santa Bárbara y acabo con la agresión de anoche en Papagou. Cuando termino, los periodistas, quizás por primera vez, se me quedan mirando en silencio. Se esfuerzan por formular preguntas, sin embargo, no saben qué preguntar.

—Pero bueno, ¿esa gente creía de veras que con las vacunas nos quieren convertir en rebaño? —me pregunta la alta y escurrida al final.

—Es lo que declararon en el interrogatorio y, para ser sincero, no hemos encontrado otra motivación hasta el momento —le contesto.

—¿Y quiénes son los agresores? ¿No tienen nombre? —interviene Merikas.

—No podemos revelar sus nombres, por la ley de protección de datos —le contesta el subdirector.

—Hoy mismo los remitiremos al juez. De aquí en adelante os informarán desde los juzgados —añado.

—Esta ley de la protección de datos supone un gran obstáculo para el derecho a la información —comenta la bajita de las medias rosa, pero no recibe respuesta.

La rueda de prensa ha terminado y yo tengo prisa para

volver a Jefatura y coordinar el desenlace del caso. Cuando llego a mi despacho, descubro que me está esperando otra noticia agradable.

—Hemos registrado los móviles de los que estuvieron en la coronafiesta. Cinco de ellos pertenecen al grupo de los luchadores del 2021. Participaron en el atentado contra la furgoneta en Asprópyrgos y estuvieron esperando la señal para asaltar el otro vehículo en Oropós.

—Estupendo, muchachos. Hemos resuelto el caso y hemos arrestado a la organización entera de los luchadores del 2021. Ahora los trasladaréis a los juzgados para que pasen a disposición del juez. Nosotros ya hemos terminado.

Dermitzakis se marcha y yo le pido por favor a Stela que se ocupe de mi café y de mi cruasán. En la reunión de esta mañana hemos ido directamente al grano y nos hemos olvidado hasta de los cafés.

Ya me he comido el cruasán y estoy disfrutando tranquilamente de mi café, cuando Zisis asoma en mi pensamiento. ¿Qué hará cuando se entere de que el nieto de su viejo camarada era el cerebro de una organización terrorista que ha cometido asesinatos? ¿Cómo reaccionará? A su edad, nunca se sabe qué complicaciones pueden producir estos inesperados golpes emocionales.

La única manera de evitar que la noticia le caiga como un rayo y de suavizar un poco el impacto es que se la cuente yo.

Stela se encuentra en su despacho con Kula, repasando las transcripciones de las declaraciones de los detenidos. Les digo a ambas que debo ausentarme por un asunto personal y que, si pasa algo, me podrán localizar en el teléfono móvil.

Durante el trayecto busco la mejor manera de comunicar lo ocurrido a Zisis. Al final, llego a la conclusión de que debo empezar hablando del amor del nieto por su abuelo antes de pasar a lo acontecido después.

En el refugio impera un ambiente apacible. Zisis me recibe con un: «¿Cómo tú por aquí? ¿Te has tomado el día libre?».

—He pedido permiso para venir a verte y charlar.

Él me mira, pero ya ha aprendido a no perder el tiempo haciéndome preguntas. Enseguida me conduce al bar del refugio, que ha vuelto a abrir entretanto. Nos sentamos lejos de un grupo que está charlando en otra mesa.

—¿Qué ocurre? —me pregunta después de sentarnos.

—Tranquilo. A nosotros no nos ocurre nada. Estamos todos bien. He venido a hablar de otro tema, porque prefiero que te enteres por mí.

Empiezo resumiéndole el atentado en Papagou y concluyo con la manera en que pudimos identificar al nieto de Jardakos.

—¿El nieto de Pavlos? —me pregunta con los ojos abiertos como platos.

—Sí, Antonis Jardakos.

—¿Es un asesino terrorista?

—No, él no ha cometido asesinatos. Era el cerebro de la organización. El abuelo era el cerebro de la conjura de los suicidas; y el nieto, el cerebro de la organización de los luchadores del 2021. En el curso del interrogatorio me dijo que todo había empezado por el amor y la admiración que sentía por su abuelo.

Comienzo a relatarle sucintamente las declaraciones que había hecho Antonis Jardakos. A menudo vuelvo a mencionar el amor y la admiración que el nieto sentía por su abuelo. Al final, le explico también la teoría del nieto sobre los rebaños.

En cuanto oye la palabra «rebaño», Zisis pega un brinco, fuera de sí.

—¿Es que estos muchachos se creen que acaban de descubrir América? ¿Acaso nosotros no sabíamos que las personas a las que defendíamos eran un rebaño? La única manera de que dejen de ser un rebaño es reivindicando y defendiendo sus derechos. No se trataba solo del jornal, lo más importante eran sus derechos. Por ellos luchamos y fuimos perseguidos. Su abuelo y todos los demás.

—¿Sabes cuáles fueron las últimas palabras que oí de boca de su abuelo? Me dijo: «No solo nos derrotaron el capitalismo y la derecha, sino también nuestros nietos».

—Tenía razón. Aunque nosotros fuimos los viejos derrotados. Estos de ahora serán los nuevos derrotados —me responde Zisis.

—¿Por qué lo dices?

—Cuando termine la pandemia, los jóvenes de hoy serán los nuevos proletarios, por muchos diplomas universitarios que tengan —me explica—. Y no podrán contar con la ayuda de nadie, porque no habrá nadie que les muestre el camino.

Le miro en silencio.

—Lambros, más allá de nuestra amistad, a veces me abres los ojos —confieso.

Él me mira meneando la cabeza.

—Me alegro de que me lo digas. Nosotros luchamos para cosechar. Tardamos en darnos cuenta de que antes de cosechar has de sembrar. Esto es, precisamente, lo que hizo Jardakos. Enseñó a su nieto a cosechar, pero él lo hizo en el campo equivocado.

No quiero quedarme más, porque nuestra conversación hurga en su herida. Vuelvo al Seat con destino a Jefatura. Zisis me llama en el momento en que estoy entrando en el aparcamiento.

—¿Os va bien quedar esta noche, solo nosotros tres? —me pregunta.

—A mí, sí. Hablaré con Adrianí y te llamo.

—Dile que no cocine. Yo llevaré la cena.

—¿Por qué? —pregunto sorprendido—. Adrianí cocina para toda la familia y lleva comida a casa también. Así lo hace siempre.

—Quiero cocinar algo en memoria de Jardakos —me explica Zisis.

No insisto más. Llamo a Adrianí desde mi despacho. Mi mujer acepta de buen grado cenar los tres solos, pero se disgusta cuando le hablo de la comida.

—¿Por qué ha de cocinar? Yo llevaré la cena, como siempre.

Le cuento brevemente el caso de Jardakos y mi mujer llega enseguida a la conclusión acertada.

—De acuerdo, es una especie de homenaje. Pero venid a recogerme en torno a las siete, cuando ya haya vuelto Katerina.

Llamo a Zisis para informarle, y me dedico a los asuntos del trabajo, que no son más que los pormenores del caso.

38

Llego al refugio un poco antes de las siete. De forma excepcional, Zisis no me está esperando en la entrada. Tengo que llamar al timbre para que me abra la puerta.

—Un momento —me dice. Se agacha para recoger una olla que tiene la tapa pegada con cinta adhesiva—. Es sopa. La ponemos atrás, entre los dos asientos, para que no se derrame —me explica.

Abro la puerta trasera del Seat y él coloca bien la cacerola. Después vuelve a entrar en el refugio y reaparece con una bandeja de horno cubierta con papel de aluminio.

—Esto es el segundo plato, lo podemos meter en el maletero.

Por último, trae la bolsa de plástico con su muda de ropa.

Mando un mensaje a Adrianí para que nos espere en la calle, delante de la puerta del bloque de pisos donde vive Katerina. Y allí la encontramos, con una bolsa de plástico en la mano.

—¿Qué es esto? —pregunta Zisis preocupado, porque conoce la terquedad de mi mujer y teme que haya cocinado para la cena.

—Mi ropa y una botella de vino. Se nos ha acabado en casa y llevo una de Katerina.

Cuando llegamos a casa, Zisis saca primero del coche la

cacerola y luego la bandeja del horno. Adrianí se queda muy sorprendida.

—¿Por qué no me has dicho que abrimos un *take away*? —le pregunta, ahora que la pandemia le ha enseñado a hablar en inglés.

—Es comida, pero no quiero que mires —advierte Zisis—. Verás lo que es cuando la sirva en la mesa.

Adrianí no insiste. Zisis se quita los zapatos y juntos llevan la cacerola y la bandeja a la cocina. Sigue la ceremonia del cambio de ropa y acabamos sentados en la sala de estar.

—¿Vas a ver las noticias? —me pregunta mi mujer.

—Ni tengo por qué ni me apetece —le contesto.

Adrianí empieza a hablar de su tema favorito, que son las hazañas de nuestro nieto, pero también de que está nervioso, porque ya no puede salir a dar su paseo diario.

—Katerina ha hablado con Fanis y le ha dicho que el pequeño debe salir a dar un paseo cada día, por corto que sea. Si no, dentro de unos años le estarán pidiendo a Maña que les recomiende a un buen psiquiatra infantil. Fanis se ha convencido de ello y mañana retomamos los paseos. —Consulta su reloj—. Tengo que poner la mesa ya o nos extenderemos más allá del toque de queda.

—No te preocupes, Zisis volverá al refugio acompañado de un madero —la tranquilizo.

—Voy a calentar la cena —dice Zisis.

Me quedo a solas, observando a mi mujer mientras pone la mesa.

—Seguro que hay sopa en la cacerola, porque me ha pedido que ponga platos hondos —me explica Adrianí.

No hago ningún comentario. Mi mujer trae las copas de vino y una cuchara de servir. Por último, trae la botella de vino blanco.

Zisis aparece con la cacerola. Ocupamos nuestros puestos

alrededor de la mesa. Lambros llena las copas de vino y levanta la suya para hacer un brindis.

—Quiero que tomemos una copa para honrar la memoria de un viejo amigo mío, Pavlos Jardakos, que murió en edad avanzada hace tan solo unos días —nos dice—. La sopa que he preparado también está dedicada a su memoria.

—Debiste avisarnos de que preparabas una cena de difunto. También yo podría haber cocinado algo en honor a tu amigo —le dice Adrianí.

Zisis se vuelve para mirarla.

—Una cena de difunto... Hacía años que no escuchaba esta expresión —murmura.

—Desde los tiempos en que vivía tu madre —comenta Adrianí, convencida de sus palabras.

—Tienes razón.

Apuramos nuestras copas en recuerdo de Pavlos Jardakos, pero mi mujer siente una curiosidad irreprimible. Tras el último trago levanta la tapa de la cacerola y echa un vistazo al contenido. No consigue adivinar de qué se trata y pregunta a Zisis:

—¿Qué sopa es esta?

—Es un *borsch* —le explica él.

—¿Un *borsch?* ¿Y eso qué es?

—Sopa de verduras rusa. Me dio la receta un camarada que tuvo que vivir como exiliado en Rusia después de la guerra civil.

Y nos sirve la sopa. Adrianí y yo tomamos la primera cucharada para probar el sabor.

—Lambros, te felicito. ¡Está deliciosa! —le dice mi mujer.

—Gracias a Jardakos, me he ganado un sobresaliente. No me puedo quejar —dice Zisis y los tres nos echamos a reír.

Sigue un largo silencio mientras disfrutamos de la sopa,

que está realmente deliciosa. Me levanto para volver a llenar mi plato, pero Zisis me detiene:

—No te llenes con la sopa. Hay un segundo plato —me advierte—. Además, lo que sobre se queda aquí, para vosotros.

Adrianí recoge los platos y Zisis lleva la cacerola a la cocina. Poco después reaparece con la bandeja del horno.

—Es una empanada de gallina hecha según la receta de mi madre, que era de Asia Menor —anuncia.

Adrianí se encarga de cortar la empanada y servirla en nuestros platos. Al primer bocado le dice a Zisis:

—Lambros, ¿me darás la receta?

Zisis la mira ceñudo.

—Adrianí, te enseñé a hacer tarta de verduras y ahora la haces mejor que yo. Deja que pueda hacer algo que tú no sepas.

Yo suelto una carcajada. Mi mujer me dirige una mirada de fastidio y se levanta para recoger la mesa, pero Zisis se lo impide.

—Espera. Tenemos que hablar de algo más.

Toma su copa de vino y se sienta en un sillón. Nosotros le seguimos, curiosos.

—Vamos ahora a la segunda razón por la que celebramos la cena de esta noche —dice a modo de introducción—. Para mí, la muerte de Pavlos fue un toque de alarma. Desde el día en que murió no me puedo quitar dos ideas de la cabeza. La primera, que yo he sido afortunado en mi vejez. El refugio me ha protegido de la derrota y de la desesperación. Me ha dado fuerzas para mantenerme en pie. El segundo pensamiento es que mi generación ya está desapareciendo. En algún momento me llegará el turno.

—¡Calla! —exclama Adrianí indignada—. Estamos de luto por tu amigo, no vamos a llorarte a ti también por adelantado.

—Vaya momento que has elegido para amargarnos la noche —le digo yo.

—No pienso amargaros la noche. Además, no se trata solo de la muerte. No sé cuántos años más me permitirá la edad tenerme en pie y seguir luchando. —Mira primero a Adrianí, y luego a mí—. Si llega un momento en que no aguante más o me pasa algo, quiero pediros que os encarguéis vosotros del refugio. No quiero que cierre y se queden en la calle los que necesitan un techo, ni que el ayuntamiento asigne a un burócrata que les haga la vida imposible.

Zisis calla y nosotros también.

—No adelantes acontecimientos, hombre, que estás muy bien y los residentes brindan en tu nombre —intenta animarle mi mujer.

—No digo que tengáis que haceros cargo mañana mismo —le responde Zisis con serenidad, y luego se dirige a mí—: Kostas, ya sé que sigues en activo. Pero, si las cosas se tuercen, Adrianí podría dirigir el refugio hasta que te jubiles y luego os encargaríais los dos.

Adrianí se levanta con ímpetu y se acerca a Zisis. Le abraza y le da un beso en la mejilla.

—Gracias, Lambros —le dice—. Es un gran honor para nosotros. Yo acepto encantada.

—Yo también —añado emocionado.

Adrianí le mira con una sonrisa pícara.

—Se nota que tienes tus raíces en Asia Menor —le dice.

—Ya, pero ¿a qué viene esto ahora? —se extraña Zisis.

—Porque las buenas propuestas vienen acompañadas de una buena comida.

Nos echamos todos a reír mientras Zisis vuelve a llenar nuestras copas. Esta vez nos ponemos de pie y brindamos juntos.

—Llevaré a Lambros conmigo hasta que empiece a ir al

parvulario —le dice Adrianí—. El refugio será la mejor guardería posible para él. Le hará muy feliz vivir y crecer entre gente que le quiere tanto.

—Gracias, Adrianí —responde Zisis conmovido—. A mi tocayo le irá muy bien crecer conociendo la cara alegre y risueña de la pobreza.

Aquí está la diferencia que busca Katerina para su hijo. Lambros no solo estudiará en la universidad, como los otros chicos de su edad. También estudiará en la gran escuela de la pobreza.

MAXI
TUSQUETS
EDITORES

www.maxitusquets.com

www.planetadelibros.com